www.tredition.de

**Über die Autorin:**

Marie Bazas, Pseudonym einer Naturwissenschaftlerin, hat sich mit diesem Buch einen kreativen Traum erfüllt. Ihre Liebe zu Frankreich verleiht ihren Geschichten eine zauberhafte Leichtigkeit. Ihre Gefühle um früh verlorene Menschen sind authentisch. All dies nimmt sie in ihre Lesungen mit. Marie Bazas lebt in Süddeutschland und im Süden Frankreichs.

*Marie Bazas*

# Wer bist du, dass ich dich immer noch liebe

www.tredition.de

© 2020 Marie Bazas

Verlag & Druck: tredition GmbH, Halenreie 40-44, 22359 Hamburg

Umschlaggestaltung: Andrea Bala, AW Grafik Design, Schorndorf
Umschlagmotiv: Sponuka – shutterstock.com

ISBN
Paperback:    978-3-347-08785-9
Hardcover:    978-3-347-08786-6
e-Book:       978-3-347-08787-3

Für Klaus

# Schlagzeile

Bea räkelte sich wohlig im Korbstuhl auf der Terrasse des Café de Ville in der warmen Frühlingssonne, die hoch über dem Schwarzwald stand. Der betörende Duft des Espressos vor ihr auf dem Bistrotisch und das mediterrane Flair des Marktplatzes von Emmendingen gaben dem Augenblick eine zauberhafte Leichtigkeit. Sie hatte sich ein paar Stunden vom Laden befreit, um den Nachmittag mit Friederike zu verbringen, und war gespannt, was ihre beste Freundin ihr anvertrauen wollte. Mädelstreffs waren zwar nicht so ihr Ding. Aber heute fühlte sie sich ausgeglichen genug, um sich auf Klatsch und Tratsch einzulassen.

Ich glaube, die Mädels verstehen gar nicht, dachte Bea, warum ich mich mal mit ihnen freue, mal eklig bin und manchmal sogar davonlaufen muss. Meine Trauer macht mich verwundbar und anders. Sie haben das nie erlebt.

Am Morgen war Bea ein großer Coup gelungen. Gérard, ein befreundeter Makler in Paris, hatte ihr mitgeteilt, dass sie den Zuschlag für die Inneneinrichtung einer „Etage noble"-Wohnung am Boulevard St. Germain bekommen hatte. Bei ihrem nächsten Parisbesuch würde sie eine wahre Schatzkiste für Coquelicots, Klatschmohn, ihren Laden und Internethandel für Vintage-Möbel und Design, antreffen. Dies war ihre Welt. Der Wandel zwischen zwei Ländern, die Kontakte, die Kreativität, die Freiheit, das Einfühlen in Menschen und ihre Wünsche hatten Partnerschaft und Familie ersetzt und waren Beas Leben. Sie lebte ihren Traum.

Aus Langeweile griff Bea nach der Frauenzeitschrift, die auf dem zweiten Korbstuhl lag, und betrachtete die Titelseite.

„Alleine? Sehnsucht? Wecken Sie die alte Liebe wieder auf!",
prangte die Schlagzeile in Knallrot. Und im Untertitel: „So fanden
sie ihr Glück."

Bea hielt kurz den Atem an. Von einem Moment auf den
anderen schlugen freudige Erwartung und Zuversicht in Wut und
Ohnmacht um. Sie schleuderte die Zeitschrift von sich, als würde
diese Bombe im nächsten Moment explodieren. Wasserglas und
Espressotasse landeten auf dem Boden. Doch Bea blieb reglos
sitzen. Ihre alte Liebe, Paul, war tot. Keiner war je an ihn
herangekommen. Sie würde ihr Glück nie wiederfinden. Die
Schlagzeile brannte ihr ihre Ausweglosigkeit in Sachen Liebe ein
Stück tiefer in ihre Seele ein. Bea fühlte sich hilflos, verletzt und
unendlich einsam.

„Hallo Bee, stell dir vor, wen ich …". Strahlend vor Glück trat
Friederike aus der Terrassentür des Cafés und schob die
Sonnenbrille aus dem blonden Haar auf die Nase. Wenn
Friederike auftauchte, wurde die Umgebung immer ein bisschen
wärmer. Sie war ein weicher, lebensbejahender Mensch, wuselig
und hilfsbereit, und in ihren Jeans, T-Shirt und Blazer ein Garant
für Zuverlässigkeit.

Der Anblick von Bea ließ Friederike abrupt innehalten. „Du
liebe Güte, Bea. Was ist mit dir passiert? Du siehst so verlassen
aus wie damals, als Paul gestorben war." Friederike sammelte die
Scherben vom Boden auf und legte sie in den Aschenbecher.

„Der eine ist tot. Der nächste hat mich belogen", brach es
aggressiv aus Bea heraus. „Der dritte hat mich geschlagen. In
meiner Ehe habe ich versagt. Für den französischen Lover war ich
zu weit weg. Und komm mir jetzt nicht mit Partnersuche online."

„Bea, Liebe, beruhige dich. Ich bin bei dir."

„Ich will mich aber nicht beruhigen". Bea war aufgesprungen und rannte über die Terrasse Richtung Torgasse davon. Friederike warf schnell einen Fünf-Euro-Schein auf den Tisch und spurtete hinterher.

„Isch Disch heirate. 1000 Küsse aus Holland. Erinnerst du dich an den schmierigen rothaarigen Holländer? Ich habe doch alles versucht, Paul zu ersetzen. Ich kann nicht mehr! Kaum schalte ich von der Arbeit ab und lasse ein bisschen normales Leben an mich ran, träume vor mich hin, von der Leichtigkeit Südfrankreichs mit einem smarten Franzosen, schon holt mich durch so eine blöde Titelzeile alles wieder ein", schrie Bea auf Friederike ein.

Auf der Bank vor dem Marktbrunnen brach Bea zusammen.

„Ja, ich bin alleine und habe Sehnsucht nach Streicheleinheiten und Zweisamkeit und blindem Verstehen. Aber bei mir bleibt die alte und einzige Liebe Utopie. Paul wird nie wiederkommen. Es tut so weh, Friederike, daran erinnert zu werden. Gerade scheinen eh alle auf diese alte Liebe abzufahren."

Friederike war drauf und dran, Bea in den Arm zu nehmen, aber Bea hatte eine unsichtbare Mauer um sich aufgebaut, eine Wand aus Eis, um sich zu schützen vor zu viel Gefühlen, vor einem Gefühlsausbruch, den sie nicht würde kontrollieren können. Wie vertraut wäre es mit Paul. Sie liebte ihn.

Friederike setzte sich neben sie. „Bea, worum geht es hier? Von welcher Zeile sprichst du? Vorhin am Telefon warst du ganz entspannt und hast dich auf unser Treffen gefreut."

„Was los ist?" Bea bäumte sich auf. „Diese bescheuerten Frauentipps. Allein? Wecken Sie die alte Liebe wieder auf. Das stand auf der Frauenzeitschrift, die ich im Café in der Hand hatte. Im Autoradio habe ich dazu heute Morgen auch schon eine

Sendung gehört und deswegen beinahe einen Fußgänger überfahren. Das mag ja für viele super passen. Aber macht sich irgendjemand Gedanken um die, deren alte Liebe unerreichbar ist?"

Uff. Da habe ich gerade noch rechtzeitig den Mund gehalten und Bea nicht in meinem Glück mit Leander ertränkt, dachte Friederike. Was hätte ich damit bei Bea ausgelöst? Sie würde sich für mich freuen, weil sie weiß, was Leander mir bedeutet. Aber gleichzeitig hätte unser Wiedertreffen ihr Leid verschärft. Ich muss es ihr liebevoll beibringen, in einem guten Moment. Die Arme. Sie tut mir so leid, dass sie nicht von Paul loskommt, dass jeder neue Versuch im Unglück endet. Tränen rannen Friederike über die Wangen. Sie konkurrierten mit dem glückseligen Grinsen der Frischverliebten.

„Hallo Frau Winterhalder." Zwei Schülerinnen schlenderten über den gepflasterten, von Kindergeschrei erfüllten Marktplatz.

„Hallo Hannah. Hallo Marie. Wir sehen uns morgen? Bin gespannt, was ihr genäht habt", antwortete Friederike, aber die Mädchen waren schon weitergegangen.

Friederike erinnerte sich an die Lehrerfortbildung vor vier Wochen. Sie hatte sich in der Schlange in der Mensa der PH Freiburg für Menü 2 angestellt, Moussaka mit Salat, ihr Lieblingsgericht. Jemand hatte ihr auf die Schulter geklopft. Leander. Als sie sich umdrehte, hatte sein Blick direkt in ihre Seele geschaut und seither war es, als ob sie niemals getrennt gewesen wären. Friederike schwebte im siebten Himmel.

Leander, Friederike, Bea und Paul hatten im Gymnasium dieselbe Klasse besucht. Friederike und Leander waren damals, wie Bea und Paul, eines der typischen „Die bleiben zusammen"-Paare gewesen. Doch Leander war mit seinen Eltern weggezogen, und Friederike hatte ihn aus den Augen verloren.

Friederike setzte sich neben Bea, die begonnen hatte, mit dem Oberkörper vor und zurück zu schaukeln.

*Was soll ich noch alles aushalten? Die vielen Enttäuschungen haben meine Gefühle zubetoniert. Ich habe mich doch arrangiert mit dieser Leere. Ich funktioniere doch.*

Ein Schütteln durchzog Beas Körper. Ja, sie funktionierte. Doch eiskalt. Keine Träne, keinen Schrei, keine Wut hatte sie zugelassen nach dem Tod ihrer Eltern. Sie hatte alles sachlich und monoton abgewickelt. Genauso wie bei ihrer Trennung und Scheidung von Thomas. Kein Jubel brach aus ihr heraus, wenn sie sich freute. Sie hatte Angst vor der Welle.

*Warum jetzt diese Schlagzeile? Lasst mich in Ruhe. Ich will nicht erinnert werden. Ich brauche kein Gefühlschaos. Ich kann das nicht. Es ist niemand da, der mich auffängt.*

Die Gedanken rasten und wirbelten hin und her.

*Ich möchte so gern genießen, lachen, verrückt sein, mich loslassen, lieben, Bee sein. Aber immer, wenn ich einem dieser Gefühle auch nur eine Chance gebe, weckt etwas die Erinnerungen, ruft die misslungenen Wagnisse in der Liebe auf den Plan und lässt die Glücksblase platzen. Selbst ein Cafébesuch. Ich hasse es.*

Sie duckte sich. Sie musste sie unterdrücken, die Welle, wenn die Trauer ihrer Seele entschlüpfte und sich in ihr ausbreitete. Wenn Weinen und Beben ein einziger Krampf wurden, der nicht aufzuhalten war. Diese Urgefühle, die sie bei Pauls und

Benjamins Tod begleitet hatten. Die sie verkapselt hatte. Sie wollte ihnen nicht mehr ausgeliefert sein.

*Paul, hilf mir.*

Bea drückte die Daumen. Dass sie seit dem Abschied von Paul im Aufbahrungsraum des Krankenhauses, als sie ihn ein letztes Mal berührt hatte, immer mit ihm in Kontakt gestanden hatte, hatte sie nicht einmal Friederike anvertraut. Wenn sie alleine war, sprach sie mit Paul. Sie bat ihn um Hilfe, wenn sie einen freien Parkplatz suchte, einen wichtigen Deal abwickelte oder Kraft zum Leben brauchte. Das war ihre Zweitwelt, von der niemand wusste. Aber immer öfter sehnte sie sich danach, endlich von ihr frei zu sein.

Friederike kannte das Schaukeln. Es verhieß nichts Gutes. Bea war am Ende und das nicht zum ersten Mal. Sie waren lange genug befreundet.

„Möchtest du darüber reden? Lass doch los. Wein einfach. Das tut gut", sagte Friederike und begann in ihrer beigen Lederumhängetasche zu kramen. „Nimm ein paar Notfall-Kügelchen, die helfen immer." Sie nahm Beas Hand, schüttelte zwölf kleine weiße Perlen aus dem braunen Fläschchen, und führte die Hand in Richtung Beas Mund. Ergeben schleckte Bea die Hand ab. Eine Antwort gab sie nicht.

Friederike wusste, in einer solchen Krise musste sie einfach nur da sein, die Stille aushalten. Das war für Bea lebensnotwendig. Damals, als Paul mit dem Motorrad tödlich verunglückt war, hatte sie über ein Jahr lang jeden Morgen mit Bea gefrühstückt, bei Bea zu Hause oder an der Uni. Für Bea war die Welt zusammengebrochen. Das Studienjahr in Lyon, Paul als Sportstudent, Bea als Studentin der Innenarchitektur, von einer

Sekunde auf die andere gestrichen. Das gemeinsame Leben in Frankreich – keine Zukunft. Sie waren Seelenverwandte gewesen, hatten sich ihre Freiheiten gelassen und sich blind vertraut. Doch kurz vor der Abreise nach Lyon war Paul gestorben. In einer Silvesternacht, viele Jahre später, hatte Bea Friederike anvertraut, dass sie nach Pauls Tod schon Schlaftabletten gesammelt hatte, um auf seinem Grab einzuschlafen und nie wieder aufzuwachen.

Bea hatte sich durch das Studium gekämpft und war danach nach Hamburg geflohen. Die kreative Freiheit bei einem der angesagtesten Möbeldesigner hatte sie gelockt. Vielleicht auch die Möglichkeit des Vergessens. In dieser Zeit hatten die Freundinnen wenig Kontakt gehabt. Aber Friederike hatte herausgehört, dass auch Beas Chef jeden Tag einen Fixpunkt ins Beas Leben gesetzt hatte.

Wieder wischte sich Friederike Tränen aus dem Gesicht.

Mit Thomas, dachte ich immer, wird Bea endlich ihr Glück finden.

Bea hatte Thomas in Hamburg bei der Einrichtung eines Empfangsbereichs in der Firma, in der er als Maschinenbauingenieur arbeitete, kennengelernt. Es war Liebe auf den ersten Blick gewesen. Sie hatten sich ergänzt, der gefühlvolle Thomas und die kontrollierte Karrierefrau Bea. Aber der Tod ihres Sohnes Benjamin kurz nach dessen Geburt und der darauffolgende unerfüllbare Kinderwunsch hatten sie auseinandergetrieben. Thomas hatte angefangen zu laufen und war auf der ganzen Welt in Sachen Marathon unterwegs. Bea hatte sich in den Vintage-Stil verliebt, ihre Liebe zu Flohmärkten und deren kreativem Potenzial wiederentdeckt. Selbst der von Thomas als Rettungsanker geplante Umzug in Beas Heimat hatte den Zerfall der Beziehung nicht aufgehalten. Nach zehn Jahren Ehe hatten sie sich scheiden lassen.

Schade, dass das nicht gehalten hat, dachte Friederike.

„Ich gehe heim", flüsterte Bea. „Begleitest du mich?"

„Das weißt du doch. Ich bin bei dir", antwortete Friederike sanft.

Vom Marktplatz bis zur Torgasse war es nicht weit. Bea schleppte sich über das Kopfsteinpflaster, mit den Armen ihre rote Wollstola um sich schlingend. Friederike folgte ihr mit etwas Abstand.

Während sie auf Beas Elternhaus zugingen, einem denkmalgeschützten Haus, in dem Bea im Ladengeschoss ihre Firma Coquelicots eingerichtet hatte, gab Bea Friederike ihre bunte Umhängetasche und bat sie: „Schließ du auf. Ich bin zu schwach!".

Im Haus wagte Friederike, die Mauer aus Kälte und Ohnmacht zu durchbrechen. Sie nahm Bea in den Arm und half ihr die gebürsteten Dielentreppen hinauf in den ersten Stock. Titus Tritschler, Pauls Bruder und örtlicher Schreiner, hatte das alte Haus innen renoviert und das Obergeschoss für Bea zu einer Loftwohnung ausgebaut. Friederike hatte Titus schon immer für sein Gespür für Räume bewundert. Darüber, und über ihr Interesse am Vintage-Stil, waren sich Titus und Bea in den letzten Jahren nähergekommen, und Geschäftspartner geworden.

„Ich mache den Kachelofen an und koche dir einen Tee! Möchtest du sonst noch etwas? Was zu essen? Ein Stück Kuchen oder Schokolade? Schokolade hilft immer." Jedes Mal, wenn Friederike den Vintage-Loft betrat, sog sie die warme

Behaglichkeit, die der große Raum ausstrahlte, in sich auf. Und die wollte sie an Bea weitergeben.

„Danke, Rike! Nur Tee. Dann komme ich schon klar.", meldete sich Bea von der Sitzecke. Dass sie jetzt nur bei Paul sein wollte, traute sie sich nicht, zu sagen.

Auch wenn Friederike vieles verstand, aber für ihr Zweitleben mit Paul würde sie sie für verrückt erklären. Dass ein Toter Halt geben konnte, war zu bizarr. Doch sein Geist war da, wenn sie ihn brauchte und ersetzte Streicheleinheiten. Er signalisierte ihr, dass sie leben sollte. Darauf vertraute sie.

Bea hatte sich so in die schwarze Ledergarnitur im offenen Wohn-Küchenbereich gleiten lassen, dass sie auf den mit stahlgrauen Wänden abgegrenzten Raum an der Nordwestseite des Lofts blickte.

*Bald bin ich bei dir.*

Insgesamt drei solcher Wohnquader säumten die Ecken des großzügigen offenen Raums: Bad, Schlafzimmer und „ihr Zimmer".

„Ihr Zimmer" war ihr früheres Jugendzimmer und sie war ihren Eltern dankbar, dass sie es immer hatte behalten dürfen. Auch beim Umbau hatte sie es unangetastet gelassen, denn es war ihr Raum für das Leben mit Paul. Nur sie betrat dieses Zimmer. Hier waren die Erinnerungen an die schönsten Momente mit ihm gespeichert: der erste Kuss, ihre erste Liebesnacht, das Entdecken der Körper, die verrückten Stunden, in denen sie sich ihr gemeinsames Leben in Frankreich ausmalten. Bea fühlte, wie sie sanfter wurde, wie die Anspannung nachließ und wie es bei den Gedanken an die schönsten Stunden mit Paul warm wurde in ihrem Schoß.

Friederike brachte Bea den Tee in einer der Tassen, die Bea mit Klatschmohn von einer Porzellanmalerin hatte bemalen lassen.

„Wo bist du mit deinen Gedanken, Bee?"

„Ich bin einfach nur k.o., Friederike."

„Du denkst an Paul, habe ich Recht?"

„Ja, wenn ich ehrlich bin, habe ich die letzten Jahrzehnte nur ihn gesucht. Das hat mir mein Ausflippen nur wegen einer Schlagzeile heute deutlich vor Augen geführt. Seine leichte Art, seine verschmitzte Schüchternheit, seine verrückten Gesten, das vermisse ich. Auch wenn du es nie verstanden hast, was ich an ihm fand: Er ist meine Liebe, meine alte, meine neue, meine große. Es wird kein anderer mehr kommen."

Friederike hielt die Stille aus, bis die untergehende Sonne den Raum in glutrote Farbe tauchte. Wie Schicksalsschläge einen Menschen verbittern können, verändern, dachte sie. Wenn Bea ihre Arbeit und ihr Frankreich nicht hätte. Ich bewundere sie für ihre Kraft. Laut sagte sie: „Ich komme morgen früh und bringe was zum Frühstück mit, ok? Wenn was ist, ruf mich an. Den Schlüssel nehme ich mit. Pass bitte, bitte auf dich auf. Du bist meine beste Freundin. "

Sie warf Bea einen Kuss zu.

Geh du nur zu Leander, dachte Bea. Sobald die Haustür hinter Friederike zugefallen war, betrat sie ihr Zimmer, nahm das Silbermedaillon mit Pauls Bild aus der als Klatschmohn geformten Keramikschale, die auf ihrem Schreibtisch stand und die sie mit Paul auf einem Markt in Aix-en-Provence gekauft hatte. Sie drückte das Medaillon an ihr Herz, ließ sich in den Schreibtischstuhl sinken und sog den Geruch des Zimmers ein wie eine Süchtige.

*Paul, erlöse mich.*

Als sie die Augen schloss, sah sie Paul auf dem Bett mit der alten, in orange gehaltenen Patchwork-Tagesdecke liegen, die Arme unter dem Kopf verschränkt, der lässige Surfertyp, schüchtern lächelnd, dieselbe Pose wie im Medaillon.

„Ich bin bei dir", sagte er mit einem Augenzwinkern. „Ich werde dir Zeichen senden. Nimm sie an. Vertrau mir."

Bea legte sich zu ihm und schlief ein.

# Doppelgänger

Am nächsten Morgen erwachte Bea durch das Klingeln des rostigen Vintage-Weckers, der auf dem Boden neben dem Bett stand. Auch er ein Relikt aus Pauls Zeiten, gekauft auf einem Flohmarkt in Lyon. Sie hatten es geliebt, über die vide greniers zu schlendern und alte Möbel oder Deko-Sachen zu ergattern. Titus hatte schon damals aus dem Plunder die verrücktesten Kreationen in seiner Schreinerwerkstatt entworfen. Und er tat es heute noch erfolgreich für Coquelicots.

Die aufgehende Sonne zeigte ihr schönstes Frühlingslachen. Bea mochte es, frühmorgens mit der Arbeit zu beginnen. Das gab dem Tag ein Gefühl von Unendlichkeit. Um diesen Zeitpunkt nicht zu verpassen, hatte sie überall im Loft Wecker aus verschiedenen Epochen verteilt.

Bea spürte in den vergangenen Abend hinein, lächelte und kuschelte sich in die Patchwork-Decke.

Danke, dass du mir helfen wirst. Aber jetzt wartet Arbeit auf mich. Gestern ist in unserem Betrieb einiges liegen geblieben.

Aufregung flatterte in ihrem Bauch.

*Was würde passieren? Sollte sie sich besser noch ein bisschen Zeit für die Seelenarbeit gönnen?*

Doch die Vorfreude auf die Arbeit mit verschiedenen Materialien, darauf, dem Alten neues Leben einzuhauchen, siegte. Ihre Disziplin tat ein Übriges. Bea duschte, rubbelte ihre dunkle Lockenmähne trocken und schminkte sich sorgfältig. Sie schlüpfte in ein leichtes Sommerkleid, zog einen roten Cashmere-Cardigan drüber und war gerade bei der Auswahl der Schuhe, als ihr Handy klingelte. Friederike.

„Hi, Rike, du, ich bin schon auf dem Sprung zu Titus. Mir geht´s gut. Die Arbeit ruft. Danke für deinen Anruf. Bis dann." Ohne abzuwarten, drückte Bea auf das rote Telefon.

Nicht, dass sie mir von Leander erzählt. Von ihrem Glück. Arbeit deckt Gefühle zu, meine Droge, dachte sie, während sie ins Erdgeschoss ging, am Laden vorbei in die Garage. Sie freute sich an dem Luxus, in der Altstadt einen Platz für ihr Lieblingsgefährt im Haus zu haben, einen schwarz lackierten Mini, auf dessen Türen je drei Klatschmohnblüten prangten – ihr Markenzeichen. Als sie mit dem Auto an der in Weiß und Beige gehaltenen Auslage des Ladens vorbeifuhr, beglückwünschte sie sich einmal mehr zu ihrer Entscheidung, keine Öffnungszeiten festgelegt zu haben. Dafür wurden ihre Kunden an der Eingangstür in klatschmohnrot auf weißem Emailleschild freundlich darauf hingewiesen, Termine telefonisch oder per E-Mail zu vereinbaren.

Sie machte sich auf den Weg zur großen Scheune außerhalb der Stadt in der Nähe von Allmendsberg, zum Lager von Coquelicots. Vergangene Woche war Bea mit Titus in der Bretagne auf Einkaufstour gewesen. Sie hatten maritime Objekte und Möbel aus Auflösungen einer Fischfabrik und eines Hotels in Concarneau ergattert. Gestern waren die Sachen geliefert worden.

Mit Titus war es einfach für Bea. Beide dachten sie bei ihrer Arbeit an Paul. Paul schwebte wie selbstverständlich zwischen ihnen. *Ob Titus wie sie mit Paul sprach?* Das fragte sie sich oft. Titus, kleiner und gedrungener als Paul, Kurzhaarschnitt und Sommersprossen, ein Lausbub in Latzhose und Arbeitsschuhen, wartete am Scheunentor auf sie.

„Hi, Bea, war toll letzte Woche. Lass uns unsere Schätze begutachten." Titus begrüßte Bea mit zwei bises, den typisch französischen Wangenküsschen, dann betraten sie die große Halle.

„Schade, dass das Rattan um die Tischplatte so ausgefranst ist. Wir könnten die Schieferplatte mit der Ankerkette einfassen und den Anker als Tischfuss verwenden. Was hältst du davon?"

„Das ist verrückt genug, um Paul zu gefallen", antwortete Bea.

„Was machen wir mit den groben Seilnetzen?"

„Wir könnten sie als Raumteiler einsetzen", meinte Titus. Sie tauchten in ihre Gestaltungsphantasien ein, streiften Bars, Café, Lofts und Wintergärten, die auf ein neues Interieur warteten. Dass es im Schuppen inzwischen dunkler geworden war, merkten sie nicht.

„Oje, ich habe Didier vergessen", fiel Bea plötzlich ein. Didier war Beas Makler in Six-Fours-Les-Plages. „Er braucht die Grundrisse des neuen Cafés in Freiburg, um zu wissen, wie viele Bistrotische und Stühle er suchen muss. Bis dann und viel Spaß beim Aufmöbeln."

Schnell rettete sich Bea in ihren Mini, denn die dunklen Wolkenberge, die sich im Westen aufgetürmt hatten und vom Wind herangepeitscht wurden, drohten an den Erhebungen des Schwarzwalds zu zerbersten. Bevor sie anfuhr, warf sie einen Blick auf ihr Handy. Kam Pauls Botschaft virtuell? Aber auf dem Display wurden keine Neuigkeiten angezeigt.

„Dann also Arbeit", dachte Bea und fuhr los. Arbeit war für Bea kein Grund für schlechte Stimmung.

*Mein perpetuum mobile. Ich bin glücklich damit. Ich bin frei, finde immer Ablenkung, bin kreativ, lerne Menschen und ihre Lebensräume kennen. Sie ist spannend, mein Mix aus Anerkennung und Davonlaufen. Ist das nicht ok?*

Es gab Schlimmeres, als wegen des Berufs in Frankreichs sonnigem Süden zu fliehen. Mit der Wärme und Leuchtkraft des Südens kamen Lebendigkeit und Lässigkeit zurück.

*Eigentlich ein tolles Leben, ein Geschenk.*

Dicke Regentropfen hämmerten auf die Windschutzscheibe und holten Bea in den Schwarzwald zurück. Der Regen und die vielen Kurven zwangen sie, langsam zu fahren. Frühlingsgrüne Buchenkronen fügten sich immer wieder zu einem Tunnel zusammen. Das satte Moosgrün auf den Steinfindlingen am Straßenrand bildete dazu einen malerischen Kontrast. Dazwischen öffnete sich der Blick ins Rheintal. Und dann geschah alles blitzschnell.

*Was ist das für ein schwarzes surreales Riesenmonster, das da auf mich zuschießt? Scheiße. Warum jetzt? Es ist aus.*

Bea streckte die Arme, um den Aufprall abzuwehren, und dann knallte es.

Wie viel Zeit vergangen war, bis Bea die Augen öffnete, wusste sie später nicht mehr. Instinktiv arbeitete sie die Notfallcheckliste ab: Atmen, Augen auf - ich lebe! Hände zusammenballen, Oberkörper drehen – ich kann mich bewegen! Beine strecken – ich kann gehen! Niemand kommt, raus aus dem Auto – Auto Schrott! Unfallgegnerin steigt aus – ok! Rein ins Auto, Handy suchen – 110 anrufen! Klartext reden, Fragen beantworten.

Im Getöse des Gewitters gingen die Sirenen von Polizei und Krankenwagen unter. Blitze konkurrierten mit dem Blaulicht. Es herrschte Chaos.

*Darf ich denn niemals nur die kleinsten Glücksgedanken haben? Mein Gleichgewicht finden? Soll das deine Hilfe sein, Paul? Dein Zeichen? Die Lösung?*

Das Adrenalin in Beas Körper entlud sich in Bewegung und Tätigkeitsdrang. Mit dem Warndreieck rannte sie um die Kurve, um den Unfallort zu sichern.

„Sie kam auf meiner Seite auf mich zugerast!", schrie sie einen Polizisten verzweifelt an. Dem nächsten zeigte sie ihren Ausweis und den Führerschein.

„Machen Sie ein Foto!" Sie rannte auf einen Mercedesfahrer zu, der hinter dem Unfall angehalten hatte. „Sie ist geschleudert! Sieht man doch an der Spur!"

„Haben Sie Schmerzen?", fragte eine Frau, die sie nicht kannte.

„Mein Brustkorb", presste Bea heraus und spurtete schon wieder zu ihrem Auto, um den KFZ-Schein zu holen.

Niemand konnte Bea greifen.

*Warum? Es sollte doch gerade aufwärtsgehen. Mit dir, Paul.*

Bea hatte nicht bemerkt, dass inzwischen ein zweiter Krankenwagen gekommen war. Ein älterer, beleibter Sanitäter ging mit festen Schritten auf sie zu.

„Wir nehmen Sie jetzt auch mit ins Krankenhaus.", sagte er freundlich, aber bestimmt.

„Muss das sein?", fragte Bea panisch. Sie spürte eine neue Unruhe in sich aufkommen und mit ihr ein Bild von vor zehn Jahren. Sie war mit einem Krankenwagen in die Frauenklinik gebracht worden. Die Fruchtblase war geplatzt. Ihr Sohn war an dem Abend tot zur Welt gekommen.

„Ja, zu Ihrer Sicherheit."

Der Sanitäter strahlte eine derartige Klarheit und Ruhe aus, dass Bea gehorchte.

„Ich hole meine Tasche aus dem Auto."

„Ich begleite Sie." Er würde Bea nicht mehr auslassen.

Als Bea schon im Krankenwagen lag, teilte ihr der Polizist mit: „Wir sehen uns im Krankenhaus. Und wir haben Frau Winterhalder erreicht. Sie kommt ebenfalls dorthin."

„Sie haben einen Brustbeinbruch", teilte der Unfallarzt Bea nach dem Röntgen mit. „Das Herz könnte verletzt sein. Deshalb müssen wir Ihre Herzenzyme prüfen. Ich nehme Ihnen Blut ab und lege gleich einen Port, falls Sie hierbleiben müssen. In etwa einer Stunde wissen wir Bescheid. "

„Darf ich draußen warten?"

Beas Herz schlug wie ein Hammer gegen ihre Rippen, die vom Aufprall empfindlich schmerzten. Der Fatalismus, der sie im Krankenwagen alles hatte ertragen lassen, verschwand. Es war nicht die Angst vor einer Verletzung, die sie erneut zittern ließ, sondern die Erinnerung an den Tag vor zehn Jahren.

*Hast du das beabsichtigt, Paul? Dass auch noch Benjamins Tod eine Rolle spielt? Musst du mir so wehtun? Wenn ich diese Nacht im Krankenhaus bleiben muss, werde ich die Stunden mit Benjamin wieder und wieder durchleben, ohnmächtig, wie damals. Ich werde diesen Gefühlen ausgeliefert sein. Der Krankenhaustrott bietet keine Alternative.*

Bea verließ den Warteraum und lief im Krankenhausflur auf und ab. Sie informierte Titus, das war ihr wichtig. Dazwischen tauchten immer wieder die Bilder von damals auf, die Abdrücke ihres Kindes durch den fruchtwasserleeren Bauch. Als sie aufgelegt hatte, kam Friederike auf sie zu und nahm sie in die Arme.

„Bea, was ist passiert? Ich sagte doch, pass auf dich auf."

Bea versteifte sich, ließ die Umarmung aber zu.

„Friederike, danke, dass du da bist. Wenn ich dich nicht hätte."

„Das weißt du doch. Du würdest dasselbe für mich tun. Die Klassenarbeiten laufen mir nicht davon. Was liegt an? Was ist passiert?"

Bea beschrieb Friederike den Unfall, teilte ihr die Diagnose mit und fuhr fort:

„Entschuldige, dass ich heute Morgen so kurz angebunden war. Es tut mir echt leid. Weißt du, ich wollte dir wehtun, weil ich weiß, was mit dir und Leander ist. Aber das ist ungerecht. Ich gönne es dir." Das Adrenalin half ihr zu lächeln. Und sie meinte es ehrlich.

„Woher weißt du?"

„Friederike, ich kenne dich doch. Du strahlst übers ganze Gesicht. Dein Lachen, als du gestern auf die Terrasse gekommen bist. Das kann bei dir nur einer auslösen."

„Liebes, ich will dir nicht wehtun. Mir wurde gestern erst wieder klar, wie sehr du leidest, wie sehr Paul dich beschäftigt. Aber ich bin mit Leander so glücklich. Ich kann nichts dafür. Darf ich es dir erzählen?" Sie setzten sich ins Wartezimmer und Friederike sprudelte los.

„Nimm die Liebe an, Friederike", sagte Bea, als alles erzählt war und sie eine Zeitlang geschwiegen hatten. Sie waren nur von den Polizisten unterbrochen worden, die sie darüber informierten, dass ihr Auto beim Autohändler stand und dass die Aussage und alles Weitere am nächsten Tag erledigt werden könnten.

„Weißt du, was heute für ein Tag ist?", fragte Bea.

„Ja, ich habe an Benjamin gedacht, an deine Fahrt ins Krankenhaus am Ende deiner Schwangerschaft, aber ich habe mich nicht getraut, danach zu fragen. Wie geht es dir damit?"

„Bis vor dem Unfall war es ein Tag wie jeder andere. Du weißt, dass ich seit diesem Jahr liebevoll mit Benjamin umgehen kann, mit meinem kleinen Braunauge. Sein Tod schmerzt nicht mehr schneidend. Wenigstens das habe ich gelernt. Ich habe das Gefühl, dass er mir überall nahe ist, er gibt mir Kraft von da oben. Trotzdem: Wenn ich hier im Krankenhaus bleiben muss, werde ich den Krankenschwestern die ganze Nacht auf die Nerven gehen, wie damals, als ich auf seine Geburt gewartet habe. In ihrer Verzweiflung ließen sie mich Mullbinden wickeln."

Warum erlaubte sie sich, mit Benjamins Tod im Positiven zu leben? Kinderwägen und stillende Mütter wühlten nicht mehr ihr Innerstes nach außen. Warum war ihr das bei Paul nicht gelungen? War es der jahrelange Zusammenhalt mit anderen Mamas, dieselbe Trauer gemeinsam zu verarbeiten? Die Tanztherapie, die sie über viele Jahre verbunden hatte? Noch heute existierten Freundschaften aus dieser Zeit.

Den Verlust von Paul hatte sie nie verarbeitet. Sie hatte sie verkapselt, ihr nur einen inneren Raum gegeben, denn nach außen zu trauern war damals keine Option gewesen. Weitermachen. Männer gibt es genug. Du bist jung. Diese Lösungen waren akzeptiert gewesen. Paul war auf dem Kultstatus hängen geblieben.

„Ich darf dich mit nach Hause nehmen. Ich weiß das." Friederike war zuversichtlich und Bea vertraute darauf.

„Frau Veit, kommen Sie bitte?" Der Pfleger rief sie wieder in die Notaufnahme.

„Es ist alles in Ordnung, Frau Veit.", sagte der Unfallarzt und entfernte den Port. „Sie dürfen nach Hause. Sie müssen sich eine Weile schonen, denn die Schmerzen werden in den nächsten Tagen stärker werden. Aber es wird alles wieder gut. Alles Gute. Ach, ja, da ist jemand, der sie sprechen möchte."

Eine Frau Anfang sechzig quälte sich in den Raum, fahl im Gesicht, das von dünnen grauen Haarsträhnen umrahmt war. Ihre Unfallgegnerin.

„Es tut mir so leid, dass ich sie verletzt habe. Zum Glück leben sie. Ich bin Frau Saier", sagte die Frau mit weinerlicher Stimme.

Zum Glück? Welches Glück? Gestern war ich am Boden, vor wenigen Stunden wieder. Will ich leben?

„Ich war unachtsam. Das tut mir so leid. Mir ist seit einiger Zeit alles so egal. Wenn Ihnen Schlimmeres passiert wäre, wäre ich lieber an Ihrer Stelle gewesen."

Was erzählte die Unbekannte da? Was wusste die schon von ihr?

„Sie müssen einen Schutzengel haben, Frau Veit. Danken Sie ihm. Nehmen Sie sein Geschenk an. Leben Sie. Ohne ihn hätten wir beide heute nicht überlebt. Halten Sie mich bitte nicht für verrückt. Aber jemand hat zu mir gesprochen während dieser Schrecksekunden. Liebe das Leben. Das werde ich wieder tun, mein früherer Mann würde das genauso wollen."

Bea wurde es eng im Hals, und sie ließ Tränen zu, die sie seit Jahren unterdrückt hatte.

Sie lag in den Armen einer fremden Frau, der sie sich gerade näher fühlte als sich selbst.

„Sie sind nicht verrückt. Sie wissen gar nicht, wie nahe Sie mir sind."

Bea schluchzte und sah Frau Saier in die Augen.

Doch der magische Moment war vorbei.

„Sind Sie verletzt, Frau Saier?", fragte Bea aufmunternd.

„Ich habe Prellungen, aber das wird wieder. Wir hatten Glück im Unglück. Gute, gute Besserung."

„Danke, Ihnen auch. Passen Sie auf sich auf."

Gemeinsam verließen sie die Notaufnahme, wurden von den Freundinnen in Empfang genommen und traten ins Freie. Seit dem Knall waren nur drei Stunden vergangen. Die Sonne lachte wieder.

„Was ist zu tun?"

Bea funktionierte immer noch wie eine Aufziehpuppe. Rein ins Auto, anschnallen, To-do´s checken, den Terminkalender anschauen. Die Meldungen der Schmerzsynapsen hatten das Adrenalin noch nicht verdrängt.

„Ich bringe dich erst mal nach Hause. Hast du Schmerzen? Brauchst du irgendetwas? Was zu essen, zu trinken?", fragte Friederike.

„Ein Baguette wäre lecker. Ich habe aus der Bretagne allerlei Leckereien mitgebracht, wie immer. Darf ich dich zu Rillette, scharfem Senf, Tomaten und Mousse au Chocolat verführen? Einen Cidre dazu? Ich bin schon ein bisschen frankreichverrückt. Aber das macht nichts. Hauptsache, es schmeckt. Ich habe echt Hunger."

Mit einem Lächeln legte Friederike eine Hand aufs Beas Schenkel. „Danke für die Einladung. Wird erledigt. Ich setze dich zu Hause ab, gehe kurz zum Bäcker, und dann essen wir zusammen."

„Die kam quer auf mich zu. Das war wie im Horrorfilm. Die schoss wie ein Riesengürteltier auf mich zu. Die muss die Kurve völlig übersehen haben. Ich konnte nichts mehr tun. Friederike, warum? Ich fühle mich platt, im wahrsten Sinne des Wortes."

„Das wird eine Weile anhalten. Bea, ich bin so froh, dass du lebst. Du hattest Glück im Unglück. Oh nee, nicht schon wieder was. Schau mal, da vorne. Die Straße ist gesperrt. Umleitung wegen Überflutung. Hältst du den Umweg noch aus?"

Bea nickte, drückte aber gleichzeitig mit den Handballen rechts und links auf den Brustkorb, um ihn zu entlasten. Dann griff sie zum Handy und informierte Titus über den aktuellen Stand. Er hörte gelassen zu und beendete das Telefonat mit:

„Pass auf dich auf. Du musst dir Ruhe gönnen. Hör auf deinen Körper, auch wenn Ruhe halten nicht so ganz deine Stärke ist. Du hattest so viel Glück. Ich kümmere mich um die Liefertermine. Mach dir keine Sorgen. Melde dich, wenn du was brauchst."

*Schon wieder dieser Satz, du hast Glück gehabt.*

In Bea regte sich ein Gefühl, wie eingestreuter Kakao in einer Teigmasse, sanft und warm. Greifen konnte sie es nicht.

„Eine Umleitung – es muss ja ordentlich geschüttet haben. Das habe ich in der Schule gar nicht so mitbekommen. Wir sind gleich da. Schaffst du es?", erkundigte sich Friederike.

„Ja, es geht. Dieser Augenblick, dieser Knall. Ich hätte echt tot sein können. Es ist schon verrückt: Gestern war ich noch so verzweifelt und vor dem Zusammenstoß merkte ich, ich möchte leben."

„Ja hoffentlich. Wir brauchen dich. Denk an Frankreich, an Coquelicots, was du dir alles aufgebaut hast. Oft beneide ich dich dafür, für deine Freiheit, deine vielen Wochen im Süden."

Als sie die Elz überquerten, schoss der Bach darunter durch, wie sie es nie zuvor gesehen hatten.

„Vielleicht war es auch der Regen, der zum Unfall führte. Was meinst du?"

„Mach dir keine Gedanken darüber. Die Polizisten sagten vorher, dass die Schuldfrage klar ist. Dich trifft keine Schuld. Ich sage Titus nachher Bescheid. Er soll dich morgen zur Polizei und zum Anwalt begleiten. Es ist ja alles in der Nähe. Und nur Blech. Kannst du aussteigen?"

Inzwischen waren sie in der Torgasse angekommen. Bea fühlte sich ein bisschen verlassen ohne ihren geliebten Mini. Sie drehte sich langsam aus Friederikes Auto, um den Schmerzen im Brustkorb zu entgehen, und schleppte sich ins Haus.

Wieder spulte sie in Gedanken den Unfall ab, gleich danach aber die Termine. Didier. Der wartete auf die Pläne.

„Bis Rike mit dem Baguette kommt, erledige ich das", dachte Bea und verschwand im Büro.

Bea merkte, dass nicht nur das Pflichtgefühl sie an den Schreibtisch getrieben hatte, sondern auch der Wunsch, die Ereignisse auf Französisch mitzuteilen. Das dicke Französischlexikon lag immer auf dem Schreibtisch.

Sie drehte sich mit dem Bürostuhl zum PC, der nur aus dem Standby-Modus erweckt werden musste. Den Stuhl in Position zu ziehen, hatte wehgetan.

„Bonjour Didier, ca va? Ich hoffe, es geht dir gut".

Bea war bereits so mit ihren Gedanken im französischen Text, dass sie gleich losschrieb und die eingegangenen E-Mails gar nicht beachtete. Sie liebte die klare und soziale Vorgehensweise im französischen Dialog. An erster Stelle standen immer die Gefühle, das Ambiente und das Miteinander. Erst dann folgte das Geschäftliche. Sie vertiefte sich in die Suche nach den richtigen Worten und Redewendungen, um den Unfall zu beschreiben. Didier war ihr vertraut genug, um so persönlich zu werden. Sie merkte, dass sie das Unglück loswerden musste, immer und immer wieder. Es schien ihr, als ob sie sich mit jedem Mal häuten würde und mit jedem Mal wurde das vage Gefühl von Sanftheit, das sie beim Telefonat mit Titus das erste Mal gespürt hatte, in ihr größer. Es fühlte sich an wie Selbstliebe. Es war ein angenehmes Gefühl.

*Möchtest du mir das zeigen, Schutzengel?*

Diese Frage hatte sie laut vor sich hingesagt und dabei gen Decke geschaut.

„Mit wem sprichst du?", fragte Friederike, die inzwischen hereingekommen war.

„Mit niemand Bestimmtem", antwortete Bea schnell. „Das mache ich öfter. Du nicht? Wenn man so alleine lebt, tut das manchmal gut."

„Ja, klar. Sonst alles ok? Ich gehe schon mal hoch und decke den Tisch. Möchtest du lieber sitzen oder eher liegen?"

„Ich glaube, sitzen ist besser. Mach es wie immer, an der Theke. Da kann ich zur Not auch stehen. Ich sende kurz die E-Mail an Didier und dann komme ich."

Bea hängte die PDF-Datei mit den Grundrissen des Cafés an die E-Mail an, drückte auf Senden und drehte den Bürostuhl schon langsam Richtung Treppenhaus, als es zweimal Pling machte. Der kleine Kasten am rechten unteren Bildschirmrand zeigte zwei neue E-Mails an.

Mit dem Lesen der eingegangenen E-Mails hatte sie bis zum Abend warten wollen. Aber der Betreff Les Rêves – Träume elektrisierte sie. Was hatte Monsieur Parignol mitzuteilen? Seit Jahren versuchte sie, das Château Les Rêves in der Nähe von Aix-en-Provence zu kaufen. Ein Teil des Châteaus war lange Zeit als

Jugendherberge genutzt worden. Vor einigen Jahren hatte der Besitzer den Betrieb einstellen müssen, da baufällige Mauern die Sicherheit der Gäste gefährdeten. Seither stand die alte Templerburg leer. Nur im Sommer fanden im Innenhof kleinere Konzerte statt. Für Bea war das Château Les Rêves das Sinnbild für Wärme und Liebe. Von Frühjahr bis Sommer schwebte es über den Klatschmohnfeldern der Provence. Hierher rührte ihr Tick mit dem Klatschmohn. Auf Les Rêves hatte Bea die ersten Ferien mit ihren Eltern verbracht, einfache gelassene Tage voller Freiheit. Später war das Château jedes Jahr ein Ziel während des Schüleraustauschs mit Six-Fours-Les-Plages gewesen. Das alte Gemäuer hatten dem jugendlichen Übermut traumhafter Nächte gelassen zugeschaut und die Geheimnisse für sich bewahrt.

*Ach Paul, weißt du noch?*

Das Château mit all seinen Schätzen und Erinnerungen zu besitzen, war ein Traum, den sie sich mit dem Erfolg von Coquelicots erfüllen wollte. Les Rêves war mehr als ein Traum. Es glich einem Versprechen, das sie Paul schuldig war.

Was würde in der E-Mail stehen? Hatte der Besitzer endlich das OK zum Verkauf gegeben? Würde sie nun auch in Südfrankreich ihr Zimmer mit Paul bekommen?

Bea hatte die Maus schon in der Hand und ließ sich auf den Bürostuhl zurücksinken. Ein Stechen in der Brust veränderte ihre Bewegungsrichtung und es öffnete sich nicht die E-Mail von Monsieur Parignol, sondern die zweite.

Grand spectacle à Six-Fours, 2. Juni 2016. „Boris Vian – sein Leben, ein Theaterstück mit Musik" leuchtete in bunten Lettern als Link auf dem Bildschirm. Automatisch öffnete sich das dazu gehörige Video. Es zeigte eine selbstgezimmerte Bühne unter

Pinien, Musiker mit Gitarren und Trompete, die Ile de Grand Gaou – Bea wurde warm ums Herz. Die Filmabschnitte waren wie Heimkommen. Sie tauchte in ihre französische Welt ein, bis ein Schauspieler mit Trompete Panik in ihr auslöste: Paul. War das Paul gewesen?

*Ich muss das Video anhalten, Paul...*

Sie klickte wild auf dem Bildschirm herum, ging zurück in die E-Mail, öffnete dieses Mal selbst den Link, wartete und wieder war einer, der aussah wie Paul, in Millisekunden vorbeigehuscht.

*Ich muss das doch anhalten können.*

„Bea, kommst du?", rief Friederike von oben. „Ich habe den Cidre schon eingeschenkt."

Bea hatte alles um sich herum ausgeblendet. Sie starrte den Bildschirm an, auf dem das Video immer wieder von vorne durchlief und der Trompeter bei jedem Durchlauf mehr zu Paul wurde: die langen Haare, das breite Gesicht, die platte Nase, die beim Gehen nach vorne gezogenen Schultern, die ruckartigen Bewegungen des Oberkörpers – wie Hühner beim Körnerpicken. Sie krallte sich am Schreibtisch fest, alle Muskeln in höchster Spannung, alle Synapsen auf Paul programmiert.

*Das ist das Zeichen. Paul, du lebst. Was spielst du für ein Spiel mit mir? Ich muss gar niemanden suchen. Ich werde dich finden. Ich werde kommen.*

Als Antwort schien der Paul auf dem Bildschirm mit dem linken Auge zu zwinkern.

„Bea, bist du umgefallen? Warum reagierst du nicht? Hast du Schmerzen?" Friederike kam die Treppe heruntergepoltert.

Blitzschnell wechselte Bea zurück zum E-Mail-Account. Das durfte Friederike nicht sehen. „Ich wollte nur noch kurz die E-

Mail von Monsieur Parignol lesen. Du weißt doch, wie lange ich schon auf seine Antwort wegen Les Rêves warte", stammelte Bea.

„Es reicht. Wenn du dich sehen könntest. Du bist ganz weiß im Gesicht. Jetzt wird zuerst etwas gegessen. Du hattest genug Aufregung heute."

Mit diesen Worten drehte Friederike den Bürodrehstuhl vom Bildschirm weg. Erleichtert darüber, dass sie die Ausrede geschluckt hatte, ließ sich Bea in den Loft führen.

Die liebevoll gedeckte Theke, altes beiges Porzellan, das Bea mit Klatschmohn hatte bemalen lassen, elegante Weingläser, dazwischen die Cidreflasche, das Baguette, das zum Abreißen bereit quer auf der Theke lag, das Rilletteglas, der Senf und die Tomaten, weckten Beas Instinkte wieder. Da war doch was gewesen? Hunger.

Sie ließ sich halb sitzend, halb stehend auf dem Thekenhocker aus schwarz-weiß gefiecktem Ziegenfell nieder, so hatte sie am wenigsten Schmerzen.

„Auf dein Wohl und dein Glück und dass deine Verletzungen nicht zu stark schmerzen und du heute Nacht schlafen kannst."

Friederike hob das Glas und stieß mit Bea an. Schweigsam aßen sie. Dafür war Bea dankbar, denn in ihrem Kopf purzelten die Bilder der letzten Stunden unkontrolliert durcheinander wie Kinder in einer Hüpfburg. Der Knall des Aufpralls kollidierte mit der Unfassbarkeit des Videos eines Toten und der Liebe eines Schutzengels.

„Ich fasse es nicht, Rike. Warum immer ich? Erst gestern saßen wir hier. Ich war völlig durch den Wind. Heute Morgen hatte ich mich wieder aufgerappelt und jetzt sitzen wir wieder hier. Hört das denn bei mir niemals auf?"

„Nimm ein paar Notfallkügelchen und sei froh, dass es nicht schlimmer gekommen ist." Friederike hatte die kleine braune Glasflasche aus den Tiefen ihrer Handtasche herausgekramt.

„Ach Rike, vielleicht hilfts ja tatsächlich. Vielleicht sollte ich das Glück im Unglück annehmen. Du bist eine Gute."

Und für sich dachte Bea: „Ich muss zu diesem Konzert, in einer Woche. Ich muss ihn sehen. Ich werde Zoë anrufen."

# Titus

Warum habe ich Friederike nicht eingeweiht? Sie kennt Paul doch auch. Warum nur vertraue ich ihr das Unglaubliche nicht an? Weil ich es selbst nicht greifen kann?

Nachdem Friederike Bea mit vielen Wünschen und der Ermahnung, ihr Handy für den Notfall immer bei sich zu tragen, allein gelassen hatte, war Bea den flach hereinfallenden Sonnenstrahlen Richtung Pauls Zimmer gefolgt, um Trost und Antworten zu finden. Beim Eintreten griff sie zum Medaillon. Die Schmerzen hinderten sie daran, sich ins Bett zu kuscheln. Dafür lehnte sie sich gegen die von der Sonne in Szene gesetzte Postertapete mit dem Sonnenuntergang unter Palmen, über die Paul immer geschmunzelt hatte. Doch trotz der Rituale blieb die innere Verbundenheit mit Paul aus. Paul sprach nicht mit ihr. Das Bild des neuen, anderen Paul drängte sich vor jede Erinnerung.

Auf ihrem Handy öffnete Bea die Webseite des Office de Tourisme von Six-Fours-Les-Plages, denn nur über diesen Newsletter konnte die absurde E-Mail zu ihr gelangt sein. Sie ließ die Ankündigung des spectacle de musique – der Musikaufführung - ein weiteres Mal auf sich wirken. Der Effekt war derselbe wie vor einer Stunde: Da war Paul. Sie musste ihn sehen.

Bea ließ das Handy sinken, schaute an sich hinunter und stellte fest, dass sie immer noch das blumige Sommerkleid anhatte, mit dem sie heute Morgen das Haus verlassen hatte. Doch sie war nicht mehr die Gleiche.

Bea durchquerte den Loft, zog sich im Schlafzimmer dunkelgraue Leggings, dicke schwarze Flauschsocken, ein weißes

T-Shirt und eine weiche Mohairstrickjacke an. Den quälenden Durst löschte sie an der Theke mit zwei Gläsern Wasser. Mit dem dritten spülte sie eine der Schmerztabletten hinunter, die ihr der Arzt im Krankenhaus mitgegeben hatte. Auch wenn sie es nicht wahrhaben wollte: So langsam nahmen die Schmerzen im Brustkorb zu, und in ihrem Kopf wurde alles zunehmend schwabbeliger und unkontrollierbarer.

Bitte nicht, dachte Bea. Ich muss doch in wenigen Tagen in Six-Fours sein. Wie soll das überhaupt gehen, mit Schmerzen, ohne Auto? Was muss wegen des Unfalls alles erledigt werden? Und was sage ich Titus, warum ich nach Six-Fours muss? Und was, wenn er mich begleiten möchte? Zu besprechen hätten wir einiges mit Didier."

Organisatorische Fragen setzten in Bea immer neue Kräfte frei. Das war ihr Programm. Bea war nicht der Typ, der sich in Kummer suhlte und abwartete. Vielleicht hatte sie auch deshalb ihre Firma nach dem Klatschmohn benannt. Diese Pflanze schien ein Spiegelbild ihres Lebens zu sein. Die Blüte hauchzart und schnell vergänglich. Und trotzdem verstreut diese Blume ihr intensives Rot einen ganzen Sommer lang.

Ach, Coquelicots, seufzte Bea, löste sich von der Theke und stieg, Stufe für Stufe, die gebürstete und weiß lasierte Holztreppe hinunter.

Im Büro streiften Beas Finger über das abgewetzte Türblatt, das auf zwei alten Nähmaschinengestellen lag. Ihr Schreibtisch, bequem mit großem Bildschirm und Tastatur. Bea träumte sich weiter in die Ladenräume, nahm mit allen Sinnen all die Kleinode in sich auf, die sie gesammelt hatte und die ihr ein abwechslungsreiches und ein Leben ohne Geldsorgen bescherten.

Als ihr Blick den weiß gerahmten Kunstdruck des Klatschmohnfelds von Monet streifte, fiel ihr die E-Mail von Monsieur Parignol wieder ein. Es würde sich lohnen, die Kiste nochmal anzuwerfen.

Die übersichtliche Anzahl fettgedruckter Zeilen im E-Mail-Eingang beruhigte Bea. Die Betreffe waren rasch kategorisiert. Drei Kunden, die einen Termin im Laden vereinbaren wollten. Sie würde ihnen eine Uhrzeit morgen Nachmittag nennen. Eine Nachricht von Didier, der bestätigte, dass die Grundrisse angekommen waren. Bon rétablissement, gute Besserung, und bisous, Küsschen, inklusive. Eine Erinnerung von Martin, ihrem Steuerberater, die Buchhaltungsunterlagen für Mai rechtzeitig abzugeben. Eine Spam-Mail, die sie sofort löschte, und die E-Mail aus Aix-en-Provence.

Zögernd näherte sich Bea mit der Maus dieser E-Mail. Was würde sie erwarten? Schlechte Nachrichten? Oder die spontane Erfüllung ihres Traums, ein paralleles Leben mit einem zweiten Paulzimmer in Frankreich?

Aber galt das noch? Wollte sie das noch? War Paul ihr inzwischen nicht anders nähergekommen?

„Veit", meldete sich Bea, als das Telefon am Schreibtisch klingelte.

„Wusste ich's doch, dass du es nicht lassen kannst. Wie geht es dir, meine beste und einzige Geschäftspartnerin?", fragte Titus mit seiner weichen Stimme.

„Ach, dafür, dass es mich erst heute Vormittag total zusammengequetscht hat, eigentlich ganz gut. Du kennst mich ja, am Schreibtisch zu sitzen und mich abzulenken, ist ok. Hat heute alles geklappt?"

„Ja, alles bestens. Die Idee mit den Seilnetzen sieht super aus. Ich habe in der Scheune ein Eck damit abgeteilt. Das könnten wir auch im Laden ausstellen. Mit Paris habe ich den Termin für Mitte Juni ausgemacht. Aber warum ich anrufe: Wann soll ich Dich morgen Vormittag abholen? Wir gehen zur Polizei, zum Anwalt? Sonst noch was?"

„Ich brauche ein Auto." Bevor Bea nachgedacht hatte, war ihr dieser Satz rausgerutscht und sie hatte ihn so betont, als ob ihr Leben davon abhinge. Sie merkte, wie Titus tief Luft holte.

„Das Auto kann doch warten, Bea. Ich erledige die Dinge, wofür du ein Auto brauchst, und du betreust den Laden und die Anfragen. Das geht auch ohne Auto. Du hast doch alles fußläufig. Traust du dir das Autofahren überhaupt schon wieder zu?"

„Du weißt doch, wie gerne ich Auto fahre und wie viel mir meine Selbstständigkeit bedeutet." Bea zögerte. Mir muss schnell etwas einfallen, warum ich dringend ein Auto brauche. Von Six Fours darf Titus nichts erfahren.

Nebenher hatte sie die Nachricht von Monsieur Parignol überflogen. Sie war weder Hop noch top. Es würde einen Termin vor Ort geben mit allen Interessenten, am Freitag in einer Woche, am 3. Juni um 10 Uhr. Bea jubelte innerlich. Das war die Lösung.

„Und ich darf nach Aix. Les Rêves ist der Grund. Ich lese gerade die E-Mail von Monsieur Parignol. Du erinnerst dich, der Makler, der für mich seit Jahren an dem Château dranbleibt. Er schreibt, dass am kommenden Freitag, also in mehr als einer Woche, ein Termin der Interessenten ansteht. Es wird beraten und entschieden werden, wie es mit dem ehrwürdigen Château weitergehen soll. Paul würde das gefallen. Er hatte Les Rêves geliebt, und er hatte seine Träume damit."

Wieder hörte sie Titus tief Luft holen und in ihrem Hinterkopf rumorte ein Gedanke, der nichts Gutes verhieß. War da nicht was mit Les Rêves gewesen?

Aber ich nicht, dachte Titus am anderen Ende der Leitung. Lange hat mich dieses Château in Ruhe gelassen. Das hätte so bleiben können. Wenn sie Les Rêves kauft, wird sie über kurz oder lang von hier weg sein. Sie wird mich und unsere Geschäftsidee, in der Paul weiterlebt, im Stich lassen. Das werde ich nicht erlauben.

„Bist du noch da, Titus?", fragte Bea in die Stille.

„Hat der Arzt nicht gesagt, dass du dich schonen sollst?" Auf die Informationen zum Château ging Titus nicht ein. „Außerdem haben wir am Sonntag, 5. Juni, Gartenmarkt in der Stadt und damit Tag der Offenen Tür im Laden. Hast du das vergessen? Mitte Juni wollen wir nach Paris fahren. Wir haben Hochsaison. Die Menschen sind in Aufbruchstimmung, wollen alles schön haben. Du wirst doch nicht wegen dieser alten Ruine deine Gesundheit und Coquelicots aufs Spiel setzen." Titus hatte seine Antwort gehässig und vorwurfsvoll ausgespuckt.

„Was ist denn in dich gefahren, Titus? Du weißt doch, was mir Les Rêves bedeutet."

„Ich verstehe dich nicht, Bea. Sei zufrieden mit dem, was du hast. Belaste dich nicht mit mehr. Ich hole dich morgen um zehn Uhr ab." Titus hatte aufgelegt.

„Danke der Nachfrage, ich freue mich auf Les Rêves. Und auf Boris Vian. Und auf Paul."

Erstaunt über die heftige Reaktion von Titus hatte Bea den Satz trotzig vor sich hingemurmelt. Da fiel ihr wieder ein, dass sie mit Titus vor vielen Jahren schon einmal wegen Les Rêves gestritten hatte. Worum war es damals gegangen? Bea dachte, Titus hätte ihren Traum akzeptiert und ihr Versprechen an Paul geahnt. Aber da hatte sie sich wohl getäuscht.

Bea teilte den drei Kunden die Öffnungszeiten für den nächsten Tag mit. Sie würde am Nachmittag von fünfzehn bis siebzehn Uhr im Laden sein.

Blieb das Telefonat mit Zoë, Didier´s Exfrau, groß gewachsen, mit tiefer Stimme, in bunte, wallende Gewänder gehüllt, die in krassem Kontrast zu den zentimeterkurz gehaltenen, schwarz gefärbten Haaren mit roten Strähnen standen. Zoës Exzentrik faszinierte Bea. Sie beide verband die Liebe zu Büchern, Kleinkunst und Sprachen.

Zoë leitete die Bibliothek in dem kleinen, von Meer und Inseln umgebenen Stadtteil von Six-Fours, Le Brusc, und war dort Dreh- und Angelpunkt für kulturelle Veranstaltungen. Deshalb wollte sie Zoë unbedingt sprechen. Sie würde ihr vieles über das Theaterstück zu Boris Vian und den Akteuren erzählen und ihr kurzfristig eine Karte für den Abend besorgen. Bea würde Zoë zudem bitten, ihr ein Zimmer im Hôtel du Parc zu reservieren, ihrem Stammhotel, wenn sie in der Gegend war.

*Das wird hoffentlich bald unnötig sein. Les Rêves wird mich empfangen.*

Auf der Festnetznummer des kleinen Hauses am Chemin de la Guardiole, einem Randweg von Le Brusc in einem Pinienwald oberhalb der Steilküste, nahm niemand ab. Da Zoë abends oft bei Veranstaltungen war, wollte Bea sie nicht auf dem Handy belästigen.

Deshalb tippte sie mit schwindenden Kräften ihr Anliegen in den Computer. Die Nachfrage nach dem Schauspieler und

Trompeter konnte sie sich nicht verkneifen. Zoë würde sich darüber wundern und nachhaken. Was Bea dann antworten würde, ließ sie offen.

Die Luft war raus. Mit dem Gefühl, diesen Tag überlebt und am Ende das Wichtigste erledigt zu haben, sank sie wenige Minuten später mit einer Flasche Wasser und einer Decke auf die Chaiselongue im Loft. Dieses Möbelstück hatte genau den richtigen Winkel, um die Nacht zu verbringen, die beste Körperhaltung für den Moment.

*Glück? Ja, ich hatte heute Glück. Und nicht nur heute. Mein Beruf ist vollkommen. Ich bin kreativ. Ich bin frei. Danke, Paul.*

Diese Gedanken begleiteten sie ins Reich der Träume.

Zur gleichen Zeit versank Friederikes Blick in Leanders Augen. Sie hatten sich, wie schon am Abend vorher, im Storch´n verabredet, einer Traditionskneipe, die vor kurzem unter neuem Besitzer im alten Gasthausambiente wiedereröffnet hatte. Beide hatten sie am Nachmittag Klausuren korrigiert, Leander in Freiburg, Friederike in Emmendingen. Am frühen Abend hatte ihre Sehnsucht die Pflichten verdrängt. Friederike und Leander saßen sich an einem Zweiertisch gegenüber, eine Hand am Pilsglas, die andere mit der des anderen verschlungen. Um sie herum hätte die Welt untergehen können. Sie hätten sich nicht voneinander gelöst. Abwechselnd atmeten Friederike oder Leander tief ein, das Lächeln wurde breiter, sie schüttelten die Köpfe, kamen sich näher, küssten sich.

Leander zeichnete mit seinen Augen die runden Formen Friederikes nach. Für ihn war sie schon immer der Inbegriff von Wärme und Geborgenheit.

Während Friederike nicht aus dem Schwärmen herauskam. „Du siehst noch besser aus als früher." Sie strich über seinen gepflegten Dreitagebart und malte sich den weiteren Fortgang des Abends aus.

„Bitte Leander, das ist alles so traumhaft schön. Das lassen wir uns nie wieder nehmen", raunte Friederike zwischen zwei Schluck Bier.

„Dass wir uns wiedergefunden haben, Freddi. Nur mir dir. Ich bin so glücklich. Dass wir das erleben dürfen. Versprochen. Keine Vorwürfe, kein Warum tust du dies? Warum tust du das? Einfach wir beide. In dem Vertrauen wie früher", nuschelte Leander in Friederikes Ohr und grub seinen Kopf in die weiche Kuhle am Schlüsselbein.

„Zweimal Flammkuchen mit Salat."

Sie stoben auseinander, um Platz zu machen, für die üppig beladenen Holzbretter.

„Lass es dir schmecken, Freddi." Leander nickte Friederike zu. „Guten Appetit."

*Freddi*, hallte in Friederike nach. So hatte nur Leander zu ihr gesagt, während sie es immer bei seinem Vornamen belassen hatte.

„Erzähl mir von Bea. Wie hast du sie heute verlassen? Hast du ihr deine Notfallkügelchen dagelassen?" Leander lächelte liebevoll.

„Klar, und sie ist so durcheinander, dass sie sie sogar geschluckt hat. Vielleicht wollte sie mich aber auch nur loswerden. Irgendetwas hat sie im Büro erschreckt. Es war nicht nur der Unfall."

„Hast du eine Ahnung, was?"

„Ich habe ihr heute von uns erzählt. Es tut mir schon weh, dass ich so glücklich sein darf und sie immer noch nach Paul sucht. Aber das ist es nicht."

Etwas krampfte sich in Friederikes Bauch zusammen. Sie litt mit ihrer Freundin.

„Ob sie wohl jemals frei wird von ihm? Was muss für ein Mann kommen, um Paul abzulösen? Kannst du nicht einen guten Freund aus dem Ärmel zaubern?"

„Würde ich ja gerne. Aber so, wie du Bea beschreibst, ist sie mit ihrer Arbeit, Frankreich und ihren Erinnerungen verheiratet. Und doch auch glücklich. Meinst du wirklich, da passt ein Mann dazwischen?"

Eine Stimme riss Friederike aus ihren Gedanken.

„Hallo Rike. Schmeckt´s?" Titus musterte ihren Begleiter.

„Leander, bist du das? Wie kommst Du denn hierher? Ihr beide? Wie früher?" Titus schüttelte ungläubig den Kopf.

„Wahnsinn, oder? Was das Leben für Überraschungen bereithält. Wir sind total happy." Leander war aufgestanden und umarmte Titus. Wie alte Kumpels klopften sie sich auf den Rücken.

„Wo hast du Christine gelassen?", fragte Friederike.

„Sie wollte nicht mit. Sie hatte heute einen stressigen Tag. Aber ich musste nochmal raus. Weißt du, was Bea vorhat?" Titus war laut geworden.

„Setz dich zu uns. Von Bea sprachen wir gerade."

„Ich möchte euer Glück nicht stören."

„Ein bisschen Glück musst du schon ertragen. Den Rest heben wir uns für später auf."

Dabei drückte Friederike Leanders Arm.

„Also: Bea möchte nach Frankreich fahren, um genau zu sein, nach Aix. Zu so einem Termin wegen Les Rêves. Nächste Woche." Titus schnappte nach Luft. Seine Sommersprossen hatten jeden Schalk verloren. „Das lasse ich nicht zu."

„Sie hat mir nur erzählt, dass da eine E-Mail ist. Aber gelesen hatte sie sie nicht, als ich gegangen bin. Weißt du, wie Bea sich das vorstellt? Möchte sie mit dem Auto fahren? Mit dem Zug? Vielleicht könntest du ja mitfahren, und ihr könntet es mit dem Geschäft verbinden."

„Keine tausend Pferde bringen mich da hin. Ja, wir haben deshalb gestritten. Ein Pils bitte", ergänzte Titus schroff, an die Bedienung gewandt.

„Ihr habt gestritten? Titus, was ist wirklich los? Normalerweise ermöglichst du Bea jeden Wunsch. Ihr versteht euch blind. Ihr führt das Geschäft auf einer Wellenlänge. Und du weißt, was sie schon alles investiert hat, um dieses Château zu besitzen. Denk nur an den Aufwand mit den Architektenplänen, die sie dafür hat machen lassen. Ich kann sie verstehen, dass sie nach Frankreich möchte, wenn sich endlich etwas tut, auch wenn ich dir Recht gebe: Es ist unvernünftig. Aber nicht zuletzt wegen Paul muss sie das machen. Und das weißt du. Ich wünschte nur, sie könnte Paul loslassen."

„Titus, es tut mir leid wegen Paul.", warf Leander ein. „Freddi hat mir alles von damals erzählt. Ich bewundere, was Bea und du aus all diesen Jugendträumen gemacht habt."

Titus ließ Leander links liegen.

„Meine Meinung, ehrlich? Sie wird alles hier aufgeben, wenn sie Les Rêves besitzt. So vernarrt wie sie in alles Französische ist. Sie wird abhauen. Das ist ihre Lösung mit Paul. Und ohne ihren

Elan, ihren Mut, ihre Französischkenntnisse kann ich hier dichtmachen. Kreative Schreiner gibt es auch in Südfrankreich."

Titus kippte das Pils in einem Zug hinunter und bestellte gleich das nächste. Friederike und Leander schauten sich an. Was zog da für ein Unwetter auf? Der Appetit war ihnen vergangen.

„Und bevor du Bea weiter verteidigst, Friederike: Nein, ich verstehe das nicht. Ich werde morgen mit ihr zur Polizei und zum Anwalt gehen. Das habe ich versprochen. Aber mehr nicht. Nichts für ungut, ihr beiden Turteltauben. Einen schönen Abend noch."

Damit nahm Titus sein drittes Bier und verschwand Richtung Theke.

Friederike und Leander tranken schweigend ihre Gläser aus, orderten die Rechnung, legten beide etwas mehr als die Hälfte des Betrags auf den Tisch und verließen den Storch´n.

Leander nahm Friederike in den Arm, um sie zu beschützen und zu wärmen. Sie schlenderten Richtung Friederikes Wohnung an der Elz. Vertraute Liebe hatte etwas Magisches. Sie freuten sich darauf, ihre Körper immer wieder von Neuem zu entdecken, zart, langsam, sinnlich, erfüllend. Es würde eine kurze Nacht werden. Und es war nur eine Frage der Zeit, bis sie zusammenzögen.


„Die nächste Kemenate soll genauso werden." Paul lümmelte in einem schwarzen Sitzsack. Sie hielten sich in einem quadratischen Raum auf, dessen grobe Steinmauern bis unter die Decke mit übervollen Bücherregalen bedeckt waren. Bea stand in der Mitte und schaute auf Paul und seine vier jüngeren Brüder hinunter, die auf Flickenteppichen lagen.

„Ich bin der Älteste. Ich bestimme hier. Und es wird einen weiteren Bücherraum geben. Für Bea."

Paul unterstrich seine Sätze energisch mit dem erhobenen Zeigefinger.

Verdutzt schüttelte Bea den Kopf, was unangenehm war. Seit wann hatte Paul vier Brüder? Seit wann las er gerne? Seit wann sprach er so? Und sie stand doch gar nicht, sondern lag in ihrem Loft. Endlich realisierte Bea, dass sie geträumt hatte. Von Paul. Etwas, was sie sich in den letzten Jahren oft gewünscht hatte, was aber nie vorgekommen war. Wahrscheinlich, weil sie immer mit Paul gesprochen hatte. Und er mit ihr. Aber das hatte er ja gestern verweigert.

Bea rappelte sich langsam in Sitzposition hoch. Fragen über Fragen tauchten in ihrem Kopf auf. Was meinte er nur mit dem zweiten Raum? Mit dem Bestimmer? Mit den Büchern? Das konnte nur ein Hinweis auf Les Rêves sein. Ja, so musste sie das einordnen. Und vorher Paul persönlich treffen.

Der Blick auf einen der vielen Wecker ließ Bea staunen. Sie musste am Ende der Nacht tief geschlafen haben, denn es war nach acht Uhr, die Weckerzeit im Loft war schon vorüber.

Umso besser, dachte sie. Dann wird mein Trip nach Frankreich nicht gar so unvernünftig. Ein wenig flau im Magen war Bea trotzdem, wenn sie an die achthundert Kilometer dachte, in einem fremden Auto und den Aufprall im Ohr.

Behutsam bewegte sie sich im Loft und frühstückte im Stehen an der Theke, Schwarztee, Honigbrot und eine Schmerztablette. Sie informierte Friederike per WhatsApp, dass sie die Nacht gut überstanden hatte, und las die Nachricht von Zoë, die ihr mitteilte, dass sie sich freue, sie wiederzusehen.

„Tout va bien! Alles gut!"

Aus Zoës Sicht war damit bis zu Beas Ankunft alles gesagt. Auf den Trompeter war Zoë erstaunlicherweise nicht eingegangen.

Draußen war ein düsterer Tag aufgezogen und Bea wählte nach dem Duschen einen grauen Hosenanzug, dem sie mit einem roten T-Shirt und einem Seidenschal mit Klatschmohnmotiv Farbe verlieh. Auf High Heels verzichtete sie. Das wäre zu dick aufgetragen. Schließlich war sie Unfallopfer und kein Millionendeal-Partner. Telefonisch hatte sie beim Anwalt einen Termin für elf Uhr vereinbart. Sie war gerade fertig, als Titus sie abholte.

„Hallo. Gehen wir zuerst zur Polizei oder zum Anwalt?" Titus hatte die Beifahrertür vom Fahrersitz aus geöffnet.

„Guten Morgen, Titus. Danke, dass du da bist. Zuerst zur Polizei. Beim Anwalt habe ich für elf Uhr einen Termin ausgemacht. Bist du immer noch sauer? Was ist denn los? Es geht mir ok. Mach dir keine Sorgen. Es geht besser, als ich dachte."

„Weißt du, bei wem du dich bei der Polizei melden musst?"

„Patrick Maier. Ich habe die Visitenkarte dabei. Bleiben wir heute beim Staccato?"

So abrupt hatte Bea Titus noch nie erlebt. Titus war der ausgleichende Pol in ihrer Geschäftsbeziehung. Er fand für die abwegigsten Kundenwünsche eine Lösung und akzeptierte Beas intensiven Arbeitsstil. Der ungute Gedanke im Hinterkopf meldete sich wieder:

Was gefiel Titus nicht an Les Rêves?

Die beiden offiziellen Termine gingen zügig und sachlich über die Bühne. Bea müsste sich nur um das Auto kümmern, Mietwagen, Neuwagen. Die übrige Abwicklung würde komplett über den Anwalt laufen. Das erleichterte die Sachlage, denn Beas Plan, die folgende Woche nach Six-Fours zu fahren, war in Stein gemeißelt.

Wie angekündigt, setzte Titus Bea direkt nach dem Termin beim Anwalt vor dem Laden ab.

„Wenn du dahinfährst, musst du dir einen anderen Dummen suchen!"

Titus hatte beschlossen, die Flucht nach vorne zu ergreifen. Lieber wollte er die Fäden in der Hand halten und den Schlussstrich ziehen, als von Bea nach so vielen Jahren enttäuscht und allein gelassen zu werden.

„Was redest du da, Titus?" Bea drehte sich zu ihm um, obwohl ihr Brustkorb bedenklich schmerzte, und sah ihn mit großen Augen an.

„Ich will mir niemand anderen suchen. Wir beide sind Coquelicots. Und das werden wir bleiben. Damit hat doch das Schloss nichts zu tun."

„Bitte, Bea, steig aus. Du willst es nicht verstehen. Bleib einfach hier."

Titus legte den ersten Gang ein. Ihr blieb nichts anderes übrig als kopfschüttelnd auszusteigen.

*Liebe dich. Sei nicht ungerecht. Pass auf dich auf. Überfordere dich nicht. Gebe der Liebe Raum. Setz nicht alles aufs Spiel. Treffe Paul im Zimmer auf Les Rêves. Räkle dich in Pauls Armen in Six-Fours.*

Es riss und zerrte an Bea, als sie an der Küchentheke das nächste Glas Wasser mit einer Schmerztablette vorbereitete. Hunger verspürte sie keinen. Trotzdem aß sie einen Joghurt, denn sie hatte gelernt, dass ihr Körper Nahrungsentzug mit Knockout-Kopfschmerzen bestrafte. Und das war das Letzte, was sie im

Moment brauchte. Sie würde sich ein bisschen ausruhen, bevor sie den Laden öffnete. Wieder und wieder schaute sie sich das Video an.

*Paul, erlöse mich. Sie fühlte, wie Pauls Hände das Muttermal unterhalb des Bauchnabels sanft umkreisten. Sie spürte seinen Atem zwischen ihren Brüsten – bald.*

Um fünfzehn Uhr öffnete Bea den Laden. Kunden würde sie am Klackern des Klangspiels aus Olivenholz erkennen, das über der Eingangstür hing.

Sie stellte im Büro die Unterlagen für den Steuerberater zusammen. Bis zum Monatsende erwartete sie nur noch wenige Buchungen, die schnell hinzugefügt wären. Dann rief sie in ihrem Autohaus an, um nach einem Ersatzwagen zu fragen. Herr Klein informierte Bea, dass ein Gutachter ihren Schrott bereits angeschaut und als Totalschaden eingestuft hatte.

„Wie planen Sie denn weiter, mit dem Auto, meine ich, Frau Veit?"

Ich möchte am liebsten genau meinen Mini zurück, lag es ihr auf der Zunge. Aber sie hatte vom Unfall kaum gesundheitliche Schäden davongetragen und Schrott war ersetzbar. Niemand konnte ihre Schwärmerei für ihr Auto nachvollziehen.

„Langfristig möchte ich gerne das alte Auto ersetzt, so, wie es war, ein schwarzer Mini mit dem Klatschmohn-Aufdruck. Und einigermaßen neu sollte er auch sein. Kurzfristig brauche ich einen Ersatzwagen, stabil und zuverlässig. Am Montag?"

„Ich werde das zu Ihrer Zufriedenheit veranlassen, Frau Veit. Sehr gerne. Sie können den Mietwagen am Montagvormittag abholen. Dann erledigen wir die schriftlichen Dokumente wegen der Versicherung und die Bestellung des Nachfolgers gleich mit. Sie werden keinen Aufwand damit haben."

„Danke, Herr Klein. Freut mich, dass ich mich wie immer auf Sie verlassen kann. Ein schönes Wochenende und bis Montag."

Schnell legte Bea den Hörer auf, denn der Klang des Olivenholzes kündigte die Kunden an. Bea ließ ihnen Zeit, im Ambiente anzukommen. Jedoch schienen die drei Personen genau zu wissen, was sie suchten. Ein älteres, elegant gekleidetes Ehepaar hatte sich an dem in Barock gehaltenen üppig eingedeckten Esstisch eingefunden. Die Frau hielt die fein ziselierte, silberne Etagère in der Hand, während eine junge Frau, groß und schlank mit einnehmendem Lächeln, den verwitterten, schmalen Holztisch mit geschwungenen Beinen und Schubladen unter der Arbeitsfläche mit einem Meterstab abmaß.

„Der passt genau auf meinen Balkon!", schwärmte sie. „Gekauft!"

„Da bin ich ja völlig überflüssig", warf Bea in die Runde. „Freut mich, dass Sie finden, was Sie suchen!"

„Bei Ihnen ist meine Frau immer glücklich", antwortete der Mann, der sich als Herr Tauz vorstellte.

„Sie haben so einen schönen Beruf", sagten die beiden Frauen fast gleichzeitig.

„Ja, und ich weiß es zu schätzen. Darf ich Ihnen die Auswahl verpacken bzw. beim Einladen helfen?"

„Gerne." „Nicht nötig", kam als Antwort.

Schnell waren die Beträge kassiert und die zufriedenen Kunden freundlich verabschiedet. Bea hatte sich angewöhnt, Lücken in der Auslage sofort zu schließen. Eine Etagère aus Kristallglas und eine Holzkiste ersetzten das Verkaufte. Bea kehrte an den

Schreibtisch zurück, stellte Fotos der neuen Raumteileridee von Titus ins Netz, checkte den Terminkalender für die nächste Woche. Donnerstag bis Samstag nicht da zu sein würde Coquelicots nicht in den Ruin treiben.

Als das Olivenholz ein weiteres Mal anschlug, rechnete Bea mit dem dritten Kunden, aber es war Friederike.

„Bee, wie geht es dir?" Friederike nahm Bea vorsichtig in den Arm.

„Für den Aufprall, Rike, echt gut. Ich bewege mich ein bisschen langsamer, und mein Kopf ist etwas matschig. Aber sonst ist alles ok. Und bei dir? Du strahlst aus allen Poren."

„Ich schaffe es kaum, mich von Leander zu trennen. Es tut so gut, sich einfach fallen lassen zu können und nichts befürchten zu müssen. Du wirst sehen, irgendwann ist es auch bei dir soweit. Ich bin zuversichtlich."

*Wie nah du an der Wahrheit dran bist, Rike, dachte Bea.*

Aber Friederike plapperte schon weiter.

„Was hat uns Titus gestern Abend erzählt? Du hast Nachricht aus Aix? Du willst nächste Woche hinfahren? Traust du dir das zu?"

Das weiß ich nicht, hätte Bea ehrlicherweise antworten sollen. Aber laut sagte sie: „Darauf habe ich so lange gewartet. Einige Leute sind am Freitag zu einem Gespräch auf das Château eingeladen. Monsieur Parignol hat geschrieben, alle, die Interesse hätten, müssten dabei sein. Vielleicht ist es die letzte Chance, Les Rêves zu bekommen."

Bea nahm Friederikes besorgten Blick wahr. „Ich werde schon am Mittwoch fahren und die Strecke in zwei Etappen zurücklegen. Versprochen."

„Hast du eine Übernachtung unterwegs gebucht? Das möchte ich schriftlich haben, denn sonst fährst du ja doch wieder alles am Stück durch. Ich kenne dich. Wir reservieren jetzt sofort eine Übernachtung. Und am besten für die Rückfahrt am Freitag auch gleich. Du musst für den Gartenmarkt am Sonntag wieder da sein." Das Wetter soll sommerlich warm werden. Ich freue mich schon, den Sommer zu begrüßen und das eine oder andere für den Balkon zu kaufen. Bourg en Bresse ist ungefähr die Hälfte der Strecke. Lass mal schauen." Schon hatte Friederike auf dem Bürostuhl Platz genommen und präsentierte Bea eine Hotelauswahl.

„Wie wäre es mit dem Hotel auf dem Aire – Rastplatz – bei Bourg en Bresse? Dann müsste ich die Autobahn gar nicht verlassen. Und einen bewachten Parkplatz gibt es dort auch. Das wäre ideal", schlug Bea vor.

„Voilà. Bitte. Jetzt muss ich wohl, bist du zufrieden?" Bea nahm die Reservierungsbestätigungen aus dem Drucker.

„Hat Monsieur Parignol in Aix ein Zimmer für dich reserviert?"

„Aix? Warum Aix?" Bea drückte mit je drei Fingern auf die Knochenplatten hinter den Ohren. Das entlastete den Kopfdruck und half, ihre Gedanken zu sortieren.

„Aix? Ach ja, die Besprechung. Nein, ich übernachte in Six-Fours. Bis dahin wird Didier die Einrichtung für Freiburg haben, und ich kann Zoë endlich mal wieder treffen."

*Zum Glück funktioniert er schnell genug, mein Kopf.*

„Sie wird dich hoffentlich nicht mit ihrem Kulturelan überfordern. Von mir bekommst du eine Nusstüte und ein paar Fruchtschnitten für die Fahrt, dann bist du versorgt."

„Du sagtest vorher: Wir haben Titus gesehen. Wo? Und was ist mit ihm los?"

„Leander und ich haben ihn gestern im Storch'n getroffen. Manchmal denke ich, Titus ist in dich verliebt, Bea. Und seit dem Unfall ist etwas anders mit dir. Titus hat Angst um dich, um Coquelicots, um seinen Lebensrhythmus. Mit Christine läuft es nicht so, sie war gestern Abend nicht dabei. Vielleicht weiß er selbst nicht so genau, warum er so garstig ist."

*Ich werde in diesem einen Fall keine Rücksicht auf ihn nehmen. Für mich steht zu viel auf dem Spiel. Ich weiß, dass Titus in Sicherheit ist. Da muss er durch.*

„Was ist denn mit dir? Gibt es noch etwas, das ich wissen darf? Es geht doch um mehr als um Les Rêves, Bee. Du warst so erschreckt, gestern Abend."

„Es gibt etwas, Rike, ja, das spürst du gut. Ich freue mich, dass du das merkst. Ich kann es aber selbst noch nicht fassen. Lässt du mir ein bisschen Zeit?"

„Ich bin für dich da, egal wann. Ich drücke dir die Daumen. Soll ich dir noch einkaufen? Hast du alles?"

„Meine Vorräte aus der Bretagne reichen übers Wochenende. Danke. Ich werde mich treiben lassen und ein bisschen arbeiten. Wenn ich dich brauche, melde ich mich. Lass dich drücken, Rike, danke."

Friederike zog die Ladentür von außen zu und Bea schloss ab, denn die offizielle Öffnungszeit war vorbei. Sie sprach Titus eine Nachricht auf den AB.

„Ich bin von Mittwoch bis Samstag weg. Für den Tag der Offenen Tür ist alles vorbereitet. Martin bekommt am Dienstag die Unterlagen für die Steuer. Die E-Mails lese ich regelmäßig. Bitte verstehe mich. Ich lasse dich nicht im Stich."

# Mann mit Hund

*Ich bin schon komisch. Kaum übertrete ich diese Landesgrenze, die nicht einmal mehr besetzt ist, ändern sich Blickwinkel und Gefühle. Alles wird heller, leichter, freier, lustvoller, gefühlvoller - anders. Es ist, als ob ich die Trauerhaut abstreife und ohne Umweg in die Unbeschwertheit der Jugend steige.*

Bea überquerte den Rhein bei Neuenburg. Die Vormittagssonne hatte die Schwarzwaldgipfel erreicht und wies ihr den Weg durch das hügelige Elsass Richtung Jura. Im Autoradio stellte sie den französischen Autobahnsender 107,7 ein, eine Mischung aus Verkehr, Wetter, Aktuellem und Musik. Sie verstand alles und die Nachrichten waren durchgehend positiv. Keine Staus, keine Terroranschläge und eine frühlingshafte Wettervorhersage. Der Sender setzte mit CRAZY von Britney Spears ein Sahnehäubchen obendrauf. Crazy, das traf ihre aktuelle Situation. Sie trommelte den Takt auf dem Lenkrad und sang aus vollem Hals mit. Egal, zu welcher Tages- oder Nachtzeit oder wo sie diese Grenze überquerte, egal, wie das Wetter war: In Frankreich hatte sie das Gefühl zu leben, sie selbst zu sein, keine Rolle erfüllen zu müssen, als Alleinlebende dazuzugehören. Es war Lebensfreude pur. Ob sie Paul in Frankreich besser loslassen könnte? Das hatte sich Bea schon oft gefragt.

Die Tage vor der Abfahrt waren ein Wechselbad der Gefühle gewesen. Da war der Eindruck der plattgedrückten Flunder, Symbol für den Aufprall, für ihre Kraftlosigkeit, für die Schmerzen im Kopf, im Brustkorb und am Nasenbein. Der Tag nach dem Unfall hatte mit einem Blutbad geendet. Sie musste sich die Nase geprellt haben, denn als sie sich am Abend das Gesicht gewaschen hatte, war ihr das Blut aus der Nase geschossen. Mit Wutschreien hatte Bea ihrer Verzweiflung Ausdruck verliehen und versucht, die Blutung zu stillen. Irgendwann war ihr das gelungen. Nase, Augen und Wangen hatten sich danach blau, gelb und grün gefärbt. Der Stier in ihr, ihr Sternzeichen, der sonst gerne mit dem Kopf durch die Wand geht, war zusammengebrochen und war nicht mehr gegen die Flunder angekommen. Es hatte den Anschein gehabt, als ob er Kraft tanken müsse für den nächsten Angriff auf das rote Tuch des Toreros, die Muelta.

Gleichzeitig hatten Schmetterlinge sie in diesen Tagen Schmetterlinge, viele, bunte, und mit ihnen tausend Fragen rund um das Treffen mit Paul. Was ziehe ich an? Welche Schuhe? Kleid oder Hose? Spitzenunterwäsche? Rot? Schwarz? Wie soll ich mich verhalten? Was soll ich sagen? Wie werde ich reagieren? Was wird der Bluterguss bis dahin machen? Werde ich rechtzeitig ankommen? Wie wird Zoë reagieren? Was wird sie mir vor dem Konzert erzählen?

Das ganze Wochenende hatte sie diesen leidenden, aufgeregten Zustand akzeptiert und sich treiben lassen. Die Regentropfen, die gegen die großen Fensterscheiben trommelten, und die dunklen Wolken, die der Wind über den Himmel peitschte, hatten es ihr leicht gemacht, ihre Aktivitäten zurückzufahren.

Stundenlang war sie in Pauls Zimmer gesessen, hatte ihren Brustkorb gerieben, in einen warmen Schal gehüllt. Dem Medaillon hatte sie ihre Gefühle und Fragen anvertraut. Antworten hatte Paul ihr keine gegeben. Trotzdem war das tiefe Vertrauen in sein Versprechen geblieben: Ich werde dir Zeichen senden.

*So viele hätten es nicht sein müssen, murmelte sie immer wieder vor sich hin.*

Ab Montag hatte die Sonne durch die Wolken gelugt und die Kraft war zurückgekommen. Bea hatte neuen Mut geschöpft und wieder Zutrauen in ihren Ausflug nach Frankreich gefunden. Das Leihauto war zwar nicht ihr Coquelicots-Mini, aber es fuhr. Das Problem mit der Kleiderauswahl hatte sie auf ihre Art gelöst. Drei Koffer für sechsunddreißig aufregende Stunden: Das würde reichen. Die verbliebenen Lücken im Kofferraum hatte sie mit fünfzehn Paar Schuhen, Lederflipflops, Ballerinas und Pumps und Handtaschen in verschiedenen Farben aufgefüllt. Die lederne schwarze Aktenmappe mit dem Schriftverkehr zu Les Rêves und den Unterlagen für Didier waren hinter dem Fahrersitz verstaut. Wasserflasche und der Reiseproviant, den Friederike ihr am Dienstag gebracht hatte, lagen wie immer griffbereit auf dem Beifahrersitz. Blieb der leere Rücksitz. Im vergangenen Jahr hatte sie sich mit Didier über die Kettensägencarving-Technik unterhalten, mit der aus Holzstämmen Figuren aller Art geschnitzt werden. Daraufhin hatte sie bei einem Förster zwei nicht zu große moderne, in einem Baumstamm schwebende Porträts gekauft, um sie Didier als Anschauungsmaterial mitzubringen.

Angenehm temperiert und in einem entspannten Reisetempo schnurrte der Ersatzwagen über die Autobahn. Hügel rauf und runter, durch dunkle Wälder, vorbei an weiten Rinderweiden und Motocrossstrecken, über den Doubs, der sich tief in die weißen Kalkfelsen eingegraben hatte. Bea freute sich auf den Café an der nächsten Raststätte und ihren persönlichen

Attraktivitätstest. Die Musik hatte sie darauf eingestimmt. Sie schmunzelte in sich hinein. Würde er wieder funktionieren?

Für die Fahrt hatte Bea ihre schwarzen Locken mit einem roten Tuch gebändigt. Sie trug ein weißes T-Shirt, einen grauen Cardigan, Jeans und graue, halbhohe Stiefeletten. Sie parkte direkt vor dem Gebäude der Tankstelle, nahm ihre Bowling Bag, stieg aus, schloss das Auto ab und betrat lebensfroh und selbstbewusst, mit einem Lächeln auf den Lippen, den Laden.

„Bonjour, Mesdames, Messieurs."

Sofort drehten sich mehrere Männer sich zu ihr um, schauten sie mit offenen Blicken an, erwiderten ihr Lächeln.

„Bonjour Madame!", kam es mit einem Augenzwinkern zurück. Bea trat an den Tresen.

„Bonjour, Madame. Un café, s´il vous plaît! Einen Café bitte!"

„Vous désirez autre chose, Madame? Darf es sonst noch etwas sein?"

„C´est tout, merci. Nein, danke."

Sie wusste, dass ein Keks und ein Glas Wasser den Café begleiten würden.

„Bon voyage! Gute Reise!"

„Quelle belle journée! Was für ein schöner Tag."

„Il va faire beau aujourd´hui. Das Wetter wird schön heute."

„Pas de bouchon! Keine Staus!"

„Un voyage seul? Courage. Sie reisen alleine? Erstaunlich."

Ohne Zögern war eine Kommunikation entstanden, mit wildfremden Menschen. Weder tiefes Gespräch noch Small Talk, eher ein Flirt, heiter und voller Lebensfreude, gewürzt mit einer Spur Ironie und völlig unverbindlich, nur zum Spaß. Bea liebte es. Mit diesem Geplänkel hatte sie schon die tollsten Dinge erlebt, unter anderem die Planung einer Radtour in den Alpen über eine Zapfsäule hinweg.

Immer wieder war sie verblüfft über die unterschiedliche Wirkung ihrer Person, abhängig von Landesgrenzen. Zu Hause verlief der Test stets erfolglos. Egal, wie sie lächelte oder selbstbewusst grüßte: Statt heiterer Atmosphäre herrschte ernstes Schweigen. Sie schien die Männer abzuschrecken. Deshalb hatte sie zu Hause noch nie in einem öffentlichen Raum wie einer Tankstelle oder einem Supermarkt ein lockeres Gespräch mit einem Mann geführt. In Frankreich war dies selbstverständlich, eine angenehme Selbstbestätigung. Paul hatte ihre selbstbewusste, forsche Art geliebt und sie bestärkt, diesen Weg zu gehen. Sie war an ihm gewachsen und er mit ihr. Warum hatte sie diese Stärke in allen anderen Beziehungen zugunsten der Harmonie aufgegeben? Das würde sie nie wieder tun. Dafür fühlte sie sich mit ihrer Art zu leben viel zu wohl.

Als Bea das Raststättengebäude verließ, sah sie, wie sich ein Mann zu ihrem Auto hinunterbeugte. Er schien darin etwas zu suchen. Er war nur wenig größer als Bea, ein mediterraner Typ mit Glatze, auf der eine Sonnenbrille thronte. Er trug ein hellblaues Polohemd, Chino-Hose, einen luftigen Sommerschal in Pastelltönen. Seine nackten braungebrannten Füße steckten in beigen Seglerschuhen.

„Bonjour Monsieur". Bea begrüßte ihr nächstes Übungsobjekt bestimmt und ein wenig provokant. „Est-ce que je peux vous aider? Kann ich Ihnen helfen?"

Der Fremde drehte sich besonnen zu ihr um.

„Bonjour Madame. Sehr gerne. Ich habe die Skulpturen in Ihrem Auto bewundert. Ich bin dabei, mir einen Wunsch zu erfüllen und ein altes Schloss in der Provence zu kaufen. Die Skulpturen würden sich zwischen Klatschmohn und Olivenbäumen sehr gut einfügen. Magnifique. Außergewöhnliche Handwerkstechniken faszinieren mich. Kann ich sie kaufen?"

Er verstummte und wartete auf eine Antwort. Doch die blieb aus. Bea war einen Schritt zurückgewichen und starrte mit offenem Mund wie gebannt abwechselnd in die warmen tiefbraunen Augen des Mannes und in die schwarzen Augen eines Hundes, der um ihr Auto herumgekommen war. Ein dunkelbrauner Zottelhund mit Stehohren, von der Größe eines Bernhardiners. Bea wusste nicht, vor wem sie in dem Moment mehr Angst hatte, vor dem Hund oder vor diesen Männeraugen mit ihrer schüchternen, intensiven Gelassenheit.

*Paul.* Ein Pfeil schoss durch ihren Körper und war schon wieder weg.

„Pardon, Madame, darf ich Ihnen jetzt meine Hilfe anbieten? Ich wollte Sie nicht erschrecken."

Sein Strahlen verströmte Wärme, und er kraulte den Hund hinter den Ohren.

„Il n´est pas méchant. Er ist nicht böse. Pas de souci. Keine Sorge. Das hat er bei seiner Größe nicht nötig."

Bea schüttelte sich, um ihre Gedanken wieder in eine Richtung zu bringen.

„On ne sait jamais. Man weiß nie. Mal stimmt es und mal auch nicht", antwortete sie ruppig.

Bea hasste Hunde, seit sie als Kind von einem Boxer im Gesicht abgeschleckt wurde. Sie hatte das starke Bedürfnis, diesen Hund und seinen Besitzer loszuwerden.

„Ich bringe die Figuren zu einem Händler nach Six-Fours-Les-Plages. Wenn Sie Interesse haben." Bea hatte nebenbei eine Visitenkarte von Didier aus ihrem Geldbeutel gekramt und streckte sie mit langem Arm und spitzen Fingern Richtung Hundebesitzer.

„Voici ses coordonnées. Hier seine Kontaktdaten. Darf ich jetzt in mein Auto einsteigen, ohne von Ihrem Hund abgeschleckt zu werden?"

„Merci, Madame. Das ist sehr nett. Ich werde ihn sicher aufsuchen. Six-Fours ist nicht weit von mir entfernt. Bonne route et à bientôt. Gute Fahrt und bis bald."

Er nahm die Visitenkarte mit einer leichten Verbeugung entgegen und machte sich in Richtung Zapfsäulen davon, ein Bein nachziehend. Der Hund ging neben ihm her, als ob er alles verstanden hätte. Mann und Hund schienen eine Einheit zu bilden.

Bea sank auf den Fahrersitz und fühlte sich, als ob sie einen Boxkampf hinter sich hätte, der über viele Runden unentschieden ausgegangen war.

*Das tolle Gefühl, flirten zu können und frei zu sein. Und dann diese alles andere als luftig leichte Begegnung. Paul. Der Trompeter. Les Rêves. Der beleidigte Titus. Die absurde Angst vor Hunden. Der Druck in Brustkorb und Kopf durch den Unfall.*

*„Was mache ich hier eigentlich?", fragte sich Bea. „Warum sitze ich nicht einfach zu Hause in meinem Loft, kuriere mich aus und bin zufrieden?" Dann wäre ich nicht ich, musste sie sich lächelnd eingestehen.*

Nachdem sie sich mit Nüssen und ein paar Schluck aus der Wasserflasche gestärkt hatte, trieb die Aufregung Bea weiter.

Gegen Mittag bog sie nach Süden ab, der Sonne entgegen. Die Wärme entspannte sie, die geringe Verkehrsdichte ebenso.

Am Nachmittag erreichte Bea den Rastplatz, auf dem sie das Hotelzimmer gebucht hatte. Er war weitläufig gestaltet und lag etwas abseits der Autobahn. Sie tankte, Diesel für das Auto und mit kleinen Plaudereien einen Schuss Selbstbewusstsein für sich selbst, aß eine Hähnchenbrust im Restaurant, Poulet de Bresse, eine Spezialität der Region, und ging mit Laptop, Unterlagen und allem, was sie für die Nacht brauchte, auf ihr zweckmäßig, aber nüchtern eingerichtetes Businesszimmer.

Dort überließ sie sich den wild durcheinander hüpfenden Gedankensplittern, träumte sich mit Paul nach Les Rêves, in das Eckzimmer über dem Torbogen, legte sich Argumente zurecht, warum ausgerechnet sie Les Rêves bekommen musste. Sie schaute zum tausendsten Mal das Video mit dem Trompeter an und spürte dem aufgeregten Vakuum nach, das diese Fotosequenzen unverändert in ihr auslösten. Alles war möglich. Was hatte der Franzose mit Hund in ihr zum Schwingen gebracht? Sie kannte nicht einmal seinen Namen.

Sie checkte E-Mails, setzte bei den wenigen Antworten, die geschäftlich anfielen, Titus in CC, um ihm zu signalisieren, dass sie Coquelicots nie vernachlässigen würde. Sie ahnte nicht, welche Bedeutung diese kleine Geste auf Spontanentscheidungen jenseits der Grenze hatte.

Zur gleichen Zeit läutete die Schulglocke des Goethegymnasiums in Emmendingen. Friederike ging ins Lehrerzimmer und schaute auf ihr Handy.

„Gott sei Dank!".

Sie seufzte tief. „Bea ist für heute gut angekommen. Dieser Sturkopf." Friederike schüttelte den Kopf. Ich fühle mich wieder genauso für sie verantwortlich wie damals. Ich stecke mittendrin und bin doch außen vor, kann nur ahnen, wie es ihr geht. Was hat sie mir verheimlicht?

Friederike zog ihr Fahrrad aus dem Fahrradständer vor dem Schuleingang. Die Sonne hatte sich durchgesetzt und ließ die Blütenkerzen der Kastanien im Schulhof leuchten. Sie hatte den verbleibenden Nachmittag frei, so wie letzte Woche, als sie sich mit Bea im Café de Ville getroffen hatte und alles ins Rollen gekommen war. Vielleicht würde sie einen Kuchen backen oder Erdbeer-Rhabarber-Marmelade kochen und Leander damit überraschen. Sie könnte aber auch durch die Stadt flanieren und im Schaufenster des örtlichen Immobilienmaklers in den Angeboten stöbern. Ihr würde schon etwas einfallen.

Sie wollte gerade auf ihr Fahrrad steigen, als sich ihr von rechts und links zwei Männer näherten. Leander kam offen und mit federndem Schritt aus Richtung Bahnhof auf sie zu, eine rote Rose in Hand. Titus dagegen schlurfte zusammengesackt vom Weiherschloss daher.

„Jetzt aber hallo!", rutschte es ihr heraus. „Womit habe ich das verdient, gleich zwei Männer auf einmal. Na, wenn das mal gut geht."

„Liebste Freddi", Leander hielt mit der Rosenhand das Fahrrad am Lenker fest und drückte Friederike mit der freien Hand fest an sich. „Ich wollte dich zu einem Prosecco und zum örtlichen Immobilienmakler entführen. Hast du Lust?"

„Und ich wollte dich bitten", grätschte Titus dazwischen, „Bea mitzuteilen, dass ich raus bin. Sie ist gefahren. Damit ist zwischen uns alles gesagt. Vielleicht kommt sie nicht einmal mehr zurück, süchtig wie sie nach Frankreich ist." Hasserfüllt spuckte er den letzten Satz aus.

„Leander, ja, ich habe Lust." Friederike konnte nicht anders, als diese elegante Erscheinung in gebügeltem T-Shirt, Jeans und legerem Blazer anzuhimmeln und sich trotzdem aus seinem Arm befreien, um auf Titus zuzugehen. Dessen kariertes Arbeitshemd hing halb aus der Hose, die kurzen Haare standen wie Igelstacheln vom Kopf ab, und er roch nach Schweiß.

„Titus, nein, das werde ich nicht tun. Wenn du Bea nicht vertraust, vertraue bitte wenigstens mir. Was Bea die letzten Tage durchgemacht hat, war zu viel. Es sind nicht nur der Unfall oder das Château. Es ist auch immer noch Paul. Sie liebt ihn. Für sie ist der gemeinsame Lebenstraum ein Versprechen. Das möchte sie einlösen. Sie fährt für ihn nach Aix. Und damit auch für dich. Sie würde dich nie im Stich lassen."

„Aber ...", Titus begann zu schluchzen. „Hättest du sie nur einmal in Frankreich erlebt, wüsstest du, wovon ich rede. Ihre Stimme wird weich, sobald sie französisch spricht. Sie spielt mit den Worten, zärtlich. Ein Hauch von Ruhe umgibt sie dort, als ob sie sich wiederfindet. Ich gönne ihr das, und diese Veränderung ist faszinierend. Aber ich brauche sie hier, bei mir. Sie ist für mich Paul, der Bruder, der mir genommen wurde. Und vielleicht sogar die Frau, die ich suche."

Friederike berührte Titus sanft an den Oberarmen.

„Lass uns da rübergehen, auf die Bank sitzen." Mit einem Nicken verständigte sie sich mit Leander. Sie überquerten die Straße und nahmen auf einer der Bänke Platz, die den Spazierweg entlang der Elz säumten. Friederike saß in der Mitte.

„Warum sagt sie mir das nicht? Wir verstehen uns blind, wenn es um Coquelicots geht. Aber sonst? Nur Franzosenschwärmerei und AllesGut. Gar nichts ist gut, gar nichts. Ich weiß nichts von ihr und sie nichts von mir. Schluss. Schluss." Titus schlug mit der Faust auf die Holzlehne.

Friederike legte ihre Hand auf seine Schenkel.

„Ich bin Beas beste Freundin und selbst ich kenne Bea manchmal nicht. Letzte Woche ist sie total zusammengebrochen, nur weil in einer Zeitschrift stand: Wecken Sie die alte Liebe wieder auf. Verstehst du, was ich dir sagen will? Ich glaube, dass Bea tief innen sehr, sehr leidet und ihr Leben, so wie es ist, sie vor dem Leiden schützt. Vielleicht ist Les Rêves sogar eine Chance, da rauszukommen."

Leander mischte sich ein. „Hast du denn Bea deine Gefühle je offen erklärt?"

Titus´ Antwort war ein Schluchzen.

Leander drückte Friederikes Hand, denn auch sie kämpfte mit den Tränen.

„Wir kennen sie doch. Bea ist ungestüm, mit dem Kopf durch die Wand, will alles. Aber dafür lieben wir sie, oder? Wann hat sie dich im Stich gelassen, Titus? Wann? Vertraue ihr. Du wirst sehen, wenn du ins Büro kommst, hast du Nachrichten von ihr. Der Verkauf von Les Rêves ist eh nicht safe. Das wird ein Gespräch mit dem Besitzer. Eventuell erhält sie eine klare Abfuhr. Und deswegen willst du alles hinwerfen? Lass sie zurückkommen und berichten, Titus, bitte. Und jetzt komm, wir trinken etwas. So kann ich dich nicht gehen lassen."

„Ich gehe in die Werkstatt zurück, aber danke."

So elend wie er gekommen war, trottete Titus wieder davon.

„Der Arme. Warum ist in der Liebe immer alles so kompliziert? Ich wünsche mir, dass alle glücklich sind, so wie wir."

„Das feiern wir jetzt. Lass dich verwöhnen." Leander schnappte das Fahrrad. Friederike setzte sich auf den Gepäckträger und klammerte sich wie ein Teenie an Leander fest.

## Unterwegs

Gegen drei Uhr erwachte Bea und sofort war alles da. Heute. Heute würde sie Paul treffen. Heute würde es passieren. Aber was eigentlich? Ein Film nach dem anderen lief vor ihren Augen ab. Sie stumm, zusammengekauert im Publikum sitzend, Paul anstarrend - Paul, seinen Auftritt abspulend und verschwindend, eine niederschmetternde Vision. Sie, Femme fatale, in der ersten Reihe sitzend, bei der Zugabe eine rote Rose überreichend – Paul, den lästigen Groupie hinnehmend, emotionslos, ein Schlag ins Gesicht. Sie, Bea, Teil des Publikums – Paul, Blickkontakt und ein Trompetensolo nur für Bea, eine romantische Utopie.

Keine der Vorstellungen entsprach ihrem Paul. Paul war unaufgeregt gewesen, schüchtern, kein Frauenheld. Er war einfach immer neben ihr gewesen, ohne eine Rolle zu spielen. *Was wusste sie über den großen Unbekannten? Über Paul? Wie hieß er? Wie war er? Paul hatte nie Trompete gespielt. Auf einer Bühne konnte sie ihn sich nicht vorstellen. Wie kam er dazu? Was für ein Mensch verbarg sich hinter diesem Abbild von Paul? Was erwartete sie?*

Je länger sich Bea den Bildern und Fragen überließ, desto unruhiger wurde sie. Mit einer schwungvollen Armbewegung schlug sie die Bettdecke zurück. Der stechende Schmerz erinnerte sie kurz daran, langsam zu tun. Dennoch beschloss Bea, aufzustehen und die frühen Morgenstunden für eine staufreie Weiterfahrt zu nutzen.

Bea duschte, packte die wenigen Dinge zusammen, die sie mit ins Zimmer genommen hatte, kontrollierte beim Hinausgehen, ob sie nichts vergessen hatte. Sie schlich an die Rezeption. Diese war die ganze Nacht besetzt. Bea konnte ihre Zimmerkarte abgeben.

Bezahlt hatte sie bei der Ankunft schon. Dann nahm die Autobahn sie wieder in Empfang.

Kurz hinter Lyon, als sie auf die Autoroute du Soleil einbog, ging die Sonne auf. Die Straße gehörte immer noch ihr allein. So war es ungefährlich, die ihr wohlbekannten, und trotzdem jedes Mal aufs Neue faszinierenden Veränderungen der Landschaft zu genießen. Das Rhonetal verbreiterte sich, die Bergkämme des Vercors und der Ardèche traten zurück und machten einer Landschaft aus Getreide- und Maisfeldern, Weinbergen und mit Wiesen bewachsenen Hügeln, auf denen Zypressen thronten, Platz. Jetzt im Frühjahr zeichneten sich die versprenkelten ockerfarbenen Häuser, Gehöfte und Dörfer noch deutlich vom Grün der Pflanzen ab. Je weiter Bea nach Süden kam, desto häufiger erhaschte sie Blicke auf kleine Klatschmohnfelder. Im Drôme blühte der erste Lavendel.

*Faszinierend, diese Farben. Wie schön es hier ist.*

Mit dem Abbiegen nach Osten in die Provence bei Orange setzte er ein: der Mistral, heiß, feurig, stark.

*Sollte man Regionen Sternzeichen zuordnen, würde der Stier zur Provence passen: intensiv, fordernd. Sturm, Hitze, Trockenheit, Blitz, Donner, schroffe Abgründe. Liebte sie diese Landschaft, dieses Klima, dieses Leben deshalb so sehr?*

Aus Erfahrung wusste Bea, dass nur noch zwei Stunden Fahrzeit vor ihr lagen. Dafür, dass sie den Abend sehnsüchtig erwartete, war die Fahrt bis hierher viel zu glatt gelaufen. Sie würde schon um zehn Uhr in Six-Fours ankommen und niemand würde für sie Zeit haben, weder das Hotel, noch Zoë, noch Didier, der vormittags meist bei Kunden unterwegs war. Bea beschloss, vom nächsten Parkplatz aus Didier anzurufen und ihn zu fragen, ob sie gegen Mittag zu ihm kommen könnte. Ein Treffen mit ihm wäre die ideale Ablenkung für ein paar Stunden, und sie hätte einen Programmpunkt abgehakt.

„Oui? Ja?", meldete sich Didier bereits nach dem ersten Klingeln.

„Bonjour, Didier. Bea. Ca va? Wie gehts?"

„Ca va bien. Es geht mir gut. Et toi? Und dir?"

„Mir geht es gut. Danke. Ich stehe im Wind in der Sonne unter duftenden Pinien. Was will ich mehr? Aber ich möchte dich nicht lange stören. Ich bin in der Nähe von Orange und wollte fragen, ob du später Zeit für mich hast. Ich habe die Holzskulpturen dabei."

„Für dich immer, meine Schöne. Wollen wir essen gehen, im Mas Saint-Asile?"

„Supergerne. Um 12 Uhr?"

„Parfait. Perfekt. A toute à l'heure. Bis gleich. Bisous. Küsschen."

„A toute à l'heure.", antwortete Bea, aber Didier hatte schon aufgelegt.

Didier Marchand war ein interessanter Mann. Seine Größe, seine dominierende Hakennase, sein überkorrekter Kurzhaarschnitt, sein elegantes Leinenoutfit und sein höfliches Benehmen passten nicht zum Laisser-Faire eines Südfranzosen. Dennoch konnte er diesen nicht verleugnen mit dem gebräunten Teint, den braunen Augen und stets ein wenig Schalk im Gesicht. Didier war ein Charmeur erster Klasse. Es machte Spaß, Zeit mit ihm zu verbringen.

Bei dem Gedanken an das Mas Saint-Asile lief Bea das Wasser im Mund zusammen, und sie stellte fest, dass sie Hunger hatte, denn außer Nüssen und ein paar Fruchtschnitten hatte sie heute noch nichts zu sich genommen.

Bea steuerte die nächste Raststätte an, um dort einen Café zu trinken, ein Croissant zu essen und sich für das Mittagessen ein bisschen französisch zu stylen. Sie tauschte die Jeans gegen einen roten weich fallenden A-Linien-Rock und die Stiefeletten gegen graue Pumps. Das Spiegelbild, das ihr in den Sanitärräumen entgegen lächelte, stimmte sie zufrieden.

Wieder war eine halbe Stunde vergangen. Trotzdem blieb eine halbe Ewigkeit bis zum Treffen mit Didier und eine Unendlichkeit bis zum Wiedersehen mit Paul.

*Komisch. Etwas ist geschehen. Seit ich das Essen mit Didier ausgemacht habe, etwas Reales, etwas, das ich kenne, etwas Greifbares, hat sich der Charakter des Abends geändert. Die Gedanken an das spectacle wühlen mich auf, aber der Abend selbst ist absurd, nicht in der Realität zu verankern. Was wird das?*

Um die halbe Ewigkeit zu füllen, verließ Bea die Autobahn kurz hinter Marseille und zottelte wie eine Touristin die Küste entlang über Cassis, Le Ciotat, Bandol, Sanary-sur-Mer nach Six-Fours-Les-Plages. Diese wuselnde Stadt durchquerte sie Richtung St. Mandrier und bog dann ab zur Anse Les Sablettes. Das Restaurant Mas Saint-Asile war eine Fischerkneipe, einsam in einer kleinen Seitenbucht direkt am Meer gelegen, ein Geheimtipp unter den Einheimischen.

Didier erwartete sie auf der schmalen, mit Schilf überdachten Terrasse. Auf dem Tisch thronte verheißungsvoll ein Rosé du Var in einem Weinkühler. Sie umarmten sich zur Begrüßung, wählten das Menü aus und plauderten über das Wetter, über Beas Unfall, über die Geschäfte. Das Murmeln der Wellen im Kies der geschützten Bucht und das Rauschen der Pinien untermalten das Gespräch.

„Du bist nicht ganz bei der Sache, Bea?" Didier nahm sein Weinglas, um mit Bea anzustoßen.

*„Wenn du wüsstest.", dachte Bea.* Laut sagte sie: „Ich muss an eine Begegnung an einer Tankstelle gestern denken. Ein Mann hat mich auf die Holzskulpturen angesprochen. Ich habe ihm deine Visitenkarte gegeben. Hat er sich schon bei dir gemeldet?"

„Wie heißt er denn?"

„Ich weiß es nicht. Er hatte einen großen Hund dabei. Du weißt, ich hasse Hunde. Ich habe Angst vor ihnen. Ich war nur froh, ihn schnell wieder losgeworden zu sein."

*Wirklich? Warum frage ich Didier dann nach diesem Mann?*

„Nein, bei mir hat sich seit gestern niemand gemeldet. Aber gut, dass ich es weiß. Ich werde die Kunstwerke ein wenig zurückhalten. Wollen wir in die Lagerhalle nach La Seyne fahren? Dann kannst du ausladen, und ich kann dir ein paar Einkäufe zeigen."

Kurz warf Didier einen Blick auf die Statuen.

„Magnifique.", lautete sein erstes Urteil.

Dann stiegen sie in ihre Autos und fuhren die Küstenstraße entlang vorbei am Vieux Port von La Seyne in das Industriegebiet hinter dem Bahnhof. Didiers Lagerhalle befand sich neben einer Werkstatt für Agrarmaschinen. Ein Schuppen glich dem anderen, eine Aneinanderreihung kiesfarbener, verblichener eintöniger Gebäude.

Didier schob das schwergängige Metalltor zur Seite. Die Sonne schien inzwischen so intensiv, dass er sich ein paar Schweißperlen mit einem Stofftaschentuch von der Stirn wischen musste.

„Geht's?" Er trat zu Bea an die geöffnete Hintertür ihres Autos. Bea hatte die erste Skulptur zur Hälfte vom Rücksitz gezogen, so dass Didier sie leicht übernehmen konnte.

„Il faut faire attention. Vorsicht. Comme elles sont belles. Wie schön sie sind."

Behutsam trug Didier die Skulpturen nacheinander ins Lager. Bea folgte ihm, neugierig, ob Didier, wie so oft, mehr für sie auf Lager hatte als bestellt. Sie wurde nicht enttäuscht. Das Hochregallager war gut organisiert. Unter dem Aufkleber FREIBURG standen die bestellten Stapel Stühle, immer fünf aufeinander, feines, geschwungenes schwarzes Metallgestell mit aufregend gemaserten Holzsitzflächen im Regal. Daneben runde Tische derselben Kollektion. Auf einer Palette davor lagen weiße Zementfliesen mit Klatschmohnmotiv.

„Didier! Quelle surprise! Was für eine Überraschung! Wo hast du die denn gefunden? Mille mercis. Tausend Dank." Bea hüpfte auf Didier zu und umarmte ihn.

„Geschäftsgeheimnis. Sie stammen aus einer alten Küche auf dem Land. Die musste ich für dich kaufen. Ich hoffe, ich habe das Richtige getan."

„Wie immer, klar. Du hast sie für Freiburg gedacht? Ein paar müssen unbedingt in meinen Laden, als Wandfries. Ich könnte auch Blumenübertöpfe daraus machen lassen. Was meinst du?"

Doch bevor Didier antworten konnte, sprudelte es weiter aus Bea heraus.

„Noch besser: Ich lagere sie hier ein und sie werden auf Les Rêves verbaut."

„Les Rêves?", hakte Didier nach.

„Deswegen bin ich doch hier."

Zumindest offiziell, dachte Bea blitzartig, und ihr Bauch krampfte sich zusammen, denn ihr geheimes Wiedersehen mit Paul rückte näher.

„Les Rêves, das alte Château in der Nähe von Aix-en-Provence, mein Jugendtraum. Wart ihr früher nie dort? Wir haben es im Rahmen des Schüleraustauschs oft von Six-Fours aus besucht. Ich verbinde Les Rêves mit romantischen Sommernächten, Lagerfeuer im Schlosshof, Rauchduft, gruseligen Geheimgängen, ersten Küssen und meiner Jugendliebe." Bea zwinkerte Didier zu. „Seit ein paar Jahren versuche ich vergeblich, Les Rêves zu kaufen, als Ruhepol. Du wirst es nicht glauben, aber ich sehe mich dort sitzen, lesend, träumend oder einfach nichts tuend. Jetzt scheint sich endlich etwas zu bewegen. Morgen Vormittag findet auf dem Château ein Treffen mit dem Besitzer statt. Da kann ich nicht fehlen."

„Jetzt verstehe ich deine Dringlichkeit. Ja, ich kenne das alte Gemäuer, das pittoresk auf dem Felsen über den Klatschmohnfeldern thront. Aber ich habe keine so intensiven Erinnerungen daran wie du. Für mich steht es in einer Reihe mit den vielen anderen alten Burgen, die wir mit der Familie sonntags besuchen mussten. Schade eigentlich."

„Auf jeden Fall gehören die Fliesen dahin. Und jetzt lade ich ein paar ein, um sie nach Hause mitzunehmen.", entschied Bea energisch.

Sie wusste, dass Didier gerne ein wenig mit ihr über früher oder über die Situation alter Gebäude philosophiert hätte. Aber so langsam machte sich die Unruhe wieder in ihr breit.

„Hilfst du mir bitte? Am besten legen wir sie in den Fußraum, denn dann kann ich noch zwei Stühle auf dem Rücksitz deponieren, als Anschauungsmaterial für den Freiburger Kunden."

„Hast du keinen Platz im Kofferraum?"

Diese Frage hatte Bea schon befürchtet. Didier würde sie für völlig durchgedreht halten, wenn er das Schuhchaos im Kofferraum sah. Aber andererseits kannte er das von Zoë.

„Ich konnte mich nicht entscheiden, was ich morgen anziehen werde. Frau halt. Und ich habe Bücher für Zoë dabei. Sie hat gerne ein paar deutsche Exemplare für die Sommersaison." Diese Notlüge würde Didier nicht nachprüfen.

„Dann also Rücksitz", bestätigte Didier und gab sein Bestes, die beiden Stühle so einzuladen, dass sie sicher verkeilt transportiert werden konnten.

Sie ist so süß und überraschend, schmunzelte Didier in sich hinein. Und trotzdem kann sie ihre deutsche Art nicht verleugnen. Da muss sie mal wieder mit dem Kopf durch die Wand und alles gleichzeitig erledigen, meine geschätzte Geschäftspartnerin.

Plötzlich hatte es Bea eilig, wegzukommen.

„Merci beaucoup. Vielen Dank, Didier. Et à bientôt. Und bis bald. Ich melde mich, wenn ich die Ware für Freiburg brauche. Ein paar neue Projekte stehen an. Wir wickeln alles ab wie immer. Schön, dass es dich gibt."

Mit diesen Worten und drei Küsschen verabschiedete sie sich von Didier und fuhr Richtung Le Brusc. Zoë hatte sich noch nicht gemeldet, wann und wo sie sich treffen würden. Deshalb beschloss Bea, als Nächstes im Hotel einzuchecken.

Der Weg zum Hôtel du Parc führte entweder durch die Stadt oder über einen Umweg am Meer entlang. Die Unruhe, die Bea zum überstürzten Aufbruch bei Didier veranlasst hatte, ließ beim Fahren nicht nach. Im Gegenteil. Sie zerrte an ihr in entgegengesetzte Richtungen, als ob sie vor einen schweren Karren gespannt wäre, dessen Ladung sie bergauf vor Räubern retten müsste.

*Ich habe Angst.*

Diese klare, ehrliche Einsicht brachte ihren Puls zum Flattern. Beas Hände zitterten am Lenkrad.

*Ich habe Angst, Angst davor, Paul gegenüber zu stehen, Angst vor Reaktionen, die ich nicht kenne. Angst davor, mich zu treffen, etwas eingestehen zu müssen. Was wird der Abend mit mir machen? Besser ich fahre jetzt gleich nach Aix.*

Doch inzwischen war Bea irgendwie auf der Uferstraße von Le Brusc angekommen. Der Anblick des vom Wind aufgepeitschten Meeres, die bunten Fischerboote „Les Pointus", die darauf tanzten, die malerischen Inseln und das geschäftige Treiben der Fischer zog ihre Sinne so in die Realität zurück, dass sie wieder in der Lage war, die Fahrt zum Hotel in einem vernünftigen Fahrstil zu meistern.

Hinter dem Fähranleger zu den Iles des Embiez bog Bea in die ansteigende Rue Marius Bondil ein und parkte nach etwa hundert Metern vor dem Hôtel du Parc, einem mehrstöckigen Gebäude, dessen Fassade und Fensterläden in Pastelltönen gehalten waren. Die Nachmittagshitze und der Wind streichelten Beas Haut, wie um sie zu trösten. Sie fühlte sich so leicht in dieser Umgebung und freute sich auf ihr Zimmer.

Hoffentlich das mit Blick über die Bucht, mit den Terrakottafliesen, der antikweißen Einrichtung und der Rosen-Patchworkdecke, dem Inbegriff französischer Bettkultur. All das würde ihr wenigstens ein bisschen Halt geben.

Bea war dabei, mit vorsichtigen Bewegungen ihre Koffer auf den Gepäckwagen des Hotels zu laden, als sie von hinten angesprochen wurde.

„Du musst starke Schmerzen haben, ma très chère amie, liebste Freundin, so wie du dich bewegst. Und machst dich trotzdem auf den Weg in den Süden. Du bist verrückt. Ich bin gespannt, was da dahintersteckt. Schön, dass du gut angekommen bist."

„Zoë! Hast du mich erschreckt! Was machst du hier?"

Die beiden Frauen hatten sich an den Händen gefasst und strahlten sich an. Es war ein gutes Gefühl zu spüren, dass alles so vertraut war wie beim Abschied vor wenigen Wochen.

„Ich hatte Sehnsucht nach dir, petite Allemande, kleine Deutsche." Zoë lachte so intensiv, dass der kanariengelbe Kaftan und die extravagante Kette aus roten Filzkugeln in Schwingung kamen.

„Ich muss heute Abend mit dem Bürgermeister zur Eröffnung einer Ausstellung.", fuhr Zoë fort. „Ich kann dich leider nicht zum Musiktheater begleiten. Deshalb bin ich hier. Hast du Zeit und Lust auf einen Spaziergang am Strand? Dann können wir quatschen."

*Danke Paul. Diese Botschaft sandte Bea erleichtert ins Universum. Es ist einfacher, alleine zu sein, wenn ich dir wieder begegne. Ich werde das tun können, was ich brauche und muss mich nicht nach anderen richten. Auch wenn Zoë für diesen Abend sicher die unkomplizierteste Begleitung wäre.*

Nachdem Bea eingecheckt hatte und sie gemeinsam das Gepäck aufs Zimmer getragen hatten, schlenderten sie die Strandpromenade entlang. Zur Gepäckmenge hatte sich Zoë nicht geäußert.

„Irgendetwas beschäftigt dich, Bea." Zoë blieb nachdenklich vor der Freundin stehen und breitete die Arme aus.

„Der Unfall? So zurückhaltend kenne ich dich gar nicht. Sonst sprudelst du nur so vor Begeisterung über den sonnigen Süden, sobald du hier ankommst, von der Leichtigkeit des Seins hier. Oder du schwärmst von den neuesten Kreationen und Ideen von Coquelicots. Bei dir ist doch alles ok?"

„Ich möchte dir ein Bild zeigen, Zoë. Ich glaube, dann wirst du verstehen, warum ich heute hier sein muss." Spontan hatte sich Bea entschlossen, Zoë einzuweihen.

Bea griff in ihre Handtasche, zog das Medaillon heraus, das sie auf Reisen immer mitnahm, klappte es auf und zeigte Zoë das Bild von Paul.

"Arnaud. Wie kommst du an dieses Bild? Das Bild ist uralt. Wer ist das?"

„Das ist Paul, meine Jugendliebe, meine große Liebe. Mit ihm hatte ich mein Leben geplant. Mit ihm habe ich die Leidenschaft für Frankreich geteilt. Mit ihm war ich hier in Six-Fours und in Aix. Er ist tot, seit über dreißig Jahren!" Bea hatte diese Sätze wie aus einem Zeitungsbericht zitiert.

„Du suchst diesen Paul und meinst, ihn bei Arnaud zu finden. Arme Bea."

Zoës tiefe Stimme klang jedoch nicht mitfühlend, wie Bea erwartet hatte, sondern kalt und gleichgültig.

„Wieso arm?", hakte Bea nach.

*Verstehst du mich denn nicht? Was auf dem Spiel steht? Habe ich mich in dir getäuscht? Oder habe ich hinter deiner Fassade einen wunden Punkt getroffen?*

„Darf ich vorstellen?" Zoës Ton wurde sarkastisch. „Arnaud Tonnet, Schauspieler und Trompeter aus Six-Fours, wohnt in einem Gîte an der Steilküste, lässt sich von einem Engagement zum nächsten treiben und ist seit längerem solo."

„Du hältst nichts von ihm, habe ich Recht? Kennst du ihn näher?"

„Ja. Nein. Man hört das eine oder andere." Zoë schien sich wieder im Griff zu haben.

„Pass auf jeden Fall auf dich auf. Dass du dieses Abenteuer wagst, ist mutig. Ich hoffe nur, es wird dir nicht noch mehr wehtun."

Schweigen breitete sich zwischen ihnen aus, als sie barfuß durch die an den Strand auflaufenden Wellen wateten. Zoë schien nicht mehr über Arnaud berichten zu wollen. Bea musste diese Informationen in ihrem Gehirn einsortieren. Etwas war zwischen sie getreten.

„Du fährst morgen direkt von Aix aus zurück?"

„Ja, wir haben am Sonntag Tag der Offenen Tür und ehrlich gesagt: Es hat mir gutgetan, die Strecke nicht am Stück fahren zu müssen. Ach ja, was ist mit der Karte für heute Abend?"

„Die habe ich für dich bei Sandrine zurücklegen lassen, weil ich nicht wusste, ob ich dich treffen würde. Du kannst sie am Zugang zur Insel abholen. Passt das?"

*Oder doch lieber nach Aix fahren?*

„Ja, perfekt. Danke. Zoë, es ist alles ein bisschen viel auf einmal. Gehen wir zum Hotel zurück?"

„Ich wünsche dir einen exzellenten Abend", verabschiedete sich Zoë mit aufreizendem Hüftwackeln und verführerischem Blick. „Wir hören voneinander." Bei Bea kam purer Sarkasmus an.

# Spectacle

Die Begegnung mit Zoë hatte Bea wieder in einen tiefen Abgrund gerissen. In ihrem Kopf herrschte ein Vakuum, nichts ging mehr. Schlapp wie eine Gliederpuppe verharrte sie am Fenster des Badezimmers und blickte auf die Bucht. *Das liebe ich! Und Coquelicots! Abhauen oder Durchziehen?* Wie so oft suchte Bea Zuflucht in ihrer Arbeit. Sie fuhr den Laptop hoch und las die E-Mails. Von Titus weiter keine Spur, aber Monsieur Parignol hatte ihr den Termin nochmals bestätigt und geschrieben, dass morgen sechs Personen bei dem Treffen dabei sein werden: Der Besitzer von Les Rêves, eine Beauftragte für Monuments Historiques, historische Gebäude, sowie ein weiterer Interessent mit seinem Architekten.

Ein Kunde für die Möbel aus Paris hatte sich gemeldet. Er wollte sie für sein Ferienhaus an der Côte d´Azur. Ihm teilte sie den Termin der Wohnungsauflösung in Paris mit. Auch einige Angebote und Nachfragen sichtete sie. Zuletzt schrieb Bea eine E-Mail an den Cafébesitzer in Freiburg und eine E-Mail an Titus, um ihm mitzuteilen, dass sie gerne am Sonntag vor dem Laden Kaffee anbieten und dafür die Stühle für Freiburg als Exponate verwenden würde. Bei dieser E-Mail setzte sie Friederike in CC, damit diese wusste, dass sie gut angekommen war.

Nachdem Bea das E-Mail-Konto geschlossen hatte, war der übermächtige Fluchtreflex einer stoischen Ergebenheit gewichen. Wie ferngesteuert duschte sie, föhnte die Haare, schminkte sich und zog sich an. Die drei Koffer waren nur zur Beruhigung mitgereist, denn ihr war von Anfang an klar gewesen, was sie an diesem Abend tragen würde: das schwarze Etuikleid, die seidene

Coquelicots-Stola und rote, hinten offene Pumps. Als sie ihr Outfit im Spiegel prüfte und zufrieden war, sah sie sich plötzlich mit Pauls Augen.

*Würde er diese Frau wiedererkennen? Paul hatte sie ungeschminkt, in Minirock, lässigem T-Shirt, leichtem Pullover und flachen Sandaletten geliebt. Er kannte ihre krumme Nase nicht, das Relikt einer unguten Beziehung, ihre Falten, ihre gezupften Augenbrauen. Hatte er ihre Entwicklung überhaupt mitgemacht? Wo stünde Paul heute? Was würde er tragen? Hätte er immer noch lange Haare oder eine Glatze? Wer wäre er? War Arnaud Paul?*

Bea war fassungslos.

*Diese Fragen hatte sie sich bisher nie gestellt. Paul war Paul, war einfach da, der Paul im Medaillon, neutral, verständnisvoll, beruhigend, jugendliche Unbekümmertheit. Ihre große Liebe ein Phantom?*

Hochspannung und Neugier lösten die Lethargie ab. Ihr Körper zog alle Register. Herzflattern, Bauchkrämpfe, Schwabbelknie. Die bebenden Hände hatten Schwierigkeiten, die roten Kreolen, die sie von Paul geschenkt bekommen hatte, anzulegen.

*Damit du mich wiedererkennst, Paul.*

Inzwischen war es Abend geworden und Zeit, Richtung Insel aufzubrechen. Das Musiktheater sollte laut Internet um einundzwanzig Uhr beginnen. Bea hatte genug Frankreicherfahrung, um zu wissen, dass mit Musik und Theater nicht vor halb zehn zu rechnen war. Sie bummelte am Meer entlang, die flache, mit Pinien und Macchia bewachsene Insel im Blick. An der weißen Holzbrücke, die die Ile du Grand Gaou mit der Halbinsel Petit Gaou verband, erhielt Bea von Sandrine, Zoës Kollegin, ihre Karte und einen Stempel auf die Hand. Es war wie früher, nur dass sie jetzt zahlte und nicht versuchte, umsonst reinzukommen. Früher wäre sie mit Paul zur Insel geschwommen.

Intensiver Pinienduft, den die Hitze des Tages freigesetzt hatte, nahm die Gäste in Empfang. Über einen schmalen Pfad gelangte sie zu der offenen Sandfläche, an deren Stirnseite eine provisorische Bühne von feinem weißem Stoff umweht wurde. Fackeln intensivierten das Rot der untergehenden Sonne, Leuchtkugeln schwammen auf dem Sand. Die Gäste ließen sich auf bunten Teppichen oder in den verstreut aufgestellten Liegestühlen nieder. Die Szene strahlte Sinnlichkeit aus. Bea setzte sich auf einen Stein am Rand der Lichtung und schaute sich suchend um. Wo waren die Schauspieler und Musiker? Sie musterte jedes männliche Wesen intensiv. Ihr Bauch zog sich zusammen. Immer wieder hielt sie den Atem an. Aber keiner der angestarrten Männer entpuppte sich als Paul. Auf der Bühne war alles aufgebaut: drei Hocker, Notenständer, Trompete, Gitarre und Wasserflaschen.

*Ich bin doch ausreichend spät dran.*

Plötzlich erhob sich ein Darsteller zwischen den Gästen – ein zweiter, ein dritter. Ein Sprechgesang aus tiefen Stimmen, teils aggressiv, teils schmeichelnd, geisterte durch die Zuhörer. Alle drei Männer waren in schwarz gekleidet, aber nur einer hatte diese dunkelblonden, schulterlangen Haare. Paul. Seine schleichenden Bewegungen waren eine Spur abrupter als die der anderen. Paul, das Hühnerpicken. Er schlich wie ein Krake umher, drehte sich zu ihr um.

Beas Atem setzte aus. Breites Gesicht, flache Nase, schwarzes T-Shirt mit Kordelzug im Ausschnitt. Paul. Er kam auf sie zu. Bea wollte sich Paul nähern, um in der Berührung mit ihm die vertraute Geborgenheit zu finden und erstarrte gleichzeitig. Sie hielt mitten in der Bewegung inne und kauerte dem Schauspieler wie dessen Spiegelbild gegenüber. Sie versank in seinen grünen Augen. Paul. Falten um die grünen Augen, ein Augenzwinkern. Ein Spiel. Arnaud.

*Ich mache mich lächerlich. Ich will ihn.*

Der Schauspieler wandte sich ab, stieß einen Schrei aus, abschreckend, kämpferisch, während die beiden anderen schwarzen Gestalten schon laut auf der Bühne trampelten.

Bea fuhr erschreckt zurück, schaute sich um, doch niemand hatte sie beobachtet. Betont kontrolliert setzte sie sich wieder auf ihren Stein und starrte zur Bühne.

Dort begann der Erzähler, ein untersetzter Sechziger mit schwarzem Ganoven-Hut, von einem Künstler zu berichten, knappe Fakten, die von Kriegsjahren und Aufbruchstimmung handelten.

„Monsieur, Le President ...". Worte wechselten in traurigen Gesang über.

Die Menge raunte. Dieses Chanson kannte selbst Bea, „LE DESERTEUR", und sie ließ sich mitreißen, bis die Trompete die Stimmung übernahm, mit einer wütenden, anklagenden Interpretation des Liedes. Arnaud. Sprechgesang und Lyrik, Gitarrenklänge, mal im Walzertakt, mal im Bluesrhythmus und eine Jazztrompete, die zwischen Dur und Moll variierte, Kleinkunst in Einfachheit und Perfektion, zogen Bea in das faszinierende und schillernde Leben des Boris Vian, mitten hinein in seine todtraurigen, snobistischen, lebensgierigen Gefühle. Dazwischen Paul, wie er sich mit dem linken Handrücken die Haare aus der Stirn strich. Paul, wie er die Wasserflasche mit der ganzen Hand umschlang und das Wasser ohne zu Schlucken die Kehle hinunterlaufen ließ.

*Er ist es. Sein Gesicht, seine schmale Gestalt mit breiten Schultern, das geliebte Oberkörpertrapez, seine Augen. Das T-Shirt. Das Krächzen in der Stimme. Das Trinken. Paul, warum hast du mich nicht erkannt? Du bist es nicht. Du hattest niemals Falten. Du hast dich nicht für Musik interessiert. Du hast nie geschrien.*

Es war zu viel. Bea riss sich die Schuhe von den Füßen und flüchtete wild durch die Macchia, bis sie am zerklüfteten Strand stolperte und den Platsch ins Wasser gerade noch auf Knien und Händen abfangen konnte. Sie schlug mit den Schuhen, die sie in den Händen hielt, auf das Wasser ein, so dass es in der windgeschützten Bucht schäumte, als ob der Sturm direkt darüber hinwegfegen würde.

„Sag mir, wer du bist! Rede mit mir!", schrie sie in den Nachthimmel.

*Deine Zeichen machen mich kaputt. Was soll das? Hätte ich mir doch nur nie gewünscht, mich von dir lösen zu können.*

Ihr Schreien war in Murmeln übergegangen. Bea kroch auf einen Stein und zündete sich einen Zigarillo an, der im kleinen Rucksack überlebt hatte. Ein Trost, den sie sich für besonders einsame Minuten zugelegt hatte.

Mit den nassen Schuhen malte sie das Wort Paul auf den trockenen Stein, als ob sie ihn erden wollte. In diesem Moment raunten ihr die Pinien zu: „Komm zur Ruhe, Bea. Liebe dich selbst und die Liebe!"

„Bonsoir, chère Madame. Welch ein bizarres Kennenlernen. Geht es Ihnen gut? Darf ich Ihnen Rosé anbieten?"

Arnaud schien auf sie gewartet zu haben.

Als Bea aus dem Dickicht wieder auf die Lichtung getreten war, war der Applaus des Publikums verebbt gewesen, doch von Aufbruch keine Spur. Die Gäste versammelten sich um lange Tische, die inzwischen neben der Bühne aufgebaut worden waren und mit Platten voller liebevoll bestrichenen Canapées und Rosé de Provence aus Bag in Box-Kartons üppig bestückt waren. Alle ließen sich weitertreiben, in der Geschichte, in der Musik, tranken den Rosé aus Plastikbechern, plauderten mit halbvollem Mund. Sie strahlten pure Lebensfreude aus.

„Bonsoir, Monsieur. Das ist sehr nett von Ihnen. Danke. Ich würde gerne etwas trinken. Manchmal bin ich ein bisschen verrückt. Deshalb habe ich Sie nachgemacht."

Arnaud lachte laut auf. Was er sah und hörte, gefiel ihm.

Bea erhob den Plastikbecher. „Santé. Was für eine Atmosphäre und was für eine geniale Inszenierung. Ich hatte Boris Vian vorher nie so wahrgenommen. Es kommt mir vor, als würde ich ihn schon lange kennen."

Arnaud lehnte sich an der Bühne an und räusperte sich.

„Kann es sein, dass ich Sie kenne? Ihre Ohrringe, ein ausgefallenes Rot." Wieder strich er sich die Haare mit der linken Handoberfläche aus der Stirn. Sein Gesicht näherte sich dem ihren. Den Plastikbecher umklammerte er wie einen Tennisball. Paul.

„Wer weiß", turtelte Bea, in seinen grünen Augen versinkend. „Ist das Ihre Masche? Stellen Sie das bei jeder Frau fest? Sie haben nicht einmal gefragt, ob ein Monsieur zu mir gehört", bohrte Bea kokett weiter. Das Spiel begann ihr Spaß zu machen.

„Nein. Nein und nein", raunte er in ihr Ohr. „Ich spüre etwas Tiefes zwischen uns. Waren Sie schon einmal hier? Woher kenne ich Sie?"

Bea atmete tief ein. Sie befand sich auf hauchdünnem Eis.

*Das, mein Lieber, wirst du nie erfahren.*

Arnaud schenkte Rosé nach, ohne zu fragen.

„Ich komme aus Deutschland, aber meine Freunde necken mich damit, dass ich frankreichverrückt bin. Wegen meines Unternehmens Coquelicots bin ich oft hier, ich habe viele Geschäftspartner und Freunde in Frankreich. Je l'adore. Ich liebe es! Aber wir sind uns sicher noch nie begegnet."

*Was für eine Lüge. Was für eine Wahrheit.*

„Sie sprechen exzellent Französisch." Bea liebte ihn für dieses Kompliment. Sie mochte ihn überhaupt, dafür, dass er da war, dass er sich für sie interessierte, dass er Paul war, dass er interessant war.

Arnaud fuhr schmachtend fort: „Ich mag Sie. Ihre Begeisterung. Darf ich Sie entführen, an den Strand? Wir gehen dahin zurück, wo Sie hergekommen sind. Sie lieben doch Abende am Strand, nicht wahr, Béa?"

„Woher kennen Sie meinen ....."". Bea verstummte mitten im Satz.

*Eigentlich tut das nichts zur Sache. Er weiß es. Er weiß es nicht. Ich folge dem Rat der Pinien. Ich nehme dieses Abenteuer an und riskiere alle Emotionen. Ich muss es tun. Es ist Pauls Weg für mich. Sonst bleibe ich stecken in meiner zufriedenen, emotional ausgebremsten Coquelicots-Welt.*

„Cher Arnaud, Sie dürfen. Bien sûr. Sicher. Dieses Ambiente ist umwerfend."

Sie gingen nebeneinander her, auf einem breiten Weg Richtung Strand. Immer wieder drifteten sie aufeinander zu, berührten sich und trieben wieder auseinander, wie ein eingespieltes Team.

„On se tutoit? Wollen wir Du sagen?"

Arnaud hielt Bea den Becher mit Rosé entgegen.

„Santé. Béa." Nach einem kleinen Schluck fuhr sie fort: „Bist du hier aufgewachsen?"

„Ja, ich lebe schon immer hier. Es ist die schönste Gegend der Welt. Das Meer. Die Natur. Ich bin gerne draußen, wie du. Wegen der Musik reise ich viel. Aber ich bin immer froh, heimzukommen. Und du?"

„Mein magischer Ort ist ein Château in der Nähe von Aix. Ich kenne es seit meiner Kindheit. Das intensive Rot des Klatschmohns ist mein Mantra. Daher auch der Name meines Unternehmens."

Bea stolperte und Arnaud fing sie auf, einen Arm um ihre Schultern gelegt, den anderen auf Brusthöhe um sie geschlungen. Pauls Schutzhülle.

*Ich lasse mich fallen. Danke Paul. Ich liebe dich. Deshalb überlasse ich mich ihm. Es tut so gut, dich zu spüren.*

Irgendetwas war fremd, aber dennoch löste diese Schutzhülle aus warmen Armen eine Kaskade von Bewegungen aus. Sie drehten sich zueinander, versanken in den Augen des anderen, während die Hände die Rücken liebkosten. Beas Körper fand die Konturen von Paul, sehnsuchtsvolle Hitze stieg in ihr empor, ihre Lippen berührten sich, ein unendlicher Kuss.

„Je te connais. Ich kenne dich."

„Ich dich auch!"

Sie waren am Strand angekommen und standen barfuß im Wasser, so wie früher mit Paul. Sie würden sich sinken lassen, halb ins Wasser, halb in den Sand. Beas Körper war kurz vor der Explosion.

„Arnaud, au travail. Zur Arbeit. Laisse tomber les femmes! Finger weg von den Frauen!", schallte es auffordernd von weit her. Der Liebesfaden riss jäh ab.

„Merde, Entschuldigung", räusperte sich Arnaud atemlos. „Ich habe alles um mich herum vergessen. Meine Gefühle für dich sind besonders. Ich muss gehen. Ich lade dich morgen Abend zum Essen ein. Wo wohnst du? Ich hole dich ab."

„Arnaud!!! Wir machen nicht alles alleine!"

„Hôtel du Parc. Neunzehn Uhr", stammelte Bea. Sie wollte etwas mitzubestimmen haben. „Ich bleibe noch ein bisschen."

Sie küssten sich, bevor Arnaud in der Nacht verschwand.

„Bonne nuit, chère Béa. Gute Nacht, liebste Bea."

Bea zündete sich den zweiten Zigarillo des Abends an und blies den nach Vanille duftenden Rauch in die Bucht, überwältigt davon, wie viele Gefühle eine einzelne Frau innerhalb weniger Stunden aushalten konnte: Verwirrung, Verzweiflung, Liebe, Sehnsucht, Erotik, Sex, Vertrautheit, es gab gar nicht so viele Worte wie Gefühle.

Sie flanierte zum Hotel zurück. Immer wieder blieb sie stehen und schaute sich auf dem Handy das Video mit Arnaud an. Mit jedem Durchlauf steigerte sich ihre Dankbarkeit für diese überwältigenden Gefühle der Liebe. Paul.

Selbst im Bett umklammerte sie das Handy und versank in Arnauds Bild.

*Ich liebe dich. Ich freue mich auf morgen.*

Mit dem breiten, treudoofen Lächeln der Verliebten auf den Lippen schlief Bea ein.

## Les Rêves

Edouard, der Besitzer von Les Rêves, ein groß gewachsener, braun gebrannter Mann mit weißem Haar, buschigen Augenbrauen und eindrucksvoll gestyltem, ausladendem Schnauzbart, verkörperte seine adlige Herkunft perfekt. Dunkelblauer Blazer mit Seideneinstecktuch, darauf abgestimmt Hemd und Hose in dezentem Beige sowie Wildlederslipper, deren Weichheit ihren Preis haben musste.

Edouard erwartete seine Gäste im Torbogen des alten Châteaus. Hinter ihm öffnete sich das mit wilden Blumen, Gras und Kies gefleckte Rund des Innenhofes. Zu seiner Linken ragte der mächtige Donjon, Bergfried, in den tiefblauen Frühsommerhimmel und warf seine Schatten in den Burghof. Der Donjon war altersschwach und musste mit schweren Balken und einem Gerüst provisorisch vor dem Einsturz bewahrt werden. Rechts von Edouard, Richtung Süden und direkt an den Rand der senkrecht abfallenden Karstklippen gebaut, schloss sich der, lange Zeit als Jugendherberge genutzte, Teil der Burg an. Zwei Stockwerke hatte Edouard dafür vor vielen Jahren renoviert, um dem Namen des Châteaus gerecht zu werden und Jugendträume nach Freiheit und Abenteuer wahr zu machen.

*Hatte nicht die Interessentin aus Deutschland auch davon profitiert?*

Das Wasser wurde damals aus dem tiefen Brunnen an der Nordseite des Innenhofes gewonnen. Für das Abwasser hatte er neben dem Torbogen eine Sickergrube bauen lassen. Eine notdürftige Überlandleitung hatte das Château schon vorher mit Strom versorgt.

Wie der Bergfried war auch ein Teil der Burgmauer baufällig. Die Burg war mehr und mehr zum Risiko geworden und hatte für die Öffentlichkeit geschlossen werden müssen.

*Verkaufen? Meine Träume aufgeben? Würden sich die beiden hartnäckigsten Interessenten einigen können? Welches Konzept würden sie ihm für seine Idee vom gemeinsamen Kulturzentrum präsentieren? Wer von beiden würde der Vertragspartner werden?*

Der dicke, zähe Kloß im Hals ließ ihn mehrmals schwer schlucken.

*Wer waren diese Menschen, die heute in sein Refugium eindringen würden, vielleicht mit Ansprüchen, die so gar nicht zu ihm passten?*

Zwar waren die Vorgespräche mit dem Makler und dem Architekten harmonisch verlaufen und auch Cathérine, die Beauftragte des Départments für Monuments Historiques, hatte sich wohlwollend um seine Sorgen gekümmert. Aber die beiden Interessenten wussten noch nicht, dass er Les Rêves gar nicht verkaufen wollte. Dass er nur Mitstreiter für seine Träume suchte.

Seine Gedanken wurden vom Knirschen des Kieswegs, der Les Rêves mit dem Tal und damit mit der Zivilisation verband, unterbrochen.

Wie sollte er sie begrüßen, seine Gäste, Partner, Freunde? Darüber hatte er lange nachgedacht, denn bisher hatte er außer Cathérine niemanden persönlich kennengelernt. Letztlich hatte er sich für „Les Amoureux du Château", die, die die Burg lieben, entschieden.

Mehrere Autotüren schlugen zu. Da Anfahrt und Parkplatz vom Burgtor aus nicht zu sehen waren, konnte Edouard nur spekulieren, wer zuerst hinter dem üppigen Feigenbaum, der seinen süßen Duft verströmte, hervortreten würde. Die pünktliche Deutsche? Der gewissenhafte Makler, Monsieur Parignol, oder Cathérine, weil sie noch etwas mit ihm besprechen wollte?

Doch Edouard musste all seine Vorurteile verwerfen, denn als Erstes kam ein zotteliger, dunkelbrauner Riesenhund um die Ecke, gefolgt von einem lässig gekleideten jungen Mann, der eine übergroße Dokumentenmappe bei sich trug. Das musste Alain Meunier, der Architekt, sein.

„Au pied, Socrate. Bei Fuß, Sokrates", raunte dessen älterer Begleiter, und der Zottelbär folgte sofort. Luc Peirret hinterließ auf Anhieb einen positiven Eindruck.

Der Gehorsam des Hundes, die Tatsache, dass alle drei zusammen in einem Auto gekommen waren, und die positive Gelassenheit, die dieses Trio ausstrahlte, lösten Edouards Anspannung. Der Kloß im Hals war verschwunden.

*Ich freue mich. Ein gelungener Einstieg.*

„Bonjour, Messieurs. Guten Tag, meine Herren. Bienvenus au Château Les Rêves. Willkommen auf Les Rêves. Enchanté de faire votre connaissance. Ich freue mich, Ihre Bekanntschaft zu machen."

Locker begrüßte Edouard die Ankömmlinge. Die Männer gaben sich die Hand und stellten sich mit dem Vornamen vor, blieben aber beim offiziellen Sie.

„Ich hoffe, Sie hatten eine gute Anfahrt."

„Ja, vielen Dank. Es ist ja nicht weit von La Seyne aus."

„Ich denke, ich brauche Sie nicht herumzuführen. Sie kennen die Burg ja schon, mein Erbe. Ich möchte nicht zu viel vorwegnehmen, aber diese Aufgabe wächst mir zu meinem Bedauern über den Kopf. Die Vorschriften. ....."

Die Worte blieben in der Luft hängen, denn inzwischen näherten sich zwei weitere Personen dem Torbogen. Cathérine, in einem bunten Tupfenkleid, winkte Edouard zu. Neben ihr ging Monsieur Parignol, ein kleiner, drahtiger Mann mit spitzer Nase, ein Buchhaltertyp in braunem Anzug, hellblauem Hemd, dunkelbraunen Gesundheitsschuhen und abgewetzter Lederaktentasche.

„Bonjour, Cathérine."

Edouard begrüßte sie mit drei Wangenküsschen und drehte sich mit einem Armöffnen zu den Wartenden.

„Darf ich vorstellen? Luc Peirret, sein Hund Socrate, und Alain Meunier, der Architekt. Et bonjour, Monsieur Parignol. Schön, dass wir uns endlich persönlich kennenlernen. Wir stehen schon so lange in Kontakt."

„Serge Parignol.", stellte sich der Makler der Runde vor. „Sehr erfreut. Ich bin gespannt, was Sie uns zu berichten haben, Monsieur Edouard."

Nach einem Blick auf seine Armbanduhr ergänzte er: „Ich wünsche uns, dass wir am Ende alle zufrieden sind." Kurz zögerte Monsieur Parignol.

„Ich muss mich für Madame Veit entschuldigen. Es ist nicht ihre Art, zu spät zu kommen. Wenn schon einmal alle Franzosen pünktlich sind", fügte er mit einem Schuss Selbstironie hinzu. „Aber sie hatte vergangene Woche einen schweren Autounfall. Es ist erstaunlich, dass sie heute überhaupt hier sein kann. Sie bewundert Ihre Arbeit, Monsieur Edouard."

*Hoffentlich ist sie keine wichtigtuerische Zimtzicke, diese deutsche Dame. Sie liebt Les Rêves zwar. Aber man weiß nie. On ne sait jamais. Mein Château, mein Erbe, ich möchte nur das Beste.*

Edouards Miene verfinsterte sich. Ebenso die des sympathischen Südfranzosen.

Denkt er dasselbe wie ich? Hegt er dieselben Gefühle?", fragte sich Edouard, der die Veränderung in Lucs Miene wahrgenommen hatte.

Luc war vor ein paar Jahren während einer Wanderung auf Les Rêves gestoßen. Es war einer der wenigen Momente in seinem Leben, in dem ohne nachzudenken alles klar gewesen war. *Das ist mein magischer Ort. Hier sind wir zu Hause, Socrate und ich.*

Er war in der verlassenen, scheinbar besitzerlosen Burg umhergestreut, hatte durch die Fenster die Räume erahnt, war auf die brüchigen Mauern geklettert, zwischen Feigen und Sukkulenten. Seine Gedanken hatten sich zwischen dem tiefroten Klatschmohnfeld unter ihm und dem luminösen blauen Himmel über ihm verloren, schwerelos, sorgenfrei, pure Freude. Er hatte jede Einzelheit vor sich gesehen, jede Nische, jeden Raum, jeden Keller, die Menschen, die sich hier wohlfühlen sollten. Seine Burg, seine Pläne. Les Rêves war so selbstverständlich in sein Leben eingetreten, dass Luc immer wieder zurückgekehrt war. Damit verlieh er seinem Traum mehr und mehr Realität. So war es auch zu den Bauplänen gekommen, die Alain für ihn gezeichnet hatte. Erst vor kurzem hatte Luc vom Privatbesitz erfahren und mit Monsieur Edouard Kontakt aufgenommen. Er war sich sicher, dass Les Rêves ab heute ihm gehören würde.

„Nehmen Sie den Hund an die Leine", kreischte es in diesem Moment hysterisch hinter dem Feigenbaum und eine Frau mit schwarzem Wuschelkopf, in weißen Jeans, weißen Sneakers und roter Bluse lugte mit schreckerweiterten Augen aus dem Gebüsch hervor. Dabei hatte sie Mühe, einen schwarzen Beutel, der offensichtlich etwas Schweres enthielt, auf ihrer Schulter zu halten.

Sechs Augenpaare starrten auf Bea. Von einem bestätigendem „Also doch eine Zimtzicke!", über ein entsetztes „Warum blamiert sie sich so?", bis zum überraschten „Sie?" war alles in den Gesichtern der Wartenden abzulesen. Nur der Hund blickte ihr mit stoischer Ruhe entgegen.

Beas Nerven lagen blank. Sie hatte die Nacht in einem sehnsuchtsvollen Wachtraum zwischen Arnaud und Paul, zwischen Handy und Medaillon, zwischen Zukunft und Vergangenheit verbracht. Am Morgen war sie aufgewühlt, mit rasenden Kopfschmerzen, aber verliebt bis über beide Ohren daraus hervor getaumelt.

*Wie weh Liebe tun kann. Wie fesselnd Liebe sein kann. Heute Abend. Er wird mein Muttermal mit den Fingern umkreisen, zärtlich, liebevoll, Ekstase auslösen. Bald. Bald. Ich fühle ihn. Ich rieche ihn. Ich liebe ihn. Ich kann es zulassen.*

Nachdem sie zwei Schmerztabletten eingenommen hatte, hatte sie sich weiter den verrückten Tagträumen frisch Verliebter überlassen, hatte vor sich hin gesummt und als ihr Handy den Eingang einer SMS signalisiert hatte, war der einzig mögliche Absender Arnaud gewesen.

Aber nicht Arnaud, sondern Titus hatte ihr eine Nachricht gesandt, die sie jäh auf den Boden ihrer To-do-Liste zurückgeholt hatte.

„Tu es nicht!!!"

„Was soll ich nicht tun?", hatte Bea verdutzt überlegt. Doch die Recherche in ihrem Kopf hatte nur Millisekunden gedauert.

*Les Rêves. Paul. Dein Zimmer in Südfrankreich, die Kemenate voller*
*Bücher. Ich sollte mal wieder lesen, Ruhe zulassen auf meiner Burg. Ich*
*werde wahnsinnig. Ich sehne mich nach Arnauds Armen. Ich möchte mit*
*dir im Zimmer im Torbogen liegen. Paul.*

Da war es schon halb neun Uhr gewesen und die Fahrzeit nach
Aix benötigte mehr als eine Stunde. In der Utopie der Verliebtheit
verschwanden alltägliche Aufgaben, und dennoch mussten die
aktuellsten erledigt werden: Zimmer im Hôtel du Parc verlängern.
Hotelzimmer an der Raststätte stornieren. Titus antworten, „Ich
tue es, ich informiere dich!", duschen, anziehen, den großen
schwarzen Beutel mitnehmen, ein Croissant essen, die
Coquelicot-Kachel einpacken, nach Aix fahren.

*Arnaud, lass mich in deinen Armen träumen. Paul, ich liebe dich.*

Bea hatte alles wie in Trance erledigt und war irgendwie auf
dem Parkplatz vor der Burg angekommen. Während sie hinter
Aix auf dem Kiesweg den Hügel nach Les Rêves hinaufgefahren
war, durch immergrünen Niederwald, dem Paradies entgegen,
hatte sich zu den flatternden Schmetterlingen im Bauch ein
polterndes, aufgeregtes Herz gesellt.

*Wird sich Les Rêves heute entscheiden? Darf ich meine französische*
*Leichtigkeit hier verankern? Mit Paul? Mit Arnaud? Der Traum mit*
*der Kemenate war eindeutig. Les Rêves gehörte zum Spiel dazu. Heute*
*würde es ihr gehören. Ich vertraue deinem Spiel, Paul. Du hast immer*
*sorgfältig mit mir geplant.*

Und jetzt dieser angsteinflößende Hund. Und dieser Fremde,
mit seinen tiefbraunen Augen, die wieder direkt in ihre Seele
eindrangen.

„Madame, allez-y. Treten Sie näher. Er ist immer noch nicht
böse", rutschte es Luc heraus.

„Sie kennen sich?", fragte Edouard überrascht.

„Kennen ist anders", erläuterte Luc. „Wir sind uns vorgestern weit weg von hier schon einmal begegnet. Erstaunlich, dieses Wiedersehen."

Bea war zögernd hinter dem Feigenbaum hervorgekommen, den schwarzen Beutel als Schutzschild vor die Brust gepresst, und stolpernd mit großem Abstand zu dem Hund vor der Gruppe zum Stehen gekommen.

Oje, was ist mit ihr nur los?, dachte Monsieur Parignol.

Er machte Bea ein Zeichen in Höhe seiner Gürtelschnalle. Beas Bluse war falsch geknöpft und dies stach Rot auf Weiß jedem ins Auge, aber Bea reagierte nicht.

„Bonjour Madame, Messieurs. Bitte entschuldigen Sie die Verspätung. Das ist mir sehr peinlich und nicht meine Art. Leider hatte ich vor einer Woche einen schweren Autounfall. Seither geht alles ein bisschen durcheinander. Und ich habe panische Angst vor Hunden." Dass sie stanken, äußerte sie nicht, und sie erinnerte sich gerade noch rechtzeitig an die unabdingbaren Höflichkeitsformeln französischer Unterhaltungen.

„Vielen Dank für Ihre Einladung, Monsieur Edouard. Ich bin sehr glücklich, dass ich heute hier sein darf an diesem einzig artigen Ort. Welch ein Traum."

Bea drehte lächelnd die Runde und gab den fünf Personen die Hand, wobei der Handschlag mit Luc kurz ausfiel, um dem Hund nicht zu nahe zu kommen.

„Socrate". Luc, offensichtlich ihr Konkurrent, deutete mit einer knappen Geste auf den Hund. Bea ignorierte sie und suchte schnell neben Monsieur Parignol Schutz.

Wenigstens weiß sie sich zu benehmen, dachte Edouard.

„Chers Amoureux du Château", begann er, „jetzt, wo wir komplett sind, möchte ich Sie nochmals herzlich auf Les Rêves begrüßen und mich für Ihr Kommen bedanken. Sie alle kennen dieses Kleinod", er breitete die Arme aus und drehte sich einmal um sich selbst. „Viele schon seit langer Zeit. Jede und jeder von Ihnen hat eine besondere Beziehung zu diesem alten Ort, sonst wären Sie heute nicht hier, und sie alle kommen mit großen Erwartungen. Das ist mir bewusst. Trotzdem möchte ich mit meiner Geschichte beginnen."

Er pausierte kurz, als ob er Widerspruch erwartete. Aber die angespannte Stille wurde nur von Vogelgezwitscher unterbrochen.

„Wie Sie wahrscheinlich wissen, wurde die Burg im 12. Jahrhundert von den Templern erbaut. Das interessiert vor allem Cathérine, denn das Tatzenkreuz und die Sonnenuhr im Torbogen sowie die Überreste der Kapelle mit dem gewaltigen Steinkreuz an der Zufahrt zur Burg sind Zeitzeugen."

Cathérine nickte ihm bestätigend zu.

„Danach erweiterte die Kirche den Bau. Die Burg wurde zum Zufluchtsort für Talbewohner und Reisende. Im Zuge der Französischen Revolution gelangte die Burg in den Besitz meiner Familie und dabei ist es bis heute geblieben. Über mehrere Jahrhunderte war sie unsere Heimat. Einige Familienmitglieder liegen hinter der Kapelle begraben. Später zog meine Familie in das Stadthaus in Aix und das Château geriet in Vergessenheit. Trotzdem nahm mein Vater mir auf dem Sterbebett das Versprechen ab, die Burg im Familienbesitz zu halten. So kam es dazu, dass ich einen Teil renovierte und mit der Féderation Unie des Auberges de Jeunesse, der Vereinigung der Jugendherbergen, kooperierte. Ich wollte diesem traumhaften Fleckchen Erde wieder Leben einhauchen. Aber die Nutzungsvorschriften wurden immer strenger, meine Arbeit und meine eigene kleine Familie nahmen immer mehr Raum ein und die Kosten explodierten. Deshalb ist die Burg heute verwaist, was ich bedauere. Ich möchte den Verfall aufhalten. Aber verkaufen kann ich nicht. Les Rêves, das sind meine Wurzeln, unabhängig vom Versprechen an meinen Vater." Edouard hatte die Runde während seiner Ausführungen aufmerksam beobachtet. Monsieur Parignol und der Architekt hatten professionelle, unerschütterliche Mienen aufgesetzt. Die anderen beiden schienen jedoch aus der Bahn geworfen.

Bea hatte die Augen geschlossen, zu taumeln begonnen und krallte sich an Monsieur Parignol fest.

*Meine letzte Chance. Paul, unser Traum. Mein Rückzugsort. Mein Garant für Wärme und unbeschwertes Leben.*

Luc hatte sich neben seinem Hund zu Boden sinken lassen und vergrub sein Gesicht in dessen Fell.

*Socrate, unser Ort. Wir geben nicht auf.*

„Pardon." Bea beendete den Moment der Starre, in dem sie, das Handy am Ohr, aus dem Innenhof rannte. Sie dachte nicht einmal darüber nach, dass das schreckliche Ungetüm zähnefletschend hinter ihr herrennen könnte.

„Rike. Er verkauft nicht. Les Rêves ist verloren. Was soll ich tun? Ich hatte es Paul doch versprochen."

Bea lehnte gegen die Burgmauer. Tränen liefen über ihre Wangen.

*Ich kann weinen. Ich bin verliebt. Warum muss ich schon wieder aufgeben? Ich will das Château. Ich will Teil dieses geliebten Landes sein.*

*Ich werde Paul nicht verraten. Ich gebe nicht auf. Paul, Arnaud. Für dich, für euch.*

„Sie stehen alle im Hof. Der andere, der Les Rêves will, hat einen Riesenhund. Er ist zusammengebrochen. Rike ...", schluchzte Bea.

„Bee, Liebe, ganz ruhig. Ich habe nur noch zwei Minuten Pause. Ich verstehe Deine Enttäuschung. Aber was hat der Besitzer denn genau gesagt? Er hat euch doch nicht eingeladen, nur um Euch zu sagen, dass er nicht verkaufen wird. Das hätte er dir auch über Monsieur Parignol mitteilen lassen können. Er will reden. Hast du mir das nicht so erklärt? Deshalb bist du doch nach Aix gefahren. Sei mutig. Geh zurück. Es wird eine Lösung geben. Und übrigens: Titus hat eine Überraschung für dich. Lass dich drücken, Bee. Und gute Fahrt heute."

Noch während Bea klarstellen wollte, dass sie erst morgen fahren würde, hatte Friederike aufgelegt.

Jetzt hätte ich mich fast verplappert, dachte Bea, und die Szenerie einer wilden, aufregenden Liebesnacht huschte kurz durch ihren Kopf. Sie wischte sich die Tränen mit dem schwarzen Beutel ab und ging durch den Torbogen zurück in die Realität.

Die Szene hatte sich verändert. Der Hund, Socrate, lag im letzten Schatten des Bergfrieds. Ihm war wohl alles zu viel geworden. Alain, der Architekt, hatte den Kopf mit Luc zusammengesteckt. Edouard und Cathérine inspizierten den Ziehbrunnen. Nur Monsieur Parignol stand noch am selben Fleck wie vorher.

„Entschuldigung, Monsieur Parignol. Es ist heute nicht mein Tag. Verstehen Sie, für mich platzt ein Traum, geht ein Versprechen verloren. Les Rêves sollte mein Refugium werden, meine Ruhe. Die soll ich hergeben? Das geht nicht. Auf keinen Fall."

„Seien Sie nicht so ungeduldig, Béa. Wir sind hier, um zu reden, um Ideen auszutauschen. Wir hatten doch schon darüber gesprochen, dass Les Rêves für eine Person alleine zu aufwendig ist. Sie sind viel unterwegs. Das Château braucht jemanden vor Ort. Es ist nichts verloren."

„Ich habe jetzt Arnaud", ging es Bea durch den Kopf. Er ist vor Ort und könnte diese Aufgabe übernehmen, während sie ihren geliebten Geschäftsreisen nachging. Aber sie sprach die Worte nicht aus.

Serge Parignol ging auf Edouard zu.

„Monsieur Edouard, wir möchten uns entschuldigen. Wie gesagt, es ist im Moment alles ein bisschen viel für meine Klientin. Sie haben sich doch bestimmt Gedanken gemacht, wie Sie weiter mit Les Rêves vorgehen möchten."

„Mesdames, Messieurs, darf ich bitten?"

Edouard führte die Amoureux du Château in die Kühle des von dicken Steinmauern umgebenen Foyers. Der quadratische Raum war lichtdurchflutet. Sein helles Steingewölbe reflektierte die Morgensonne. Der Fußboden war mit aufwendiger Caladetechnik renoviert, einem Mosaik aus senkrecht gestellten und waagrecht gelegten bunten Kieselsteinen. Ausgehend von den vier Wänden trafen sich die Spitzen von vier Dreiecken in einem Quadrat in der Raummitte. Auf diesem Zentrum stand ein Holztisch, umringt von unterschiedlichen, abgebeizten Holzstühlen. Sechs Champagnerkelche aus Kristallglas, ein silberner Eiskübel mit einer Flasche Crémant, daneben eine Damastserviette zum Servieren sowie salzige Knabbereien auf einer Etagère aus Kristallglas verliehen dem rustikalen Raum ein edles Ambiente.

Bea fühlte sich sofort in ihren Laden versetzt. Sie dachte an ihre letzte Kundin und an die beiden alten Nähtische aus einer Bergerie in der Auvergne, die bei Titus im Lager standen. Sie würden sich optimal in die Gewölbe rechts und links des Eingangs einfügen. Les Rêves und Coquelicots, was für eine Symbiose. Undenkbar, sie nicht zusammenzubringen.

„Auch wenn ich Sie enttäuscht habe, verehrte Gäste." Edouard lehnte sich auf eine Stuhllehne gegenüber dem Eingang. „Sie haben meine Erwartungen erfüllt. Ich möchte Ihnen nicht zu nahetreten, aber Ihre Reaktionen zeigen mir, wie viel Ihnen Les Rêves bedeutet. Dafür danke ich Ihnen. Ja, Monsieur Parignol. Ich habe konkrete Vorstellungen, was mit Les Rêves passieren soll." Edouard zeigte auf einen Plan von Les Rêves. Mehrere Burgteile waren darauf mit verschiedenen Farben markiert. Er äußerte sich entschlossen.

„Les Rêves soll wieder für Menschen geöffnet werden. Für die notwendigen Investitionen, für Ideen zur Umsetzung und für die Verwaltung suche ich Partner. Allerdings nur einen, denn ich möchte Les Rêves nicht unnötig zerstückeln. Da ich aber auf zwei hartnäckige Interessenten gestoßen bin, biete ich Ihnen an, mir ein gemeinsames Konzept vorzustellen. Wichtig ist mir, im roten Teil, er zeigte auf die ehemalige Jugendherberge, in kleinem Stil die Herberge wieder zu eröffnen. Im grünen Teil, dem Innenhof, könnte eine kreative Werkstatt entstehen. Im Donjon eventuell Ausstellungsräume, ein Kulturzentrum. Und die Natur soll auch nicht zu kurz kommen. Ich verlasse mich auf Ihre Kreativität."

„Keine Privaträume?" Obwohl Bea wusste, dass sie sich zurückhalten sollte, rutschten ihr diese Worte heraus. Solch direkten Aussagen waren in Verhandlungen in Frankreich äußerst unangemessen. Ihre Emotionen trieben sie dazu, fortzufahren: „Ich möchte hier wohnen, im Torbogenzimmer und dort Ruhe finden."

„Das möchte ich auch, Madame", fuhr Luc sie an. „Aber es ist wohl jetzt nicht der passende Moment, darüber zu streiten. Edouard, je vous écoute. Ich bin ganz Ohr."

„Ich mag keine Menschenmassen. Ein touristisches Les Rêves, ein Alptraum." Bea setzte sich immer mehr ins Aus.

Doch zickig, dachte Edouard, und fuhr mit seinen Erläuterungen fort: „An Privaträume habe ich schon gedacht, chère Madame. Monsieur Parignol hat sicher Ideen, wie ich Wohnrechte vergeben könnte. Wie Sie das aufteilen, wird Teil Ihres gemeinsamen Konzeptes sein."

*Ich verliere die Kemenate, mein Torbogenzimmer. Ich muss es haben.*

„Merci, Edouard, für Ihre Ausführungen. Auch in meinen Träumen lebt Les Rêves. Es ist nicht steril und einsam. Hier müssen Gefühle ihren Platz finden. Das wünsche ich mir. Ich möchte Gutes tun, benachteiligten Menschen helfen." Lucs besonnene Stimme drang an Beas Ohren. Seine breiten Schultern hingen wieder locker nach unten. Für ihn schien nicht alles verloren.

„Edouard, können Sie uns über die Auflagen bei der Renovierung informieren und auch über die Kosten?", mischte sich Alain in die Unterhaltung. Seine Mappe hatte er inzwischen bei Seite gestellt.

„Dringend notwendig sind eine Wasserzuleitung und die Stabilisierung der Mauern. Diese Maßnahmen stehen an erster Stelle und diese Kosten müssten wir gemeinsam tragen. Danach könnte jeder seinen Bereich in Eigenregie um- oder ausbauen. Meine Einteilung ist nur ein Vorschlag. Um dem Denkmalschutz gerecht zu werden, könnten wir einen Verein zur Erhaltung des Châteaus gründen. Ich wünsche mir, viele Räume so zu renovieren wie diesen, um damit alte Handwerkertechniken zu fördern. Zu meiner Entlastung bitte ich Sie, mir ein gemeinsames Konzept für Les Rêves vorzustellen. Dann haben wir eine Arbeitsgrundlage. Das sind meine Bedingungen."

Edouard lächelte Bea und Luc gewinnend an. Er spürte, dass es zwischen den beiden knisterte, war sich aber nicht sicher, ob es sich um Gewitterstimmung oder heftige Anziehung handelte.

*Mit dem soll ich Les Rêves teilen, ein Konzept erarbeiten? Mit diesem hinkenden Hundebesitzer? Er kann ja nicht einmal zupacken. Ihn regelmäßig wiederzusehen, der Horror. Wie wird er auf Arnaud reagieren? Ihre neue Liebe? Was wird das mit mir machen? Ich will Les Rêves für mich allein. Ich will bestimmen, meinen Kopf durchsetzen. Hoppla. So direkt? Und gleichzeitig suchst du Gelassenheit?*

Bea war erstaunt über die Ehrlichkeit, die sie auf einmal zuließ.

*Ja, für Frankreich musst du gelassener werden, chère Madame. Lass es auf dich zukommen. Eine Chance hat Les Rêves auch unter diesen Bedingungen verdient.*

Edouard nahm den Crémant aus dem Kühler und ließ den Korken knallen.

„Alles ist offen. Und trotzdem erlaube ich mir, mit Ihnen auf den heutigen Tag, auf unser Zusammentreffen und auf Les Rêves anstoßen. Ich habe das Gefühl, in Ihnen beiden die richtigen Partner gefunden zu haben. Santé und greifen Sie zu."

Bea nahm das Glas entgegen und eine weitere Übersprunghandlung nahm ihren Lauf. Mit der freien Hand kramte sie die Coquelicots-Kachel aus ihrem Beutel.

„Finden wir dafür Verwendung", fragte sie, gespannt auf die Reaktionen der Anwesenden.

„Woher haben Sie dieses Exemplar?", platzte Edouard heraus. „Wir hatten früher im Stadthaus solche Kacheln. Sie erinnern mich an meine Kindheit. Merveilleux. Aber sicher sind sie willkommen."

Luc hakte nach.

„Haben Sie mehr davon? Sie sind wunderschön. Und für die beiden Holzbüsten finden wir sicher auch eine Nische, nicht wahr?"

Er hob die Augenbrauen und lächelte. Dass er dabei dachte, dir werde ich die französische Gelassenheit schon beibringen, konnte niemand aus seiner Mimik erraten.

„Unverschämter Kerl. Was soll dieser Zusatz?", rumorte es in Bea. Trotzdem hatten die Antworten tief in ihr, zwischen Herz und Bauch, Erleichterung ausgelöst.

„Santé!"

*Wenn er wenigstens hundefrei wäre.*

Mit der Durchsicht der gesetzlichen Vorgaben und einer detaillierten Begehung der Burganlage verrannen die nächsten Stunden. Jeder hielt die Karten verdeckt. Noch war nicht die Zeit für Offenheit. Es war die Zeit des Kennenlernens, des Abtastens.

Zum Abschied versammelten sich Les Amoureux du Château unter dem Torbogen.

„Können Sie mir bitte bis Sonntagabend Bescheid geben, ob Sie an meinem Angebot interessiert sind? Ob Sie ein gemeinsames Konzept erarbeiten werden?"

Edouard sah zuerst Bea, dann Luc an. Nach einem kurzen Blickkontakt mit ihren Begleitern nickten beide ergeben.

„Und dann das Konzept bis in vier Wochen? Ich hole bis dahin Kostenvoranschläge ein für die Wasserzufuhr und die Sanierung der Mauern. Cathérine wird Ihnen die wichtigsten Anforderungen an den Denkmalschutz zusenden. Damit sie diese gleich berücksichtigen können." Der seriöse Adlige hatte sich kurzerhand in einen knallharten Geschäftsmann verwandelt.

Luc unterbrach die nachdenkliche Stille.

„Eh bien, il faut. Na dann, muss es wohl so sein. On reste en contact. Wir bleiben in Kontakt?"

„Merci beaucoup und auf unser Projekt." Edouard verabschiedete seine Gäste. „A bientôt. Bis bald. Et bon retour. Und gute Heimfahrt."

Im allgemeinen Abschiedsgewimmel ging Luc auf Bea zu und streckte ihr seine Visitenkarte hin. Bea übergab ihm resigniert ihre Kontaktdaten.

Plötzlich fiel ihr der Hund wieder ein. Luc musste ihren suchenden, ängstlichen Blick bemerkt haben, denn er berührte mit seiner Hand ihren Arm und deutete mit dem Kopf Richtung Burghof. Socrate hatte sich nicht bewegt.

*Paul. Deine Berührung, um mich zu besänftigen.*

In Lucs Augen las Bea: Keine Angst. Es wird schon werden. Sie zuckte zurück.

*Was nahm er sich raus, dieser Typ? Er kannte sie doch gar nicht. Ich habe keine Angst. Das Leben hat sie mir abgewöhnt und mich hart gemacht. Ich werde Les Rêves schon so hinbekommen, wie ich es möchte. Ihn und den Hund auf den nötigen Abstand halten. Und mit Arnaud das Leben genießen.*

„Au revoir, Béa", fuhr Luc unbeeindruckt fort. „Wir müssen uns wohl näher kennen lernen. Les Rêves würde das guttun. Ich melde mich bei Ihnen. Für heute ist es erst mal genug. Coquelicots, hört sich interessant an", sagte er mit Blick auf ihre Visitenkarte. „A très bientôt. Bis sehr bald. Socrate, on y va. Wir gehen."

„Oui, à bientôt", gab Bea mit energischer Stimme zurück.

# Paul

Bea und Monsieur Parignol waren die letzten auf dem Parkplatz. „Ich hoffe, Sie können sich mit dem gemeinsamen Projekt anfreunden, Béa. Ich werde versuchen, mehr über Monsieur Peirret zu erfahren, damit Sie wissen, mit wem Sie zu tun haben werden. Wir tauschen uns aus und spätestens in vier Wochen sehen wir uns wieder, vorausgesetzt sie entscheiden sich für das gemeinsame Konzept. Passen Sie auf sich auf, Madame." Bevor er in sein Auto einstieg, zeigte Monsieur Parignol nochmals auf seine Gürtelschnalle.

Erst jetzt realisierte Bea, wie sie angezogen war.

„Merci, Monsieur Parignol." Sie lachte laut auf. „Was für ein Tag. A bientôt."

Sie ließ sich in ihrem Auto in den Fahrersitz plumpsen, öffnete alle Fenster und nahm zum ersten Mal an diesem Tag bewusst diese faszinierende Umgebung wahr. Sie schaute an sich herunter, zog an ihrer Bluse, grinste und legte eine CD von Billy Joel ein, My Life.

This is My Life.

*Alles ist verrückt. Alles ist möglich. Ich kann weinen. Ich kann lieben. Ich werde Teil von Les Rêves. Ich werde in zwei Welten leben. Ich werde es dem unmöglichen Hundebesitzer schon zeigen.*

„Go away with your own life, leave me alone." Der Text kam aus Beas Innerstem. Sie sang laut mit und es tat gut.

„Siehst du, geht doch".

Jemand hatte die Beifahrertür geöffnet, einen Fuß auf das Trittbrett gestellt und die Unterarme am Autodach aufgelehnt. Bea schaute auf schwarze Flipflops. Rote Bordshorts, in denen ein schmaler Haarstreifen verheißungsvoll endete, hingen lässig auf einer zarten Hüfte. Der muskulöse, trapezförmige Oberkörper war nackt, braungebrannt und jugendlich glatt. Paul beugte sich zum Fenster.

„Schnecke", räusperte er sich. „Nimm, was du bekommen kannst. Ich bin bei dir."

Er strahlte sie offen an.

„Ein bisschen verrückt waren wir beide doch schon immer. Gewinn sie zurück, deine Leichtigkeit."

„Ach, du", seufzte Bea und ihr Körper bewegte sich weiter zur Musik.

In diesem Moment fühlte sich komplett. Verstanden, geliebt, verrückt, ihr Leben im Lot. Sie knöpfte ihre Bluse auf und in der richtigen Reihenfolge wieder zu.

Flohmarkt, dachte Bea. Einkaufen für Les Rêves. Das wäre jetzt perfekt. Sie gab vide greniers und 83 für das Département Var auf ihrem Handy ein und checkte die angezeigte Liste.

„Hey Paul", rief sie übermütig. „Wie wäre es mit einem Besuch des Vintagemarkts in Bandol? Liegt auf dem Rückweg zu meinem Liebesabend."

„Flohmarkt? Ich bin dabei", antwortete Paul.


„Diese Landschaft. Dieses phantastische Klatschmohnrot. Ich kann gar nicht genug davon bekommen. Die Sonne. Dieser Himmel."

Während der Fahrt nach Bandol streute Bea ihre Eindrücke immer wieder unter die laut dröhnende Musik. Ihre nicht endende Schwärmerei kam ihr manchmal selbst schon lächerlich vor. Aber die Liebe zu diesem überwältigenden Landstrich steckte so tief in ihr drin. Mit ihrer Kraft würde sie die Verhandlungen um Les Rêves überstehen. Wie die Konzepterstellung über Landesgrenzen hinweg funktionieren sollte, in vier Wochen, mit all ihrer Arbeit, mit den Bedenken von Titus, mit ihrem Bedürfnis, Arnaud nahe zu sein, wusste Bea allerdings im Moment nicht. Und sie wollte es auch nicht wissen, denn es war viel zu viel.

In Bandol fand sie einen Parkplatz an der Südspitze des Hafens und schlenderte nach einem vergeblichen Versuch, mit Friederike zu telefonieren, an den Yachten entlang.

Eine neue, wohlige Sehnsucht nach körperlicher Nähe, nach Zweisamkeit, nach gemeinsamem Erleben begleitete sie. Sie in Arnauds Armen hier am Hafen, Liebende, die über einen Flohmarkt flanieren.

*Bin das ich? Die das zulässt? Was werde ich mit Arnaud erleben? Ich bin soweit. Ich wage es. Mein Liebhaber, mein Begleiter.*

Bea bog in die von Platanen beschattete Place de la Liberté ein, auf der der Flohmarkt stattfand. Sie liebte die Ruhe, die dieser von den Bäumen und Häuserfronten beschützte Ort ausstrahlte. Gegenüber dem Hafen endete der Platz in einer mit den typischen filigranen Treppengeländern begrenzten Doppeltreppe, die zur Kirche St. Francois de Sales führte.

Am Eingang des Platzes wurde sie von der Statue des kindlichen Querflötenspielers begrüßt. Doch ihn nahm sie nur kurz wahr, denn die Auslage des ersten Stands zog sie in ihren Bann. Eine lange Theke aus Paletten und Brettern im Shabby-Look bog sich unter feinen Provencestoffen und schweren Polsterstoffen, Gobelin- und Brokat, deren Menge für viele Stühle oder Sessel reichen würde.

Was für ein Schatz, dachte Bea. Die mit den Blumenmustern muss ich unbedingt haben, und den aus grobem Leinen. Aber wie bekomme ich sie von hier weg?

„Geh weiter!", wurden ihre Überlegungen unterbrochen. „Das ist zu edel."

Die Stimme kam hinter dem Querflötenspieler hervor.

Irritiert wandte sich Bea um. Paul, in Flipflops und Bordshorts. Sie ertappte sich dabei, wie sie die Augen verdrehte.

„Schau nicht so. Edel ist doch spießig, oder nicht?", stichelte er weiter. „Wir kaufen nur günstige Sachen, wie die angeschlagenen Schmuckkästchen da hinten. Titus kann daraus was zaubern."

„Paul, was soll das? Diese hochwertigen Stoffe brauche ich für Coquelicots. Soll ich mir die durch die Lappen gehen lassen? Nur mit solchen Materialien kann ich Les Rêves für uns erobern. Du hast das doch alles miterlebt."

Bea hatte laut zum Querflötenspieler gesprochen und erschrak vor ihren eigenen Worten.

*Hatte sie das gesagt? Paul in Frage gestellt? Ihren jugendlichen Paul? Hatte Paul tatsächlich alles miterlebt? Ist er je erwachsen geworden? Eine Chance für eine eigene Entwicklung habe ich ihm nie gegeben. Was wäre, wenn er den Unfall überlebt hätte? Wer wäre Paul heute?*

Die Lust auf Flohmarkt war Bea vergangen. Die Geschäftsfrau in ihr suchte die schönsten Stoffballen aus, verhandelte einen Preis und vereinbarte, dass die Stoffe am Nachmittag abgeholt und bezahlt werden würden. Didier hatte ihr diesen Service zugesagt. Tief in Gedanken versunken trottete sie Richtung Auto.

*Wie soll ich Leichtigkeit finden, Paul, wenn du mir solche Fallen stellst? Aber den Abend mit Arnaud verdirbst du mir nicht. Den hast du angezettelt.*

In diesem Moment vibrierte Beas Handy.

„Arnaud", gurrte sie, denn sie zweifelte nicht daran, dass er dem Abend ebenso entgegenfieberte wie sie.

„Arnaud? Luc Peirret au fil. Luc Peirret am Apparat, bonjour."

Bea konnte ein genervtes Aufstöhnen nicht vermeiden. Was wollte der denn? Für heute ist es genug, hatte er beim Abschied gesagt.

„Entschuldigen Sie, dass ich Sie störe. Wir hatten es anders ausgemacht. Ich weiß.", Luc sprach gelassen weiter. „Aber meine Gedanken kreisen ununterbrochen um Les Rêves, um einen Traum, der uns verbindet. Ich dachte, es könnte Ihnen eventuell genauso gehen. Darf ich Sie …..?"

Ohne zu zögern hatte Bea den Anruf weggedrückt. Und sofort Panik bekommen.

*Jetzt ist es vorbei. Les Rêves verloren.*

Das Handy zitterte in ihrer Hand. Es schien darauf zu warten, dass sie sofort auf Rückruf drückte.

*Das schaffe ich nicht. Ich kann das gerade nicht. Bitte, eins nach dem anderen. Ich bin verliebt. Lasst mich doch in Ruhe.*

Automatisch hatte Bea den Weg auf die wenig bevölkerte Hafenmole eingeschlagen. Dort würde ihr zerstreutes Verhalten nicht so auffallen. Energisch stapfte sie auf der Mole hin und her. Für Außenstehende stritt sie mit ihrem Handy. Ihre Hände schienen triftige Argumente zu unterstreichen. Aber diese Gesten halfen nur, ihre Gefühle zu sortieren. Struktur zu schaffen war schon immer hilfreich gewesen. Zuerst der Abend, die Liebe. Dann Tag der Offenen Tür, ihr Lebensanker. Dann Les Rêves, der Traum. Oder doch besser Les Rêves vor Coquelicots? Egal, wie diese Entscheidung ausfallen würde: Luc stand nicht an erster

Stelle. Und sie hatte sich nichts vorzuwerfen. Er hatte zur falschen Zeit angerufen. Es war besser, er würde gleich merken, wie sie tickte.

*Entschieden.*

Entschlossen schaltete sie das Handy lautlos, steckte es in ihren schwarzen Beutel und ging, ohne nach rechts oder links zu schauen, zum Parkplatz.

Luc saß währenddessen in einem Café am Vieux Port von La Seyne und starrte sein Handy an.

Schade. Ich hätte sie gerne heute noch einmal gesehen. Er vertiefte sich in Socrates Augen, die ihn unbeirrt verfolgten, und ließ seine erste Begegnung mit Bea Revue passieren. Wie sie ihn angesprochen hatte, mit dieser Mischung aus verspieltem und provozierendem Flirt. Vieles hatte er jetzt erwartet, Aufbrausen, Stille, Zögern. Aber keine brüske Zurückweisung.

„Arnaud", äffte er Bea nach. Diese Frau, die so plötzlich in sein Leben getreten war und dort offensichtlich auch bleiben würde, wurde immer rätselhafter. War er eifersüchtig? Wie kam er auf die Idee, dass Bea Single sei, nur weil sie auf der Autobahn alleine unterwegs war?

Er sah sie neben sich sitzen, den Stuhl nach hinten gerückt, um größtmöglichen Abstand zu Socrate bemüht. In der einen Hand hatte sie ihre Cafétasse, mit der anderen gestikulierte sie, um ihre Argumente für Les Rêves zu unterstreichen. Dabei war sie so lebendig, mitten drin.

*Ihre selbstbewusste, selbstbestimmte Art, die Begeisterung, mit der sie von Les Rêves spricht, fasziniert mich. Aber da schwingt etwas anderes mit. Ein Bruch? Ein Geheimnis? Die Panik vor Socrate, die Aktion mit*

*der Küchenkachel, das erschreckte Wegdrücken des Telefonats. Ich spüre,*
*dass hinter dieser Frau ein Geheimnis steckt. Ich möchte es lösen, als*
*Mann, als Psychologe.*

„Socrate, da haben wir uns was eingefangen." Er wuschelte
durch das weiche Haar des Hundes und schüttelte den Kopf.
Socrate blieb unbeeindruckt.

„Sie ist nicht nur die zufriedene Karrierefrau, die wir
kennengelernt haben. Ihre Augen und ihre Reaktionen erzählen
andere Geschichten. Geschichten von Angst, Unruhe und Suche."

Luc bedauerte Beas Absage aus einem weiteren Grund. Ihm
fehlte die Gesprächspartnerin. Wie gerne hätte er die neuen
Entwicklungen um Les Rêves mit seiner Mutter besprochen. Er
hatte mit ihr die Burg besucht, ihr seine Ideen erklärt, die
Möglichkeiten, soziale Projekte umzusetzen. Seine Mutter kannte
seinen Drang, jungen Menschen Mut zu machen, die durch einen
Unfall oder durch eine Krankheit ihren Lebensentwurf aufgeben
mussten. Schließlich war es ihm in seinem Leben nicht anders
ergangen. Doch heute hatte seine Mutter einen ihrer schlechteren
Tage, war in sich gefangen, in ihrer Welt, der Welt der Demenz.
Es blieb ihm nur, ihr neues Lebensmuster zu akzeptieren, sie zu
begleiten.

*Wer kann ihren Rat und ihren Rückhalt ersetzen? In Sachen Les*
*Rêves habe ich wohl auf Bea gesetzt. Deshalb habe ich gewagt, die*
*Abmachung zu übergehen. Die erste Lektion habe ich gelernt. Keine*
*verbindliche Nähe. Die harte Schale könnte brechen. Schutzreflex, nicht*
*anderes bedeutete dieses abrupte Auflegen.*

„Zum Glück habe ich dich, Socrate." Luc knuddelte den
Zottelkopf hinter den Ohren, stand auf und legte ein paar Münzen
auf den kleinen Plastikteller, in dem der Kassenbon steckte.

„On y va - gehen wir." Sie passierten den Hafen, Luc tief in Gedanken versunken.

„Salut Luc. Bis nachher im Training." Vier schon jetzt im Frühsommer braungebrannte, muskulöse, junge Männer riefen Luc aufgekratzt von weitem zu.

„Ja, klar, bis später", rief er nach kurzem Überlegen zurück. „Ich freue mich."

Zurück im Hotel ließ sich Bea auf das Bett sinken. Die Schmetterlinge im Bauch flatterten, hunderte, tausende. Sie holte sich Arnaud in ihre Realität, in dem sie das Video anschaute, zum xten Mal.

*Ich werde ihn spüren. Ich werde mich in seinen Haaren verkrallen. Ich bin verrückt nach ihm. Ich möchte ihn bei mir haben.*

Dann wurde es Zeit, sich vorzubereiten. Im weichen Schein der späten Nachmittagssonne brauchte sie unzählige Versuche, sich zu schminken. Immer wieder zitterten die Hände krumme Kajal- und Lidstriche um die Augen. Die wenigen Knöpfe am Kleid überprüfte sie zigmal. Für den Abend hatte sie ein asymmetrisch geschnittenes, weich fallendes Sommerkleid in Schwarz-Grau gewählt, das ihre schmale Silhouette unterstrich und leicht abzustreifen war. Die Bilder dieses sinnlichen Augenblicks standen seit Stunden vor ihren Augen, ob aus Begierde oder aus Neugier. Sie konnte sich nicht entscheiden. Gegen die Abendkühle hatte sie einen flammendroten Wollbolero an ihre bunte Umhängetasche gebunden. Auch an die Kreolen hatte Bea gedacht, damit Paul sie erkennen würde.

Ganz selbstverständlich war es zehn Minuten später geworden. Das war bei Paul immer so gewesen. Kaum hatte sie den kleinen

Vorplatz des Hotels überquert, hörte sie ein Motorrad in die von diesem leuchtenden Frühsommertag aufgeheizte Rue Marius Bondil einbiegen. Arnaud, warum kam er mit dem Motorrad? Panik stieg in Bea auf. Seit Pauls Tod war sie nie wieder auf einem Motorrad gesessen. Arnaud, das konnte er nicht wissen. Paul? Dieses Knattern war unverkennbar. Das Motorrad hielt direkt vor ihr an, und der Fahrer bog mit dem linken Fuß lässig den Ständer nach unten. In Millisekunden hatte Bea einen Abgleich vorgenommen. Rote 750er-Maschine, Motorrad im Sitzen auf den Ständer stellen, Jeans, Canvas Slipper, schwarze Bikerjacke: Unter dem Helm musste Paul erscheinen.

Der Fahrer zog die Handschuhe aus, legte sie auf den Tank und stieg ab. Bea starrte mit vorgestrecktem Kopf auf das Visier. Wer verbarg sich dahinter? Der Fahrer imitierte ihre Geste, den Helm auf dem Kopf.

„Machen wir dieses Pantomimenspiel jetzt jeden Abend, chère Madame? Mich würde es freuen", lachte er, während er den Helm abnahm und ihn über den linken Rückspiegel hängte, wie Paul.

Die Luft entwich aus Beas Lungen.

*Paul. Arnaud. Luc. Drei Männer auf einmal. Dieses Wechselspiel der Gestalten ist anstrengend. Worauf habe ich mich da nur eingelassen?*

Sie konnte nicht anders. Den Mann vor ihr musste sie umarmen. Er war so vertraut, so selbstverständlich ihre große Liebe. Sie schlang ihre Arme um seinen Hals, verkrallte sich in seinen Haaren, nahm den Duft nach Heu wahr. Es war wie Heimkommen. Wärme und Weichheit erfüllten Bea. Sie berührte sanft seine Lippen, die sich öffneten, schüchtern, sinnlich, die Zungen tastend, Paul. Arnaud strich Bea über den Rücken. Nur für einen Augenblick unterbrachen sie den Kuss und verschmolzen wieder, die Körper mehr und mehr aneinanderdrängend, die Hände wissend über die Rundungen des anderen gleiten lassend.

„Attends. Warte."

*Hilfe. Ich will dich jetzt nicht loslassen. Ich will dich haben, schrie es in Bea.*

Arnaud nahm Bea an der Hand, drehte sich dem Motorrad zu und stieg auf. Bea verlagerte ihre Hand auf seinen Arm.

*Ich lasse dich nie mehr los, jetzt, wo ich dich wiederhabe.*

Arnaud ließ das Motorrad auf den Hotelvorplatz rollen und parkte. Mit einem glücklichen, offenen Lachen hob er Bea hoch.

„On y va? Gehen wir?", fragte er und stupste ihre Nase mit seiner.

„On y va!"

Vor dem Hoteleingang ließ Arnaud Bea auf den Boden gleiten und drückte ihr einen Kuss ins Haar. Ihr Ziel war beiden klar. Auf der Treppe zu Beas Zimmer küssten sie sich immer wieder, kicherten, als ob sie etwas Verbotenes tun würden. Ohne andere Gäste oder die Hotelbesitzerin getroffen zu haben, gelangten sie in Beas Zimmer.

*Suche das Muttermal. Ich möchte erkennen, dass du es bist, Paul.*

Bea schloss die Tür auf, Arnauds Hand fest im Griff, und zog ihn, mit einer Mischung aus Schüchternheit und Leidenschaft, in die Mitte des Zimmers.

Warum öffnet sich diese bezaubernde Frau so vertrauensvoll?, fragte sich Arnaud, während er seine Jacke auf den Boden fallen ließ. Aber dieser Gedanke beschäftigte ihn nur kurz, denn Bea streifte ihr Kleid ab.

*Ich gebe mich ihm hin. Jetzt. Ich spiele. Ich lebe.*

„Attends. Warte. C´est à moi! Lass mich es tun", hauchte Arnaud Bea ins Ohr und begann, ihren Körper mit allen Sinnen zu erobern, sie zu streicheln, zu liebkosen, mit Worten zu bewundern. Bea drängte sich ihm entgegen. Sie spürte die vertrauten Körperkonturen und stöhnte laut auf, als Arnaud das Muttermal unterhalb des Bauchnabels mit Küssen umkreiste. Abrupt setzte sie sich auf.

*Paul. Lass dich ausziehen. Konzentriere dich darauf wie früher.*

„A toi. Lass dich verwöhnen." Mit sanften Bewegungen schob Bea das schwarze Kordel-T-Shirt nach oben und zog es Arnaud über den Kopf. Sie küsste ihn und Arnaud lächelte mit geschlossenen Augen. Er schien es zu genießen. Beas Finger umkreisten seine Brustwarzen und glitten über den Bauchnabel wieder abwärts, den schmalen Haarstreifen entlang Richtung Gürtelschnalle. Ihre Zunge folgte, spielerisch, dann immer fordernder. Wild entledigten sie sich der restlichen Kleidungsstücke und fanden zueinander in einem auf- und abwogenden betörenden Liebesspiel.

Die Dunkelheit hatte schon die Oberhand gewonnen, als Bea aus dem Liebesrausch erwachte.

*Danke, Paul.*

„Je t´aime", wagte sie, Arnaud zuzuflüstern, der neben ihr lag und schlief.

*Ich bin glücklich, dass ich ihn gefunden habe.*

Sie stützte ihren Kopf auf den Ellbogen und ließ sein Profil auf sich wirken.

*Liebe. Ich kann dich lieben, Arnaud, auch wenn du meinen Nabel mit Küssen umkreist und nicht mit den Fingern. Auch wenn dein Bauch nicht mehr so glatt ist wie früher. Auch wenn du nach dem Liebesglück einschläfst und mich im Schlaf vergisst, wo du mich doch eigentlich in den Schlaf streicheln solltest. Du bist Arnaud, nicht Paul. Ich wage es. Ich kenne dich.*

Hatte sie laut gesprochen? Der Mann auf dem Bett schlug die Augen auf, lächelte Bea zufrieden an und spielte mit den roten Kreolen.

„Chère Béa. Wir kennen uns. Welch tiefe Gefühle. Merci. Merci." Seine krächzende Stimme war sanft.

„Hast du Hunger?", fragte er.

„Auf dich", lachte Bea. „Und ein Glas Wein wäre ok."

*Bin das ich? So frei, so locker? Danke Paul.*

Übermütig sprang Bea vom Bett, schaltete das Licht an und zog sich an. Minuten später saßen sie in einer Strandbar. Das Plätschern der Wellen mischte sich mit entspannter Jazzmusik. Der Rosé schmeckte erfrischend. Die Moules Frites ein Gaumenschmaus.

„Schau, der Sternenhimmel. Siehst du die Cassiopeia?" Arnaud zog Bea zu sich heran. „Sie symbolisiert deine wunderschönen Brüste."

„So sind sie jede Nacht bei dir. Wenn du nachts nicht schauspielern musst." Bea liebte solche Bilder, die aphrodisierende französische Ausdrucksweise.

Sie sprachen über ihre Berufe, von der Faszination, kreativ zu sein, bis der Besitzer kam und ihnen mitteilte, dass er jetzt schließen würde.

„So spät ist es schon?" Sie lachten sich überrascht an. „Lass uns zurückgehen, schöne Frau."

Arm in Arm schlenderten sie die Straße hinauf zum Hotel.

*Ich lasse ihn nie wieder los. Ich darf in seinen Armen schlafen.*

Arnaud begleitete Bea jedoch nicht ins Hotel, sondern ging direkt auf sein Motorrad zu. „Nicht traurig sein, Liebste. Die Cassiopeia verbindet uns. Ich nehme dich mit in meinem Herzen." Er legte Beas Hand auf seine Brust, küsste sie und setzte seinen Helm auf. „A bientôt. Bis bald."

Die beiden Worte schleuderten Bea auf den Boden der Tatsachen. Klar. Sie hatten jeder ein eigenes Leben. Das war in der Bar eben Thema gewesen. Sie musste morgen zurück nach Deutschland. Arnaud würde heute Nacht nach Paris aufbrechen zu einer Tournee.

„Du fehlst mir jetzt schon." Bea traten Tränen in die Augen.

„A bientôt. Wir sehen und lieben uns bald wieder."

„Wann?", fragte Bea, doch da hatte Arnaud das Motorrad schon gestartet und ihre Frage ging im Motorenlärm unter.

Eine Zeit lang starrte Bea in die Nacht. Dann verzog sie sich in ihr Zimmer. Der Geruch nach Arnaud und Liebe hüllte sie ein.

Paul tauchte vor ihr auf, ihr Paul, den sie die letzten Jahrzehnte nie losgelassen hatte. Durfte sie ihn jetzt verlassen? Wieder führte Bea einen Abgleich durch.

*Wäre Paul jemals so kreativ geworden wie Arnaud mit der Musik? Paul hatte den Sport geliebt, seine Freiheit, lange Ferien, Reisen. Aber hätte er sein Leben ohne Absicherung gelebt, in den Tag hinein wie Arnaud? War dieser Unterschied ihr Weg, mit Paul und sich ins Reine zu kommen?*

Sie rief Arnauds Bild auf dem Handy auf und stellte fest, dass sie unzählige Anrufe von Friederike verpasst hatte.

„Ich bin verliebt", antwortete sie der Freundin in WhatsApp. „Bin morgen gegen siebzehn Uhr da."

Das Meer rollte unter einem wolkenbehangenen Himmel stahlgrau ans Ufer. Bea erwachte aus einem kurzen, aber tiefen und erholsamen Schlaf, weil sie fror. Sich bei Arnaud einzukuscheln und seine Wärme zu spüren, wäre schön. Andererseits war Bea froh, die Ereignisse der letzten Tage sacken lassen zu können.

„Wir hatten Glück im Unglück!"

Der Film des Unfalls, dieser betäubende Aufprall, tauchte wieder vor ihren Augen auf. Dieses Mal war er bei Frau Saier stehen geblieben.

Wie viel Glück in nur einer Woche.

Ihr Leben hatte Fahrt aufgenommen, ein halsbrecherisches Tempo. So viele Lebensstränge schienen sich gleichzeitig zu entwickeln, und sie war mittendrin, euphorisch. Mit Arnaud an ihrer Seite würde sie Leben und Lieben wieder zusammenbringen. Paul hatte sie auf diesen Weg geführt und sie fühlte sich bereit, ihn zu gehen.

*Wie werden Friederike und vor allem Titus reagieren auf diese Bea, die Anrufe nicht beantwortet, nicht erreichbar ist? Oder auf diesen neuen Paul?*

Sollte sie Friederike eine SMS hinterherschicken und sie bitten, Titus nichts von der neuen Liebe zu erzählen? Bea entschied sich dagegen.

*Ich muss nicht alles im Griff haben. Es wird kommen, wie es kommen muss. Ich bin jetzt wieder „zwei". Die heimlichen, bedauernden Blicke der Freundinnen würde sie mit einem „Mein Partner lebt in Frankreich, alles gut" außer Kraft setzen. Erstaunlich, dass mir das wichtig ist. Haben sie mich doch im Innersten getroffen, Sätze wie: „Du kannst gerne zu zweit kommen." oder „Peter hat einen Freund eingeladen."*

Bea bemerkte, dass sie seit diesen verrückten Ereignissen ehrlicher zu sich war. Was aus dem Unterbewusstsein hochgespült wurde, ließ sie zu.

*Das wird mir dabei helfen, die richtigen Entscheidungen für Les Rêves zu treffen. Auch wenn der aufdringliche hinkende Zwangspartner nervt. Ich werde mit Arnaud eine vertrauensvolle, zuverlässige Beziehung führen. Ohne zu klammern. Warum habe ich mich nur so lange geziert und meinen Freundinnen in Sachen Liebe nicht geglaubt?*

„This is my life", summte Bea vor sich hin und schlug die dünne Bettdecke zurück. Die Schmerzen in der Brust plagten sie kaum mehr. Dafür war sie dankbar.

„Ich freue mich auf den Tag der Offenen Tür und mein Zuhause."

## Lisa Maibaum

„Guten Morgen. Sie sind aber früh dran mit dem Aufbau. Der Gartenmarkt findet doch erst morgen statt." Titus hatte die braungebrannte Frau in Jeans-Latzhose schon einige Zeit beobachtet. Sie war dabei, Unmengen an Gartendekoration im aktuellen Rostlook sowie Rosen- und Lavendelkübel aus einem Transporter, der auf dem freien Platz gegenüber dem Laden stand, auszuladen.

„Ist das verboten?", antwortete sie keck. „Hallo, ich bin Lisa Maibaum, und ich liebe es, früh dran zu sein."

„Nein, nein", lachte Titus. „Nur macht das sonst niemand hier. Ich bin Titus Tritschler, Partner bei Coquelicots, dem Laden dort drüben."

Titus war froh, dass er am Morgen geduscht und sich frische Kleider angezogen hatte.

„Ich hoffe, dass ich die richtige Platznummer erwischt habe", plapperte Lisa weiter. „Ich möchte morgen nicht alles nochmal umräumen müssen. Sie kennen sich doch bestimmt aus. Passt das, wenn ich an dieser Linie meinen Pavillon aufbaue und an der Markierung gegenüber zwei Pflanzbänke aufstelle? Was meinen Sie?"

„Sie haben Nummer 22?"

Lisa nickte.

„Dann müsste es passen. Ohne Garantie. Aber wenn Sie umbauen müssen wegen mir, rufen Sie einfach laut um Hilfe. Ich werde morgen auch früh da sein."

„Darauf komme ich zurück, versprochen." Lisa stopfte ihr lockeres T-Shirt in die Latzhose. Die Dreadlocks hatte sie blond gefärbt und im Nacken zusammengebunden. Auch wenn das Outfit sie jung wirken ließ, schätzte Titus sie auf Mitte vierzig.

„Soll ich Ihnen beim Ausladen helfen?"

„Nein, danke. Das macht mir niemand recht." Lisa lachte laut auf. „Besser ich mache es alleine. Dann gibt es schon keinen Streit."

„Es wird ein toller Tag werden, morgen." Die Unterhaltung mit diesem Wirbelwind machte Titus Spaß. „Ich beobachte seit Tagen den Wetterbericht. Die Prognose ist super, abgesehen von ein paar kleinen Schauern am Abend. Wäre schade, ein grauer Tag, bei dem Aufwand."

„Das hört sich gut an. Danke für die Info. Ich mache mir nie so viel Kopf vorher, ich nehme es immer so, wie es kommt. Aber klar, die Geschäfte laufen besser, wenn die Sonne lacht."

„Irgendwie ein schöner Zufall, dass Sie uns gegenüberstehen. Unsere Angebote ergänzen sich. Bea, meine Geschäftspartnerin, kommt heute aus Frankreich zurück. Sie bringt ein paar Bistrostühle mit für unser Caféangebot vor dem Laden."

„Ich habe die Auslagen schon bewundert. Coquelicots ist ein besonderer Name. Dieses intensive Rot und der französische Touch. Ich habe es zwar mehr mit Spanien. Dort habe ich viele Jahre gelebt und bin auf Märkten rumgereist. Aber ehrlich: Die Muttersprache, die kleinen Gewohnheiten, die ziehen jeden irgendwann nach Hause zurück. Und jetzt bin ich hier."

*Wenn nur Bea das schon erkannt hätte.*

Lisas Worte riefen Titus' Gefühle der letzten Tage wieder auf den Plan. Enttäuschung, Eifersucht, Neid, Verlassenheit, Verrat. Keine Emotion hatte er ausgelassen. Er hatte sich in seinem Elend gesuhlt und doch weitergemacht. Das Netz als Raumteiler im

Laden eingebaut, den Tisch mit dem Anker realisiert und sich um das neue Auto gekümmert.

*Was sucht sie? Warum findet sie das in Frankreich? Sie hat doch Coquelicots und mich und Paul. Sie kann doch reisen, ihre Kontakte pflegen. Warum braucht sie diesen Fixpunkt in Frankreich? Ich verstehe sie nicht. Und mich erst recht nicht. Warum spiele ich hier mit? Was treibt mich an, obwohl Bea Geheimnisse hat und sie mir nicht anvertraut? Wenn sie nur auf sich hört? Warum? Weil ich dieses Leben, das wir uns aufgebaut haben, liebe, weil diese Frau zu mir gehört, mich auffängt, im Schmerz um meinen Bruder. Und weil Friederike Recht hat. Es ist noch nichts entschieden.*

„Hallo? Sind Sie noch da? Träumen Sie von überirdischen Einkünften morgen? Vielleicht von einer Yacht in der Südsee?"

„Wie?" Titus schreckte auf. „Nein, Entschuldigung. Die Südsee reizt mich nicht. Ich habe über den spanischen Wohnstil nachgedacht", fiel ihm schnell ein. „Tatsächlich passt er nicht zu Coquelicots. Aber darf ich Ihnen mein neuestes Werk zeigen?"

„Sagen wir doch du zueinander. Ich bin Lisa. Und du bist der kreative Kopf von Coquelicots, stimmts?"

„Klar. Titus. Ja, ich habe Schreiner gelernt und schon immer gerne aus alt neu gemacht." Titus Miene verdüsterte sich.

*Paul, dank dir habe ich diesen Beruf. Ich vermisse dich.*

„Wir gehen oft gemeinsam auf Reisen, Bea und ich. Egal, ob Fabriken, Schlösser, Restaurants, Hotels. Wir sind da, wenn sie aufgelöst werden. Wiederverwertung ist in. Und Bea hat ein gutes Händchen bei der Auswahl der Auflösungen."

„Diese Bea, wird sie morgen da sein? Du machst mich neugierig. Zeigst du mir den Laden? Wir haben meine Sachen im Blick. Es wird nachher schon noch alles so dastehen wie jetzt."

Titus überquerte die Straße. Lisa schlurfte in ihren Espadrillos nebenher. Die Hände in den Hosentaschen.

„Ja, Bea kommt heute Abend. Hier, neben den Eingang, werden wir morgen den Ankertisch und die neuen Bistrostühle hinstellen. Sie sind für ein Café in Freiburg eingeplant, aber Ausstellungsstücke schaden nie. Hast du Visitenkarten oder Flyer? Die können wir auslegen, wenn du möchtest."

„Super, danke. Ich bringe später alles vorbei. Wow", sagte Lisa, als sie den Laden betrat.

„Was für eine gelungene Mischung aus „Edel" und „Shabby". Gefällt mir. Das alte Haus macht das Ambiente perfekt. Kann ich daran hochklettern? Hält mich das Netz?"

„Lieber nicht", schmunzelte Titus. „Du könntest zum Elefanten im Porzellanladen werden." Diese quirlige Frau lenkte ihn angenehm von seinen düsteren Emotionen ab.

„Sind das Bilder von euren Projekten?"

Lisa war ein paar Schritte weitergegangen und betrachtete die Schwarzweißfotographien an einer der weiß getünchten Holzwände.

„Ja, Bistros, Cafés oder Privaträume statten wir aus. Demnächst richten wir ein Ferienhaus an der Côte d´Azur ein. Der Handel mit Kleinmöbeln und Utensilien läuft vor allem übers Internet. Mit Ladenöffnungszeiten verplempert man so viel Zeit."

„Da hast du Recht. Internet funktioniert bei mir auch sehr gut. Ich streue immer wieder neue Informationen in Facebook-Gruppen und erhalte genug Klicks, damit die Leute bestellen. Easy."

„Wo hast du dein Lager? Wir haben unseres bei Allmendsberg."

„Lager? Du bist gut. Der Transporter ist mein Lager. Ich wohne in einem Hochhaus. Das war die einzige Möglichkeit, hier schnell eine Wohnung zu finden. Also ein Abstellplatz wäre toll. Hast du freie Kapazitäten?"

„Guten Morgen Titus." Friederike war im Laden angekommen.

„Friederike, ist es schon so spät? Ich bin noch nicht so weit. Da habe ich mich doch glatt verquatscht."

Titus lächelte Lisa an.

„Darf ich vorstellen? Friederike Winterhalder, Lisa Maibaum. Sie steht morgen gegenüber von uns."

„Hallo. War nett, dich kennenzulernen, Titus. Ich geh dann mal wieder an die Arbeit. Bis dann, ok?" Schon war der Wirbelwind verschwunden.

„Was war das denn? Lisa? Titus? Hat dir gutgetan. Du hast wieder etwas mehr Farbe im Gesicht als bei unserem letzten Treffen."

„Du bist gerade rechtzeitig gekommen, Friederike", erwiderte Titus erleichtert. „Diese Lisa scheint ein echter Freak zu sein. Sie hat zuletzt gefragt, ob sie mein Lager mitnutzen kann. Du hast mir die Antwort erspart. Danke. Aber sie ist ok. Wir werden unseren Spaß haben, morgen."

„Hier sind Kaffee, Zucker, Milch, Servietten und Kekse, wie besprochen. Butterbrezeln habe ich beim Bäcker bestellt. Das Geschirr nehmen wir von oben. Dann müsste alles passen, oder? Geht es Dir besser? Hier. Ich habe Dir ein Croissant mitgebracht. Du hast doch sicher heute noch nichts gegessen."

„Ach, Friederike. Was hat Leander für ein Glück. Du bist so lieb. Danke. Müsste alles ok sein für morgen. Tja, Bea. Was soll´s? Sie wird eh tun, was sie möchte. Aber um Coquelicots werde ich kämpfen. Das macht mir zu viel Spaß und ist meine Lebensgrundlage. Vielleicht ist Madame ja gnädig und gibt mir ab und zu die Ehre. Schön wäre es."

„Na, na? Sieh es nicht so schwarz. Sie hat dich auf dem Laufenden gehalten, du hast Überraschungen für sie. Solltet ihr beide mal über euch und nicht nur immer über den Job reden?"

*Alte Wunden aufbrechen? Das eingespielte Trio aufgeben? Paul – Bea – ich? Auf Jahrzehnte alten Emotionen rumkauen? Warum jetzt? Es hat doch so viele Jahre funktioniert. Das werde ich mich niemals trauen. Da leide ich lieber still vor mich hin.*

„Hm", war das Einzige, was Titus antwortete.

„Möchtest du mitgehen zum Frühstücken? Ich treffe mich mit Leander im Café de Ville."

„Wie so oft, danke nein. Ich verkrieche mich in meinen Schuppen. Da geht es mir gut. Bis morgen, dann. Ich werde früh hier sein und alles raustragen."

„Bist du nicht da, wenn Bea heute kommt? Ich stehe ab Nachmittag bereit. Wir kennen ja Bea."

„Nein, mir reichts, wenn ich sie morgen sehe. Ein Tag mehr Abstand schadet nicht."

„Wie du meinst."

Friederike drückte Titus einen Kuss auf die Backe und verschwand.

Titus winkte Lisa zu, als er den Laden abschloss. Ihre sprühende Kraft hatte ihn angesteckt. Er würde den niedrigen Holztisch mit dem Intarsien-Schachbrett in Angriff nehmen.

Gegen drei Uhr am Nachmittag bog Bea in die Torgasse ein und drückte auf den elektrischen Türöffner ihrer Garage. Auf dem großen Parkplatz am Ortseingang hatte sie schon die ersten Transporter der Aussteller gesehen. Die leuchtend gelben Markierungen für die Stände zeichneten sich deutlich auf dem Kopfsteinpflaster ab. Es herrschte geschäftiges Treiben in der Innenstadt. Die Vorfreude auf den morgigen Tag war ansteckend. Wieder einmal war Bea froh, die Garage im Haus zu haben. Sie würde ohne Stress ausladen können.

Als sie zum Einbiegen in die Garage ausholte, stellte sie fest, dass diese belegt war. Ein schwarzer Mini Clubman mit Klatschmohnaufdruck strahlte ihr entgegen. Bea machte das Auto aus und ließ es mitten in der Torgasse stehen, um diesen Anblick zu genießen. Ihr Herz schlug höher. Ihr Coquelicots. Ihr Haus, ihr Laden, ihr Loft, ihr Auto. Dass es ein Clubman geworden war, umso besser. Mit ihm konnte sie mehr transportieren. Herr Klein hatte mal wieder ganze Arbeit geleistet und schnell reagiert. Aber Titus musste mitgemischt haben, denn nur er hatte die Vollmachten, im Namen des Unternehmens Geschäfte zu tätigen.

Bea nahm ihr Handy aus der Ablage, um sich sofort bei Titus zu bedanken. Doch der Anruf ging ins Leere. Sein Handy war abgestellt.

Dickkopf. Das sieht dir ähnlich, dachte Bea.

Im Autohaus brauchte sie es gar nicht erst zu probieren. Am Samstagnachmittag war dort niemand mehr. Bea ließ das Garagentor wieder runter und parkte den Leihwagen direkt vor dem Laden.

Sie schloss die Haustür auf und die angenehme Kühle alter Häuser empfing sie. Es roch nach Honig und Kräutern, nach Lavendel, nach eingelassenem Holz. Ihr Reich. Genauso sollte sich Heimkommen anfühlen. So würde sie es auch in Les Rêves haben wollen. Das musste sie gleich ihrer Liste hinzufügen, auf der sie ihre „Must haves" für das zweite Zuhause in den kurzen Pausen während der Fahrt festgehalten hatte.

Bea durchquerte das Büro und schaltete im Vorbeigehen den Computer an, denn ein ungutes Gefühl in Sachen Luc plagte sie schon die gesamte Heimfahrt. Irgendwie musste sie sich bei ihm melden. Das war sie Les Rêves schuldig.

Beim Eintreten in den Laden zog sie die Coquelicots-Kachel aus ihrem schwarzen Beutel. Sie wollte testen, wie sie sich unter oder über den Schwarzweiß-Fotographien als Wandfries machen würden. Doch der Durchblick durch den Laden war von einem Netz unterbrochen. Dieser Raumteiler. Eine umwerfende Kreation. Typisch Titus. Sofort spann sie die Ideen weiter. Man könnte Bilderrahmen einhängen oder die Kacheln, Tischläufer, Stoffe oder Schmuck in dem Netz drapieren. Was für eine angenehme Droge, ihre Arbeit. Als Bea die Ladentür aufschloss, um die Bistrostühle aus dem Auto auszuladen, kam eine Hippiefrau auf sie.

„Hallo, du bist Bea, stimmts?"

„Ja, stimmt. Wie kommst du darauf? Wer bist du? So locker, und das in Deutschland?"

„Tja, Frankreich ist anders. Spanien auch. Trotzdem lässt es sich auch im Heimatland gut leben."

„Wie kommst du denn auf Frankreich? Woher weißt du...?"

Bei Lisas Auftritt hatte Bea automatisch das du verwendet.

„Ich baue schon seit heute Morgen auf. Da hat dein Partner dieses neue Auto gebracht und mir alles bei Euch gezeigt. Netter Typ, ein wenig schüchtern, aber sonst ganz ok. Er hat mir erzählt, dass du heute Nachmittag aus Frankreich zurückkommst. Ich bin

Lisa, Lisa Maibaum. Soll ich dir beim Ausladen helfen? So früh hat dich wohl niemand erwartet."

Bea musste sich schütteln.

„Langsam, langsam. Auf dieses Tempo muss ich erst wieder umschalten. Obwohl …. Das muss ja nicht sein. Ausladen können wir später. Du bist ja schon recht weit mit deinem Stand. Ein romantischer Pavillon, wie in einem verwunschenen Garten. Habe ich das aus dem Augenwinkel richtig erkannt? Darf ich dich auf einen Kaffee einladen?"

„Danke, da sag ich nicht nein." Schon stand Lisa im Laden.

„Ich gehe mal voraus. Unten Arbeit, oben Wohnen. Auch das Werk von Titus. Wenn ich ihn nicht hätte."

„Scheint zu passen. Dasselbe sagt er von dir."

Diesen Satz ließ Bea in der Luft hängen. Alles brauchte Lisa nicht gleich zu wissen.

Bea hängte den schwarzen Beutel an die Garderobe und durchquerte den Loft. Diese Weite, welche Wohltat. Mindestens ein Raum, am besten das Torbogenzimmer, sollte in Les Rêves lichtdurchflutet sein. Das stand schon auf der Liste.

„Setz dich. Kaffee ist gleich durch."

Diese Worte hatte Bea locker daher gesagt. Doch urplötzlich überkam sie eine Unruhe, die sie nicht kontrollieren konnte.

Paul, Paul, Paul, hämmerte es in ihrem Kopf.

*Ich muss ihm alles erzählen. Er weiß doch alles.*

„Sorry, aber ich muss kurz verschwinden", raunte sie panisch Richtung Lisa.

„Klar, kein Ding. Ich setze mich hier auf die Ledercouch."

Nein, kreischte es in Bea. Das ist mein Sehnsuchtsplatz. Tu das nicht.

„Nimm den Sessel, der ist bequemer."

„Ok. Geh, du hast es eilig."

Bea riss die Tür von Pauls Zimmer auf, knallte sie hinter sich zu und warf sich auf das Bett. Das Brustbein stach. Diese heftige Reaktion auf ihre Paulwelt hatte sie nicht erwartet. Im Gegenteil. Unterwegs hatte sie das Gefühl gehabt, dass sie Pauls Zimmer gar nicht betreten musste.

*Ich muss dich sehen. Paul. Warum ist das so dringend? Ich habe doch Arnaud. Du hast ihn mir gebracht. Mit dir allein war immer alles so ruhig. Jetzt steht mein Leben in Flammen. Was soll ich tun? Hilf mir.*

Bea starrte auf die kitschige Sonnentapete. Hinter der Palme tauchte Paul auf. „Deine Liebe, Bea, deine Liebe zu mir. Ich vergesse sie nicht, auch wenn du sie loslässt. Die Zärtlichkeiten mit Arnaud: Sie waren angenehm, oder? Lass es laufen. Ich umarme dich."

Bea wickelte sich aus der Patchworkdecke.

*Danke, Paul, dass du wieder da bist. Ich werde es versuchen.*

„Tut mir leid", sagte sie zu Lisa, als sie wieder im Großraum war. „Großer oder kleiner Café?"

„Ich hatte genug zu tun. Du hast einen prägnanten Stil in allen Details. Beeindruckend. Ich glaube, ich wäre zu chaotisch dazu. Klein, bitte."

„Bee, Bee, bist du da oben?"

„Ja, Rike, komm hoch. Es gibt Café", schrie Bea zurück.

„Jetzt bin ich extra eine Stunde früher gekommen und doch zu spät. Ihr habt euch auch schon kennengelernt?"

Friederike zeigte auf Lisa und nahm Bea in die Arme.

„Hattest du eine gute Fahrt? Du siehst entspannt aus. Deine Schmerzen?"

Die Frage nach dem Inhalt der SMS verschob Friederike besser auf später, wenn sie alleine waren.

„Ach Rike. Ich habe alles prima überstanden. Der Brustkorb schmerzt nur noch bei ungeschickten Bewegungen. Für den Kopf nehme ich zweimal am Tag Tabletten. Sicher ist sicher. Wenn der Tag der Offenen Tür vorbei ist, werde ich es ohne versuchen. Es hätte auch schlimmer kommen können."

„Was ist passiert?", fragte Lisa dazwischen.

„Ich hatte einen Unfall, vor über einer Woche. Deshalb der neue Wagen. Rike, weißt du, dass Titus ihn in die Garage gestellt hat? Einen Clubman, mit Aufdruck. Sieht cool aus. Ja, und jetzt war ich in Südfrankreich. Dort wartet ein altes Château auf mich."

„Powerfrau, was? Danke für den Kaffee. Ich lasse euch dann mal alleine. Ihr habt euch bestimmt viel zu erzählen. Ich finde raus. Bis morgen. Freue mich auf euch." Mit beiden Händen über dem Kopf winkend verließ Lisa den Loft.

„Kennst du sie auch schon?"

Bea schaute Lisa hinterher.

„Ist nicht schwer, sie kennenzulernen. Sie geht auf jeden zu. Sie war heute Morgen mit Titus im Laden. Sie haben sich gut verstanden, glaube ich. Aber jetzt erzähle du: Was ist dein Geheimnis? Ich wollte vorhin nicht sagen, dass du verliebt aussiehst. Aber es ist so."

„Gleichfalls, Rike. Leander, alles gut?"

„Es ist, wie es sein muss. Es war mir immer klar, dass das nur mit ihm so problemlos gehen wird. Wir werden zusammenziehen. Wir warten auf Maklerangebote. Und du, sag endlich."

Bea hatte ihr Handy herausgezogen und gab es Friederike.

„Nicht erschrecken. Rike. Das ist Arnaud."

„Bee, das ist Paul!", schrie Friederike schrill, und ließ das Handy fallen wie eine heiße Kartoffel.

„Ja, jetzt weißt du, warum ich so verrückt war und unbedingt in den Süden musste. Ich musste diesen Mann treffen. Ich musste wissen, wie sich das anfühlt, diese alte Liebe wiederzusehen. Ich musste das erleben. Obwohl es auch auf Les Rêves sinnvoll war, dass ich dabei war."

Friederike starrte Bea an.

„Das hast du dich getraut? Wie bist du auf ihn gekommen?"

„Erinnerst du dich an den Abend nach dem Unfall? Da war eine E-Mail, die ich aus Versehen geöffnet habe. Das passiert mir sonst nie. Aber ich bin mit der Maus verrutscht, und es hatte sich eine Einladung zu einer Veranstaltung in Six-Fours geöffnet. Da hat das Internet Schicksal gespielt."

„Bea, ich lerne dich immer neu kennen. Ich hätte nie vermutet, dass du an so etwas glaubst."

„Friederike, ist dir bewusst, was du vorhin selbst gesagt hast? Es ginge nur mit Leander. Bei mir geht es eben nur mit Paul. Ich möchte ihn wiederfinden."

„Und, hast du ihn gefunden?"

„Es war so schön, so selbstverständlich, Rike, so, wie mit dir und Leander. Arnaud ist Musiker und Schauspieler. Ich war bei seiner Vorstellung. Es war peinlich. Ich wollte ihn umarmen, er war ja Paul, aber ich bin in der Bewegung hängen geblieben. So stand ich ihm als bizarres Spiegelbild gegenüber. Er hat es mir nicht krummgenommen und mich nach dem Konzert auf einen Rosé eingeladen. Es war ein äußerst angenehmer, typisch französischer Flirt. Was dahinter steckt, weiß er ja nicht. Ich werde es ihm nicht auf die Nase binden. Gestern Abend haben wir uns wieder getroffen. Deshalb habe ich deine Anrufe verpasst. Jede Bewegung, jede Berührung war vertraut. Ich bin verliebt, und wir werden uns wiedersehen."

„Mensch, Bee, wann hast du das das letzte Mal gesagt? Ich freue mich für dich. Ehrlich. Du bist so mutig."

Etwas zögerte in Friederike. Sie hatte ein ungewisses Gefühl. Welcher Mann, der sich ernsthaft in eine Frau verliebte, fiel mit der Tür ins Haus? War bereit für die große Liebe? Am ersten Abend? Doch sie behielt ihre Gedanken für sich. Bea war zu verliebt für negative Stimmungen. Bea musste diese Liebe mit sich selbst abmachen. Deshalb wechselte Friederike das Thema.

„Wie entwickelt sich das Burgprojekt?"

„Naja, gut und schlecht. Der Besitzer ist alter Adel. Er möchte nicht verkaufen. Das habe ich dir ja schon am Telefon gesagt. Er möchte nur einen Partner, und wir sind zwei, dieser Hundefreak und ich. Ich bin dabei. Aber ich soll mich einigen mit diesem Obersozialen. In vier Wochen sollen wir ein gemeinsames Konzept vorstellen für ein offenes Les Rêves. Kunst, Kultur, Natur und so. Der Typ nervt. Er macht immer den Eindruck, als ob er mich durchschauen würde. Eklig. Er wollte gestern nach dem Treffen gleich mit mir Café trinken gehen. Ich habe ihn weggedrückt. Das wird ein hartes Stück Arbeit, diesen Jugendtraum für Paul zu realisieren. Aber ich gebe nicht auf. Du kennst mich ja."

Beas Tonfall war trotzig geworden.

„Hat Titus sich inzwischen beruhigt? Er hatte mir geschrieben: Tu es nicht! Was geht ihn das an? Les Rêves beeinträchtigt doch unsere Arbeit nicht. Im Gegenteil. Wenn ich in Frankreich erst einen Wohnsitz habe, wird alles einfacher."

„Es hat ihn schwer getroffen, dass du gefahren bist. Er empfindet Les Rêves als Verrat an euch, an eurem System, denn du brichst aus dem Gewohnten aus. Er war total am Ende. Gut, dass du ihm geschrieben hast. Er hat sich wieder ein bisschen gefangen. Seine Arbeit liebt er zu sehr, um aufzugeben. Du weißt schon, dass auch bei ihm Paul als Antrieb eine Rolle spielt. Ich habe Titus geraten, mal über euch privat zu sprechen und nicht nur über eure Arbeit. Er ist nicht darauf eingegangen. Er wird erst morgen hier auftauchen."

„Und jetzt bin ich auch noch verliebt. Das wird er merken. Das Foto? Ich lösche es. Besser, Titus sieht es nicht. Er ist mir wichtig, das steht außer Frage. Warum zweifelt er daran?"

„Redet endlich miteinander."

„Rike, diese alten Wunden. Totschweigen war bisher die Lösung. Sie wird es bleiben. Genug geredet."

Bea sprang auf.

„Hast du noch ein paar Minuten? Kannst du mir bitte beim Ausladen helfen? Ich habe supertolle Kacheln von Didier mitgebracht. Sie liegen unten. Auf der Raststätte habe ich Klatschmohnservietten gefunden. Die legen wir auf die Cafétische. Könnten wir auch noch das Leihauto zum Autohaus zurückbringen? Das stört morgen nur."

Friederike merkte, dass Bea wieder auf den Arbeitszug aufgesprungen war.

„Dann hätten wir's, oder?" Friederike dachte kurz nach. „Kaffee, Zucker, Milch, Kekse, alles da. Butterbrezeln bringe ich mit. Titus wird früh kommen und draußen aufbauen. Lisa wird seine Hilfe auch gerne in Anspruch nehmen. Sollen wir gleich Geschirr mit runternehmen?"

„Lass nur, das mache ich später. Ihr habt schon so viel erledigt. Danke, Danke."

Schnell hatten Friederike und Bea das Auto ausgeladen. Die vielen Koffer hatte Friederike ohne Kommentar ins Treppenhaus gestellt.

„Möchtest du nachher zum Essen kommen? Leander kocht Lasagne", fragte Friederike, als sie Bea wieder am Laden absetzte.

„Das ist lieb, Rike, danke. Aber ich checke meine E-Mails und räume die Klamotten in den Schrank. Gebraucht habe ich ja fast nichts. Dann geht's ab ins Bett. Morgen möchte ich ausgeschlafen sein. Ich freue mich auf den Tag."

„Bis morgen. Schlaf gut." Friederike umarmte Bea liebevoll.

„Ihr auch. Und lasst's Euch schmecken." Bea winkte Rike hinterher.

# Verliebt?

Bea trug die Koffer nach oben. Bleiklötze waren von ihr abgefallen, seit sie Friederike eingeweiht hatte. Die Trauerkapsel hatte erste Risse erhalten und zaghafte Fühler nach außen gestreckt.

*Fühlt sich gut an.*

Sie füllte ein Tablett mit Kaffeegeschirr, um nicht mit leeren Händen nach unten zu gehen, und trug es in den Laden. Am Computer blieb sie hängen. Sie fuhr ihn hoch. Sie musste wissen, ob Arnaud an sie dachte. Doch im privaten Account waren nur Werbung und Erfolgswünsche von Freundinnen zum Tag der Offenen Tür zu finden. Luc hatte offenbar die erste Lektion gelernt und sie nicht weiter belästigt.

Auch die geschäftlichen E-Mails stellten keine große Herausforderung dar. Titus hatte ihr ein paar bearbeitete Aufträge weitergeleitet, damit sie sie abheften konnte. Unter anderem hatte er den Ankertisch nach Hamburg verkauft. Einige Kunden hatten ihren Besuch am Tag der Offenen Tür angekündigt. Das wars.

Danke, Internet, murmelte Bea vor sich hin. Ich kann unterwegs sein und der Laden läuft trotzdem. Was für ein privilegiertes Leben.

Stand die E-Mail an Luc aus, deren Text sie während der Fahrt immer wieder formuliert hatte. Entschuldigen würde sie sich nicht. Schließlich hatte er zu einer nicht vereinbarten Zeit angerufen. Andererseits brauchte sie ihn für Les Rêves. Sie wollte ihn wissen lassen, dass sie dran war, an dem Konzept. Bea entschloss sich für eine kurze sachliche Form unter ihrer Geschäftsadresse.

„Bonjour Luc, ich hoffe, Sie sind gut nach La Seyne zurückgekommen. Ich bin wieder in Deutschland und habe die Fahrzeit genutzt, um über Les Rêves und das weitere Vorgehen nachzudenken. Ich habe ein paar Gedanken zusammengefasst und sende Sie Ihnen als ersten Vorschlag.

Sollten wir zuerst etwas über uns erfahren? Ich wohne im Süden Deutschlands, leite dort das Unternehmen Firma Coquelicots, das wissen Sie ja schon. Ich kenne Les Rêves, seit ich denken kann. In Kindertagen war ich mit meinen Eltern dort gewesen, weil mein Vater auf jedem Templerpfaden unterwegs war. Später verbrachte ich mit Freunden paradiesische Sommer in der Jugendherberge. Auf meinen beruflichen Reisen nach Südfrankreich habe ich Les Rêves regelmäßig besucht und über Monsieur Parignol mein Interesse bekundet. Mit Couqelicots verdiene ich inzwischen genug Geld, um mir den Wunsch, dort zu leben, erfüllen zu können. Wie ist Ihre Passion entstanden?"

Bea stutzte. Da hatte sie sich aber geöffnet. Der Text war nur so geflossen. Er war richtig. Sie würde ihn genauso stehen lassen.

„Zum Zweiten: Lassen Sie uns zusammentragen, was für jeden von uns unverzichtbar ist. Ich habe folgende Liste: 1) Kultur, Natur, Menschen - ok. Aber bitte kein Tourismus. Les Rêves soll seine Abgeschiedenheit und Stille bewahren. Ruhetage? 2) Der Torbogenbereich wird meiner. Mit separatem Eingang. Hundefrei. 3) Ich möchte Les Rêves nicht als weiteres Beschäftigungsfeld. Die Herberge und die geplanten Aktivitäten müssten andere organisieren. Welche Prioritäten haben Sie?

Zum Dritten: Wie gehen wir zeitlich vor? Vier Wochen sind schnell vorbei. Wollen wir dazu telefonieren? Montag 20 Uhr? Ich wünsche Ihnen ein exzellentes Wochenende. A bientôt. Bea."

Da war sie wieder, die Geschäftsfrau. Bea las die E-Mail ein paar Mal durch. Was sie geschrieben hatte, gefiel ihr. Sie drückte auf Senden und starrte auf den Bildschirm.

„Soll ich es wagen? Paul, ja oder nein?"

Doch bevor Paul eine Chance hatte, ein Zeichen zu senden, flogen Beas Finger über die Tastatur.

Im selben Moment traf eine Nachricht ein, Betreff: On se voit à Paris, mardi, 21? Man sieht sich in Paris, am 21.? Sachlich, dieser Herr Schauspieler, schoss es Bea durch den Kopf. Sie selbst hatte ihre E-Mail mit „rencontre amoureuse, Liebestreffen" begonnen. Ihr war schwindlig vor Erregung.

„Chère Madame", las sie im Text. „Ich vergöttere Deinen Körper. Ich suche die Cassiopeia und finde Deine Brüste. Du machst mich verrückt. Ich zähle die Tage wie Odysseus die Jahre. Je t´embrasse. Ich umarme Dich, Pénélope. A bientôt. Arnaud."

Bea war überwältigt von der Romantik dieser Bilder. Sie drückten so viel mehr aus als „Ich liebe Dich". Die Worte berührten alle Sinne und schalteten die Nebengeräusche des Lebens aus. Sie schloss die Augen und spürte jeden Moment dieser süßen, jungen alten Liebe, fließend, weich, zart, duftend, ekstatisch.

„Ravie, entzückt. Tu me laisse rêver. Du lässt mich träumen. Unsere Hände auf unseren Körpern. Wann und wo? Dachte gerade an Dich. Mille bises, tausend Küsse. Pénélope."

Die Szenen vermischten sich. Arnaud. Paul.

„Liebe. Ich liebe. Ich liebe Dich. Ich liebe mich.", murmelte Bea. Sie schlang die Arme um ihren Körper. Klatschmohnbettwäsche drängte sich dazwischen. Irgendwie war Bea in ihr Schlafzimmer gelangt. Sie lag nackt auf ihrem Bett.

„Ich liebe dieses Zimmer. Warum habe ich schon lange nicht mehr hier geschlafen?" In letzter Zeit hatte sie Pauls Zimmer oder dem Sofa den Vorzug gegeben.

„Fühlt sich frei an", dachte sie.

Die eigenwillige Einrichtung zauberte Bea-Atmosphäre. Ein türgroßer, üppig silbern gerahmter Spiegel lehnte gegen eine der in Antikweiß gestrichenen Wände. An einem fein geschwungenen Antikrostkleiderständer hing das Sommerkleid, das sie am Unfalltag getragen hatte.

„Glück", raunte sie. „Ich habe Glück gehabt!"

Das Bettgestell in Antikrost hatte sie lange gesucht. Aber dieses passte genau. Rote Wartesaallampen flankierten das Bett. Kleiderschrank und kleine Schubfächer aus Olivenholz verliehen dem Ensemble einen edlen Touch. Die Maserung regte Beas Phantasie von Neuem an.

*Paul? Du hast mir nie geschrieben. Du hast diese digitale Kommunikation nicht gekannt und Briefe waren dir zu anstrengend. Warum merke ich das erst jetzt? Unsere Welt war eine alte Welt. Du wusstest, was ich tue. Ich wusste, was du tust. So wussten wir, wo wir sind. Das war nie ein Problem, sondern nur unendliches Vertrauen. Verstehen ohne Worte. Erinnerst du dich? Einmal, als du für ein Sportcamp länger wegmusstest, hast du in meinem Zimmer eine Schnur gespannt. Daran hast du einen Bügel mit einem deiner Kordel-T-Shirts gehängt. Aus dem Ausschnitt ragte dein Kopf hervor, dein Lächeln, dein Mantra: Ich bin bei dir. Dieses Bild werde ich nie vergessen. Und ich frage mich: Wie würdest du in der digitalen Welt agieren? Warum habe ich dich nicht mitwachsen lassen?*

Solche Fragen tauchten immer öfter aus dem Nichts auf. Überraschenderweise waren sie nicht belastend, sondern spannend. *War es genau dieses Auseinandersetzen, mit dem sie sich von Paul lösen konnte?*

Glockentöne kündigten den Eingang einer SMS an.

„Vers 18 heures, gegen 18 Uhr, Esplanade du Sacre Coeur, Treppe vor Sacre Coeur. Surprise. Überraschung. Je te désire. Ich sehne mich nach dir."

*Paul, erinnerst du dich? Unser erster Sommer in Lyon? Er hat an diesem Tag begonnen. Einundzwanzigster Juni, Fête de la Musique. Wie wir ausgelassen in den Gassen getanzt haben, frei und unbeschwert, mit wildfremden Menschen gelacht und getrunken haben, diese pure Lebensfreude in uns aufgesogen haben. In dieser märchenhaften Nacht haben wir beschlossen, gemeinsam in Lyon zu studieren.*

Zu Beas Überraschung löste die Erinnerung keine Trauer aus, sondern, Freude über eine Lebensgier, die sie so, seit Pauls Tod, nicht mehr gespürt hatte.

„Je serai là. Ich werde da sein", schrieb sie sofort zurück und überließ sich ihren Träumen.

Eine junge Frau, dezent geschminkt, mit leicht gebräuntem Teint, in schwarzer, eleganter Dreiviertelhose, schwarzem T-Shirt und dickem rotem Gürtel, kam Bea am nächsten Morgen im übergroßen Spiegel entgegen. Diese Frau strahlte mit der Sonne um die Wette, während sich nach und nach ein geschäftiges Grundrauschen aus scheppernden Anhängern, klappernden Metallgestellen, aufgeregten Stimmen und Hammerschlägen in ihr Bewusstsein drängte.

Coquelicots. Was für ein Leben.

Entschlossen schlang sie ihren Klatschmohnschal um den Hals, holte den grauen Baumwollblazer aus dem Schrank, für den Fall, dass die Wolken die Oberhand gewinnen würden, und verließ den Loft.

*Ich bin aufgehoben, sicher, Teil eines Ganzen, das mich befriedigt, trägt, seit Jahren, zuverlässig ohne Enttäuschungen.*

Bea sah sich im Laden um. Ihr Blick blieb draußen bei Titus hängen, der in Schreinertracht Bistrostühle um den Ankertisch drapierte. Für Geschirr und andere Utensilien hatte er ein abgebeiztes grobes Holzregal aus dem Lager mitgebracht und damit quasi ein Zimmer geschaffen.

*Würde diese neue Lebensgier alles verändern? Die neue Liebe? Les Rêves? Titus durfte nicht Recht behalten. Das Leben sollte für all ihre Wünsche offen sein.*

„Titus. Danke."

Mehr brachte Bea nicht heraus. Sie wollte ihn spüren lassen, dass er Teil ihres Lebens war, ohne ihn in ihre außer Rand und Band geratene Gefühlswelt hineinzuziehen. Sie drückte ihm drei Küsschen auf die Wange und spürte, wie er ablehnend zurückwich.

„Lass uns den Tag genießen, Titus", fuhr sie bittend fort. „Er ist viel zu schön, um zu streiten. Unser Coquelicots. Unser Erfolg. Keine Angst. Les Rêves wird nichts für die Dauer. Ich werde es teilen müssen, mit anderen, mit Hund. Aber ich will es, für Paul, weißt du? Komm, zeig mir den Wagen. Wie hast du das hinbekommen?"

Titus hatte sich vorgenommen, nicht auf Beas gute Laune reinzufallen. Er kannte das, wenn sie voller Energie aus Frankreich zurückkam. Das war anstrengend. Und dieses Mal schien es besonders schlimm. Es nervte. Aber er musste zugeben, dass Streiten keine Alternative war.

Sachlich sagte er: „Du hast mir nur die Unterschrift, die Überweisung und das Abholen zu verdanken. Alles andere hat Herr Klein erledigt. Wo ist denn der Leihwagen?"

„Den habe ich gestern Abend mit Friederike am Autohaus abgestellt. Der würde hier nur im Weg stehen."

„Sinnvoll!", gab Titus einsilbig zurück und räumte weiter.

„Der Raumteiler: cool. Kann ich den mit zusätzlichem Gewicht belasten? Zum Beispiel mit Tischwäsche?", sprudelte es weiter aus Bea heraus.

„Müsste halten." Titus wandte sich zur anderen Straßenseite um und winkte Lisa zu.

Es gibt noch andere mit gutem Geschmack, dachte er trotzig. Unter dem sechseckigen Jugendstilpavillon hatte Lisa Kugeln, Pflanztische und Dekostelen aus Rostmetall in verschiedenen Ebenen angeordnet und mit den Pflanzen in Szene gesetzt. Das Arrangement war großartig.

*Warum hat er solche Angst, mich zu verlieren? Es gibt keinen Grund. Wir sind Partner. Wir sind gemeinsam gewachsen. Da passt nichts dazwischen.*

Sie verschwendete keine weitere Zeit an diese aus ihrer Sicht völlig unnötigen Gedanken und machte sich ans Werk. Kaffee kochen, Geschirr vorbereiten. Das Schönste bewahrte sie sich für den Schluss auf: die verschiedenen Tischläufer, nüchtern beige, feurig bordeaux sowie edel Silber, im Netz anzuordnen. Diese Arbeit gab ihr eine tiefe Befriedigung. Bea wühlte in einer Schublade im Büro, bis sie zweiseitiges Klebeband fand. Damit klebte sie zwei Klatschmohnkacheln versetzt als Blickfang über die Schwarzweißfotos.

*Stolz. Ja, ich bin stolz.*

Und wieder tauchte diese Frage auf.

*Brauche ich die Liebe eines Mannes, wenn ich das alles habe? Hat mir die verdammte Schlagzeile neulich nur wehgetan, weil ich Paul nicht loslassen kann? Weil ich die Trauer nicht verarbeitet habe? Oder suche ich doch nach Nähe? Nach Berührung? Gut, dass ich angefangen habe, darüber nachzudenken.*

„Ich bin fertig, Titus. Ich gehe noch schnell zu Lisa rüber und bringe ihr einen Kaffee."

Mit zwei Tassen in der Hand überquerte Bea die Straße.

„Sieht toll aus, dein Stand. Wo hast du denn den Pavillon ergattert?", fragte Bea.

„Er hat eher mich ergattert." Lisa lachte laut auf. „Wie so oft in meinem Leben. Als ich aus Spanien zurückwollte, löste eine Freundin ihren Laden auf, und ich konnte alles übernehmen, sogar die Website. Die hat mir ein Kumpel umgemeldet. So bin ich zu meinem „Gartenzauber" gekommen. Ich falle immer wieder auf die Füße."

Dieser Satz versetzte Bea einen Stich. *Warum ich nicht?*

„Läuft. Vor allem jetzt zum Sommeranfang. Ich könnte mehr anbieten, aber ich habe keinen Platz. Ich habe Titus schon gefragt, wo ihr euer Lager habt. Aber er hat nicht geantwortet. Danke für den Kaffee. Du bist ein Schatz. Auf den Tag. Ich hoffe, das Wetter hält."

Lisa prostete Bea mit der Kaffeetasse zu.

„Ach ja, hier sind Flyer und Visitenkarten. Titus wollte sie auslegen."

Innerhalb einer halben Stunde wimmelte es in der Innenstadt von Paaren, Familien, Freundinnen. Viele bewegten sich schon schwer bepackt durch die Straßen.

Zum Glück hatte Bea gleich, als Friederike mit den Butterbrezeln gekommen war, eine gegessen, denn einmal eingesetzt, riss der Besucherstrom nicht ab. Manche wollten sich nur umschauen oder einen Kaffee trinken. Friederike war durchgehend mit Aufdecken, Kaffeekochen und Abräumen beschäftigt. Andere kauften spontan Kleinigkeiten. Titus bediente und beantwortete die vielen Fragen. Mehrfach musste Bea das Netz neu bestücken. Die angekündigten Kunden bat Bea zu Gesprächen in ihr Büro, um deren Anliegen in Ruhe besprechen zu können.

Eine Winzerin beauftragte sie mit einem Angebot für die Einrichtung einer Probierstube mit Utensilien aus ihrem Weingut. Bea versprach, dass sie mit Titus in der kommenden Woche vorbeikommen würde. Eine elegante Dame, die ihren großen Lavendeltopf neben sich abstellte, bestellte bei Bea Servietten, Tischdecken und Tischläufer aus dem nüchternen Beige und dazu passende Kerzenständer und Besteck aus echtem Silber. Der zukünftige Cafébesitzer aus Freiburg schaute vorbei. Das letzte Gespräch, mit einem Geschwisterpaar, war besonders reizvoll. Sie wollten sich in einer stillgelegten Ziegeleifabrik einmieten und dort einen Gourmetladen im Vintage-Stil eröffnen, von Seife über Öle bis hin zu Spirituosen. Ein Secondhand-Klamottenladen, ein Shop für Reiterzubehör und ein Seminarzentrum hatten dort vorher Unterschlupf gefunden. Kundschaft war also gewährleistet.

„Hallo Bea, siehst gut aus "

„Hi Bee, Laden läuft? Freut mich für dich. Danke für den Kaffee."

Auf Zuruf waren Freundinnen und Bekannte vorbeigehuscht.

Eine hatte ihr leise geflüstert: „Verliebt?"

„Ja", hatte Bea ihr zugeraunt. An dem überraschten Augenaufschlag merkte Bea, dass die Freundin diese Antwort nicht erwartet hatte.

Als am Abend der Regen einsetzte, waren Aufbauten und Restwaren in Laden und Transportern verstaut. Aufgewühlt, wie immer nach so einem Tag, wollte niemand nach Hause. Der Tag sollte nachklingen. Auch wenn Titus Bea den ganzen Tag ignoriert hatte, saß er nun mit Friederike, Leander, Lisa und Bea im Loft bei Pizza und Rosé. Lisa hatte sich selbst im Laufe des Tages integriert. Die Stimmung war ausgelassen. Alle redeten durcheinander und freuten sich über den Erfolg, sowohl ihrer Ideen als auch über den Gewinn und die neuen Aufträge.

„Was für ein Umsatz. Ich habe fast nichts mehr. Sieht so aus, als ob ich doch mal was arbeiten muss. Ich brauche Nachschub. Ich werde Martha anrufen. Sie wird mir helfen."

*So kommt man auch durchs Leben. Aber nicht durch meins. Ich will das nicht. Anderen zur Last fallen. Ich bin selbst stark. Oder fehlte mir das Vertrauen in andere, mir helfen zu lassen?*

„Wir sind wieder für Monate ausgebucht", fasste Bea zusammen. „Mit welchen Ideen die Menschen auf uns zukommen: Weingüter, Gourmettempel. Das hätte ich nie erwartet. Ich bin immer wieder froh, diesen Schritt mit Coquelicots gemacht zu haben. Deine Kreativität, Titus, wird immer wieder aufs Neue herausgefordert. So kommt schon keiner auf dumme Gedanken."

Titus ließ sich nicht provozieren. Er lächelte nur. Bea hatte ihn den Tag über nicht auf Französisch angequatscht oder von Frankreich geschwärmt. Keine französischen Allüren, gut so.

„Eines liegt mir noch am Herzen. Ich möchte Euch von Les Rêves berichten." Langsam und betont wagte Bea den Themenwechsel. „Darf ich Titus? Es ist mir wichtig, dass du den aktuellen Stand kennst."

„Ich werde dich kaum daran hindern können. Du kennst ja meine Meinung dazu", antwortete er mürrisch. Nun kam er doch noch, der französische Angriff

„Bitte, lass es auf dich wirken", bat Bea und versuchte, seine Augen einzufangen. Doch diese verharrten bei Lisa. Trotzdem fuhr Bea fort: „Les Rêves gehört einem Adligen. Er will nicht verkaufen, sucht aber Leute, die das Château mit ihm erhalten und eine offene Nutzung erarbeiten, vergleichbar der, die Paul so geliebt hatte. Ich bin im Spiel, und ein Franzose, Luc Peirret. Aber Edouard, der Besitzer, möchte nur einen Vertragspartner. Ich werde mich also mit Luc arrangieren müssen. Edouard erwartet ein gemeinsames Konzept, bis in vier Wochen."

„Paul ist mein Bruder. Er war Beas Freund". Titus warf diesen Satz abrupt Richtung Lisa, die ihn erstaunt musterte, jedoch nicht nachhakte.

„Dass ich süchtig nach Frankreich bin, weißt du ja schon." Das Informationsgewitter über Lisa ließ nicht nach. Sie fühlte sich ein wenig in die Enge gedrängt von Titus und Bea. Was für eine Rolle spielte sie in dieser Beziehung? Mit Mühe konzentrierte sie sich wieder auf Bea.

„Es hat mit Paul zu tun. Wir wollten dort leben. Ich habe das Gefühl, in Les Rêves vieles zusammenzubringen: unseren gemeinsamen Lebenstraum, meine Liebe zu Frankreich und zu meiner Arbeit. Deshalb will ich dort ein Standbein haben."

Bea wandte sich wieder an alle.

„Ich muss Edouard heute Bescheid geben, ob ich mitmache. Was meint ihr dazu?"

Sie merkte, wie gut es ihr getan hatte, die Situation auf den Punkt zu bringen. Es ging ihr oft so, dass sie die Dinge klarer sah, nachdem sie sie in Worte gefasst hatte.

„Das ist doch nicht wirklich eine Frage, oder?" Friederike und Leander hatten gleichzeitig gesprochen und sich in den Arm genommen. „Mit einem ersten ok vergibst du dir nichts. Du musst diesen anderen natürlich kennenlernen. Mit ihm klarkommen. Aber das braucht Zeit."

„Ei, klar. Da machst du mit. Das klappt schon. Du kannst es dir anscheinend leisten. Träume realisieren ist überwältigend."

„Hast du nicht erst Spanien aufgegeben? Willst du nicht lieber davon berichten, bevor Bea ins Unglück rennt, und das alles hier zusammenbricht?", fiel Titus Lisa ins Wort.

„Muss es das? Wer sagt das? Wenn sie es nicht tut, wird sie immer suchen, Titus. Das ist meine Erfahrung. Bei euch läuft es doch. Ihr seid eh öfter in Frankreich, das hast du mir erzählt. Es passt zu eurem Stil. Authentisch rüberzukommen schadet nie. Sag zu, Bea. Ergreife die Chance."

„Denk an Paul, Titus. Bitte, lass es zu. Es passiert nichts. Danke für euer offenes Ohr. Vielleicht sollte ich öfter mal in großer Runde sprechen. Ich sage zu."

Während Bea im Büro die E-Mail an Edouard und in CC an Luc sandte, räumten die anderen im Loft auf.

„Kommt vorbei, wann immer ihr möchtet. Ich bin in nächster Zeit da", sagte Bea, als sie sich im Flur voneinander verabschiedeten.

Im Loft angekommen, kuschelte sich Bea in die weiche Klatschmohnbettwäsche und griff nach dem Roman, der in einer in die Wand eingelassenen Holzablage auf sie wartete. Elisabeth von Arnim, Verzauberter April. Es war zwar ein verzauberter Juni, den sie gerade erlebte. Aber der Wagemut dieser bizarren älteren Damen schadete auch im Juni nicht. Während sie las, schoss ein Gedanke durch ihren Kopf, der ein unangenehmes Drücken im Magen auslöste.

*Warum habe ich vorhin meine E-Mails nicht geöffnet? Nur geschrieben und den PC wieder ausgemacht? Warum habe ich den ganzen Tag keine SMS gecheckt?*

Es war, als käme die Wahrheit ans Licht wie eine Wasserleiche, die die Pflanzen am Seegrund nach langer Zeit freigelassen hatten.

*Vertrauen, kam es von tief innen. Sie war nicht sicher, ob Arnaud geschrieben hatte. Urvertrauen in eine Beziehung, Vertrauen, das einfach da ist. Eine Beziehung ohne Vorwürfe oder Verbiegungen, in der Erwartungen erfüllt werden, ohne sie auszusprechen. Deshalb liebte sie Paul noch immer. Daran hatten sich alle anderen Beziehungen messen lassen müssen und waren gescheitert. Würde es mit Arnaud gelingen?*

# Alltag

Der Wind trieb schwere dunkle Wolken über den Himmel und peitschte den Regen gegen die Fensterscheiben. Bea trotzte dem Wetter mit einem warmen Ambiente. Im Kamin knisterte ein Feuer und auf dem Tresen hatte sie sich ein Verwöhnfrühstück zusammengestellt: Croissants vom Bäcker, Marmelade von Friederike und Milchkaffee. Sie genoss es, den Tag langsam angehen zu lassen.

Um ihren Puddingkopf zu entlasten, die Unkonzentriertheit loszuwerden, die sie seit dem Unfall immer wieder überfiel, schrieb sie eine To-do-Liste. Sie unterteilte ein DIN A4-Blatt in privat, Les Rêves, Coquelicots. Interessant, dachte sie. Drei Spalten habe ich schon lange nicht mehr benötigt.

Wie hatte sich ihr Leben verändert.

Unter privat notierte sie Arnaud, Paris, Unfallarzt. Luc ordnete sie Les Rêves zu. Sie wollte sich auf das Telefonat am Abend gezielt vorbereiten. Coquelicots nahm am meisten Platz ein: Autohaus, Titus: Wochenplanung, die neuen Aufträge, Öffnungszeiten Laden, Paris Boulevard St. Germain.

„Tu me manques! Du fehlst mir! Passe une excellente journée!", schrieb sie an Arnaud, um ihm ein bisschen näher zu sein. Da sie das Handy schon in der Hand hatte, vereinbarte sie gleich einen Termin beim Unfallarzt. Das Pochen des Herzens gegen das Brustbein und das dumpfe Gefühl im Kopf beunruhigten sie. Mit ihrem Körper war sie ungeduldig. Der sollte funktionieren.

Die Spalte Les Rêves würde sie während der Öffnungszeiten am Nachmittag bearbeiten. Luc hatte seine Zusage an Edouard in CC an sie gesandt und auf ihre E-Mail geantwortet.

Gutmensch. Weichei, dachte Bea. Seine gelassene, entspannte Art reizte sie. Trotzdem war sie froh, dass es mit dem Projekt weiterging.

„Guten Morgen, Herr Klein. Vielen Dank für alles." Bea war zu Coquelicots übergegangen. „Haben Sie den Leihwagen gesehen? Der Schlüssel ist im Außentresor. Ich hoffe, es ist alles ok?"

„Guten Morgen, Frau Veit", antwortete Herr Klein, als er zu Wort kam. „Es ist alles erledigt. Herr Tritschler war sehr dahinter her. Die Kosten für den Leihwagen leite ich direkt an den Anwalt weiter. Das Geld für den Neuwagen ist bereits eingegangen. Danke. Ich hoffe, Sie bekommen es schnell erstattet."

Was für ein Luxus, kam es Bea spontan in den Sinn. Nicht viele können einfach so einen Batzen Geld vorstrecken. Keine Geldsorgen zu haben erleichterte das Leben ungemein.

„Ach Herr Klein, gut, dass alles so glimpflich abgelaufen ist. Ich hätte tot sein können."

*Ich habe Glück gehabt. Schön, dieses weiche Gefühl.*

„Ich wünsche Ihnen alles Gute, Frau Veit. Auf Wiedersehen."

„Titus, bist Du im Schuppen?" Wenn Bea in Fahrt war, ging es Schlag auf Schlag. „Ja? Dann komme ich vorbei. Ich bringe alle Anfragen mit. Wir besprechen die Woche. Einverstanden? Bis gleich."

Innerhalb einer halben Stunde hatte Bea mehr als die Hälfte der To-do-Liste abgearbeitet. Zufrieden schnappte sie sich Terminkalender und Notizblock und verließ die Stadt Richtung Allmendsberg, zu Titus.

Auf der Fahrt zum Lager passierte sie die Unfallstelle und bemerkte, dass auf der Straße nichts eingezeichnet war. Nur

Ölflecken zeugten von dem Schaden an den Autos. Der Schatten des Dinosauriers, der ihr entgegengekommen war, huschte vorbei, aber er löste keine Panik aus.

„Hallo Titus. Friede?" Bea stellte die beiden Cappuccinos-To-go und die Obstbecher auf den runden Besprechungstisch in der Eingangsecke des Schuppens. Titus hatte die Gabe, aus jeder Ecke einen Raum zu gestalten. Hier hingen bunte Bücherbords an der Wand und viele Fotos, dazwischen eines von Paul.

„Ich öle noch kurz die Seilrolle von dem alten Fischtrawler. Dann arbeiten wir." Auf das Friedensangebot reagierte Titus nicht.

Bea nahm den Werkstattduft aus Holz, Leinöl und Bienenwachs in sich auf. Sie mochte ihn und dachte oft, dass zur Optik auch der Geruch passen muss.

Als ihr Blick auf Pauls Foto fiel, lachte ihr Arnaud entgegen. Bea musste aufpassen, dass ihre Mimik nicht ihre Verliebtheit verriet. Titus schien kompromissbereit zu sein. Das wollte sie nicht aufs Spiel setzen. Sie stellte sich zu Titus und schaute seinem harmonischen, beruhigenden Pinselstrich zu.

„Titus, hast du Wünsche für Les Rêves? Schließlich wird es auch zu Coquelicots gehören."

Das muss ich der Liste hinzufügen. Einen Lagerraum auf Les Rêves, speicherte sie im Kopf ab.

„Was benötigen wir? Ich habe heute Abend den ersten Telefontermin mit Luc. Ich möchte durchsetzen, was mir wichtig ist. Titus, mir ist es ernst. Coquelicots mit dir gebe ich nicht auf. Ich werde mehr Zeit in Frankreich verbringen, ja, das kann schon sein. Aber wozu gibt es Internet? Und du reist doch auch gerne nach Frankreich. Vielleicht kannst du Christine überreden?"

„Hör mir auf mit Christine." Titus schien noch andere Baustellen zu haben. War er deshalb heute so milde gestimmt, was Les Rêves betraf. Oder wegen Lisa?

„Was ist?"

„Sie war mal wieder sauer, dass ich am Sonntag keine Zeit für sie hatte. Dabei sein wollte sie aber nicht. Ich habe mich mit euch wohl gefühlt und hatte keinen Drang, schnell zu ihr zu kommen. Wenn wir uns sehen, streiten wir. Wenn wir uns nicht sehen, haben wir keine Sehnsucht. Gestern Abend hat sie mitgeteilt, dass sie froh ist, dass wir nicht zusammenwohnen. Ehrlich gesagt: Ich auch. Sie gehört so gar nicht zu meinem Leben. Du umso mehr. Du kennst Paul. Ich muss dir nichts erklären."

Titus hielt erschrocken inne.

„Jetzt habe ich Friederikes Rat umgesetzt. Das wollte ich gar nicht."

Bea lachte erleichtert auf und nahm Titus in den Arm.

„Hast du auch gesagt, wir schweigen das lieber tot? Rike hat nämlich auch mit mir gesprochen."

Sie mussten beide lachen.

„Vielleicht sollten wir wirklich daran arbeiten", fügte Bea hinzu, aber der innige Moment war vorbei.

Titus hatte den Pinsel in das Leinöl sinken lassen und setzte sich an den runden Tisch.

„Was gibt es für Termine?"

„Lass uns mit dem beginnen, was erledigt ist. Im Autohaus habe ich angerufen. Das Café in Freiburg steht kurz vor der Eröffnung. Es fehlt nur der Teil der Inneneinrichtung, den Didier liefern soll. Der Besitzer schreibt mir seinen Wunschliefertermin und Didier schickt die Möbel direkt zur Baustelle. Die

Haushaltsauflösung in Paris soll am Montag in zwei Wochen stattfinden."

Bea riskierte es.

„Kommst du mit?"

„Ja, nein." Titus zögerte. „Könntest du das ohne mich machen? Wenn wir vorher die Liste der Angebote gemeinsam durchgehen? Gérard kann uns ja Fotos zusenden."

Bea hielt kurz die Luft an.

„Das kann ich schon." Sie ging aufs Ganze. „Mit dir wäre ich aber sicherer. Was hast du vor?"

„Ich werde an dem Wochenende nach Hamburg fahren. Ich liefere den Ankertisch aus und installiere eine Netztrennwand. Das habe ich am Freitag ausgemacht. Außerdem findet dort am Sonntag ein großer Markt für Fischereizubehör statt, eine perfekte Einkaufsgelegenheit. Maritimes Flair ist gerade gefragt. Es wird Sommer."

Bea hörte Titus schon gar nicht mehr zu. Da war es wieder, ihr Glück. Sie nahm einen tiefen Schluck aus dem Cafébecher, um den Seufzer der Erleichterung zu unterdrücken und das Blitzen in ihren Augen zu verbergen. Ich werde frei sein in Paris, für die Liebe.

„Schade", brachte sie trotzdem heraus. „Aber ok. Ich bitte Gérard um die Fotos. Gute Idee, eigentlich. Ich werde sie auch an Familie Printemps senden, die Auftraggeber von der Côte d´Azur. Dann müssen sie nicht extra nach Paris reisen. Ich könnte mir die Fête de la Musique gönnen, wenn ich schon mal in Paris bin. Nur so ein Gedanke." Schnell fuhr sie fort: „Andere erledigte Dinge?"

„Nein. Das war das Wichtigste. Ich experimentiere gerade mit alten Schiffsplanken. Abstelltische, Lampen, Regale: alles, was man daraus gestalten kann. Ein Kollege hat mich darauf gebracht. Er stellt Kleinmöbel aus Abrissholz regionaler Schuppen her. Er sagt, es läuft."

„Ihr verkappten Künstler. Passt aber zu den neuen Projekten. Schon allein deswegen hat sich der Tag der Offenen Tür gelohnt. Ich würde gerne mit der Winzerin und dem Geschwisterpaar diese Woche einen Termin ausmachen. Wann hast du Zeit?"

„Jeden Tag. Aber plane bitte für die Besprechung mindestens einen halben Tag ein. Ich möchte mir die vorhandenen Materialien in Ruhe anschauen, die Räumlichkeiten ausmessen. Das ist die Grundlage für seriöse Kostenvoranschläge. Ich verschicke dann noch die Kleinbestellungen. Tja, reicht für eine Woche."

Titus atmete tief ein, als ob er ein Hindernis überwinden müsste.

„Was denkst du über Lisas Lageranfrage? Sie hat gestern Abend nochmal nachgehakt."

„Titus, du musst wissen, ob du mit einer Lebenskünstlerin im selben Lager klarkommst. Ich bin dafür, dass wir sie erst etwas besser kennen lernen, so wie die Personen von Les Rêves. Wenn es mit Lisa passt, warum nicht? A propos Les Rêves: Hast du dazu Ideen?"

„Lisa hatte Recht. Das Château ist authentisch. Wir sollten das nutzen. Aber als Lager sind die Gemäuer nicht geeignet. Eher als Ausstellungsraum. Am besten aber zu Werbezwecken, wenn ich ans Internet denke und unsere Clicks. Du musst unbedingt dafür sorgen, dass wir Bildrechte bekommen. Das könnte ein Problem werden."

Bea wich die Farbe aus dem Gesicht. Sie war verblüfft. Wieder einmal. Titus sah Dinge oft aus Perspektiven, die ihr völlig fremd waren. Aber seine Gedankenfolge war logisch, sie war realistisch und ließ Bea schaudern.

*Der jugendliche unbeschwerte Traum, einfach mal so auf einer Burg zu leben, war in der erwachsenen Realität angekommen. Mit all ihren Verpflichtungen.*

„Habe ich dich erschreckt?", fragte Titus.

„Nein, die Augen geöffnet. Das passiert mir in letzter Zeit öfter. Der Unfall hat irgendetwas in Gang gesetzt."

„Hast du noch Schmerzen?" unterbrach Titus schnell. „Das wollte ich eh fragen."

Totschweigen, realisierte Bea.

„Ich habe noch eine Matschbirne. Aber sonst ist alles besser als erwartet. Zum Glück."

„Haben wir alles?" Titus hatte hastig sein Handy vom Tisch genommen. „Ich rufe zurück", nuschelte er hinein.

„Ja, wir haben alles. Wenn was ist, wir wissen ja, wo wir uns finden."

Bea hatte sich dem Ausgang zugewandt.

„Pass auf dich auf, Titus."


Auf dem Marktplatz war wenig los, obwohl es aufgehört hatte zu regnen, und die Sonne immer wieder die Wolken durchbrach. Die Terrasse des Café de Ville war gut besucht. Zu Beginn des Sommers suchten die Menschen die Sonne, das Leben im Freien. Bea brauchte beides. Sie wollte nicht alleine im Loft sitzen ohne Terrasse oder Garten. Das vermisste sie an ihrem Elternhaus. Deshalb saß sie jetzt hier, inklusive Salat und einem Glas Rosé. Französischer Rhythmus ging auch zu Hause, hielt nur leider nie lange an. Sie würde daran arbeiten. Das Café de Ville hatte zudem den Vorteil, dass es Treffpunkt ihrer Freunde und Bekannten war. Bea war mitteilsam geworden.

„Hallo Ilse", rief sie einer Freundin zu, als diese die Terrasse betrat. „Setz dich."

„Bea, du hier? Um diese Zeit? Was ist mir dir los, keine Termine?"

„Muss auch mal anders gehen, oder? In Frankreich kann ich es ja auch."

„Du bist verliebt. Ich hab's dir gestern schon angesehen. Erzähl."

Während des Essens berichtete Bea von ihren letzten Wochen. Vom Unfall, von Les Rêves, von Arnaud. Nur Paul ließ sie aus.

„Ich verhalte mich wie ein Teenie", schloss Bea und warf einen sehnsuchtsvollen Blick auf das Display ihres Handys. „Und ich genieße es.", sagte sie, obwohl ein wenig Enttäuschung an ihrer Freude nagte. Arnaud hatte nicht geantwortet.

„Willkommen im Club. Erst Friederike, dann Angela, jetzt du. Ich drücke dir die Daumen, dass auch du die perfekte Beziehung findest. Wir sehen uns. Bis bald."

Ilse hatte ihren Cappuccino getrunken, und Bea musste den Laden öffnen. Sie freute sich auf die Zeit bis Paris, die überschaubar, mit der nötigen kreativen Würze und vielen Tagträumen vor sich hin plätschern würde.

# Luc

Zurück im Büro öffnete sie Lucs Antwort voller Neugier. Er hatte sich ihrem Stil angepasst.

„Vielen Dank für Ihre ausführliche E-Mail, die ich gerne aufgreife. Zuerst zu meiner Geschichte: Ich bin bei einer Wanderung auf Les Rêves gestoßen und habe mich sofort verliebt. Ich kenne ein vergleichbares Objekt im Languedoc, das ein junges Paar in einen verwunschenen Kulturgarten verwandelt hat. Das hat mich beeindruckt. Ein Link dazu anbei. Im realen Leben bin ich Psychologe, wohne in La Seyne, wandere gerne, mag altes Handwerk und trainiere die Rugby-Jugend-Mannschaft des RC Toulon.

Zum Zweiten: Punkt 1 ist ok. Tourismus und Trubel möchte ich auch nicht. Das werden wir über gezielte Angebote und die beschwerliche Zufahrt steuern. Punkt 3 passt. Ich möchte mich gerne einbringen. Punkt 2: Da haben wir ein Problem. Nicht mit dem separaten Eingang oder mit der hundefreien Zone, obwohl Socrate zu mir gehört, und ich ihn nicht einschränken möchte. Das Problem liegt im Baukörper. Vor meinen Augen sehe ich Les Rêves als Ort, an dem junge Menschen, die unvorhergesehen ihr Leben ändern, ihre Lebensträume aufgeben müssen, zu sich selbst finden können. Der Torbogenbereich ist laut Alain aber der einzige Teil des Schlosses, der behindertengerecht ausgebaut werden kann. Ich brauche ihn also. Edouard ebenso, wenn er einen Teil davon als Herberge nutzen möchte.

Zum Dritten: Ich habe eine Datei angefangen mit offenen Fragen und sie in eine Cloud gestellt. So haben wir beide Zugriff. Anbei der Link. Rufen Sie an? A bientôt Luc."

Gute Idee, dachte Bea, als sie den letzten Abschnitt gelesen hatte. Obwohl Titus der Internetspezialist war, hatte Bea schon einmal von einer Cloud gehört und wusste, dass sie über den Link Zugriff auf die Datei hat. Es war eine Text-Datei, in drei Spalten geteilt: Edouard, Béa, Luc. Die bekannten Fakten hatte Luc eingetragen. Seine Gedanken zur Verteilung der Kosten, sowohl der Renovierung als auch der laufenden Kosten, waren fett markiert. Sie ergänzte die Bildrechte in ihrer Spalte. Der Lagerraum hatte sich erledigt.

„Eine vernünftige Arbeitsgrundlage, Hundefanatiker mit sozialem Tick", murmelte Bea vor sich hin.

Doch zwischen das wohlige Gefühl der Zuversicht schob sich penetrant einer von Lucs Sätzen: Ich brauche ihn also. Dieser Satz zum Torbogen kam nicht von einem Weichei. Er war hart und kompromisslos. In Bea löste er ein Drücken in der Magengrube aus.

*Warum klammere ich mich so an diesen Raum?*

Bea streunte durch den Laden, strich über edle Stoffe, raue Holzoberflächen und kühle Rostmetallfiguren.

*Es ist Zeit, die Frage zuzulassen.*

Sie blieb stehen und verkrampfte sich in einem Tischtuch. Es kam das altbekannte Bild, die Vision, die sie seit dreißig Jahren begleitete.

*Der Torbogenraum, sonnendurchflutet, voller Bücher, in der Mitte eine breite Chaiselongue, beiger Bezug mit Silberfäden durchwirkt. Der warme Wind spielt sanft mit den Vorhängen. Ich räkele mich in roten Samtkissen und sehe ... nicht Paul, sondern Arnaud, von Paul akzeptiert. So passt es. Es geht nur dort. Ich befreie mich von der unendlichen, tiefen Liebe, einer Komfortzone, die mich dreißig Jahre blockiert, aber am Leben gehalten hat. Ich löse mein Versprechen ein und lasse los, ohne zu verletzen. So geht es. Und nur so.*

Der Krampf löste sich. Sie nahm ihren Streifzug wieder auf und dekorierte hier und da Accessoires um. Dabei spielte sie verschiedene Varianten durch, wie sie das heikle Thema im Telefonat am Abend angehen könnte. Ein Kompromiss war in Lucs Einträgen nicht vorgesehen. In ihrem Lebensentwurf aber auch nicht.

Luc befand sich im Ausnahmezustand. Nicht nur, dass er schon um neunzehn Uhr gegessen hatte. Nein, er hatte wegen Beas Anruf das Training abgesagt, was er nicht einmal getan hatte, als seine Mutter eines Abends verschwunden gewesen war. Er saß seit Viertel vor acht vor dem Computer und starrte in den kleinen Hof hinaus, der zu seinem Appartement gehörte. Vom Meer drang das Geklimper der Segelfalle gegen die Masten an seine Ohren.

Nie hatte er einen Anruf so herbeigesehnt. Beas E-Mail hatte ihn fasziniert. Wäre er der Erste gewesen, er hätte die E-Mail genauso formuliert. Die vorgeschlagene Uhrzeit hatte er nicht in Frage gestellt, obwohl sie so gar nicht französisch war.

Er hatte schon mehrfach begonnen, Beas Telefonnummer zu wählen, aber er wusste genau, dass es ein Fehler wäre. Sie wollte den Ton angeben, und er verstand sie. Er wunderte sich nur über sich selbst, dass er das zuließ.

„Bonsoir, Monsieur, wie konnte ich nur eine so blöde Uhrzeit wählen? Haben Sie schon gegessen? Désolée. Entschuldigung. Ich müsste es besser wissen", schwappte es kurz nach acht Uhr endlich atemlos über Luc.

„Bonsoir, Madame, keine Sorge. Sie haben Recht, ich habe schon gegessen und es war äußerst ungewohnt. Aber vielleicht tut das meiner Figur gut?"

Bea lachte.

„Ah, vous faites attention? Sie achten auf Ihre Linie? Na, ich hoffe, es hat geschmeckt. Danke für Ihre E-Mail und die Datei. Auf die Cloud wäre ich nicht gekommen. Aber sicher hätten Sie spätestens morgen von mir so eine Liste bekommen. Ohne Listen geht bei mir gar nichts."

In eine Atempause konnte Luc gerade so reingrätschen: „Sind hilfreich." Dann sprudelte Bea weiter und arbeitete die einzelnen Punkte ab. Luc ließ es geschehen und antwortete nur, wenn er zu Wort kam.

So ein sturer Wildfang. Warum ist sie so aufgekratzt? Nicht, dass dieser Sturm unangenehm wäre. Luc liebte den Mistral. Aber was steckte dahinter? Unsicherheit? Bisher hatte sie in ihrer Kommunikation keinen unsicheren Eindruck gemacht. Im Gegenteil. Sie wusste, was sie wollte. War der Tag der Offenen Tür ein Erfolg gewesen? Ein befriedigender Arbeitstag? Denkbar. Er würde zum Abschluss des Gesprächs danach fragen.

Irgendwann stellte Luc fest, dass das Feuerwerk abgebrannt war. Am Ende der Leitung herrschte Stille.

„C´est tout. Ist das alles? Terminé? Fertig?", stichelte er und schickte ein Lachen hinterher.

„C´est moi. So bin ich halt. Damit musst du klarkommen." Luc freute sich, dass sie während des Gesprächs automatisch zum Du übergegangen war.

„Eine leichte Übung, wenn es weiter so schnell vorangeht. Ich fasse zusammen: Bei den Bildrechten ergänzen wir, dass keine

Menschen drauf sein dürfen. Die Kosten der Renovierung wollen wir dritteln und die laufenden Kosten nach Nutzung einteilen. Für Socrate reservieren wir eine „Klo-Ecke", weit weg von dir. Ist es nicht angenehm, so frei planen zu können?"

„Frei nennst du das? Das Wichtigste hast du nicht erwähnt. Du brauchst den Torbogen. Ich brauche den Torbogen. Frei ist anders." Das hatte Bea patzig und scharf eingeworfen. Da war sie wieder, die Panik in ihrer Stimme. Diese Frau war taff, aber sie ruhte nicht in sich. Da war ein unverarbeitetes Trauma, das sie aufwühlte. Es musste mit der Burg zusammenhängen. Das sagte ihm seine Erfahrung aus der jahrelangen Arbeit mit Unfallopfern. Diese klammerten sich oft an Details, als ob ihr Leben davon abhinge.

„Kannst du das nicht verstehen? Junge Menschen, die im Rollstuhl sitzen, weil sie mit dem Motorrad verunglückt sind, die ihr Leben neu organisieren müssen. Die Welt ist nicht behindertengerecht. Schau dich doch um, auf wie viele Barrieren sie stoßen. Ich möchte, dass sie sich auf Les Rêves selbstständig und frei bewegen können, unter Gleichgesinnten. Verstehst du das?" Er war laut geworden. Da war es wieder, sein Trauma. Sein geplatzter Traum vom Profi-Rugby-Spieler.

„Immerhin leben sie", hörte er Bea hauchen. Dann hatte sie aufgelegt.

Erschüttert vergrub Luc sein Gesicht in Socrates´ Fell. Es war so leicht gewesen, das Gespräch. Sie schienen gleich zu ticken. Sollte dieser Torbogen ihre Illusion zerstören?

Luc fuhr mit Socrate zur Ile du Gaou und überließ seine Verzweiflung der Natur.

„Tu me manques aussi. Du fehlst mir auch. Bonne nuit." Arnauds SMS erreichte Bea kurz, nachdem sie den Hörer aufgelegt hatte.

„Merci. Quel joie, welche Freude. Du hast meinen Schmerz gespürt", antwortete sie umgehend, erleichtert über die Ablenkung.

Die nächsten Tage schwebte Bea auf diesem Teppich der Liebe. Gierige und betörende Worte flogen im digitalen Äther hin und her. Bea ertappte sich, wie sie sich in unpassendsten Momenten wilden Tagträumen überließ, mit bebendem Körper und breitem Lächeln im Gesicht. Die Bilder lagerte sie über die Erinnerungen an Paul, wie in einem Partnerschaftsportal. Die Übereinstimmungsquote lag bei neunzig Prozent und ließ ihre Sehnsucht nach Arnaud ins Unermessliche steigern. Das Leben streckte seine Tentakel nach ihr aus. Sie ließ es in ihren Schutzpanzer eindringen.

Beim Unfallarzt hatte sie Entwarnung bekommen. Die Gefahr eines Blutpfropfens, der das Herzklopfen auf das Brustbein überträgt und reißen könnte, hatte sich als nicht vorhanden herausgestellt. Mit Akupunktur hatte der Arzt die Verspannungen im Halsmuskel gelöst. Von einer Sekunde auf die andere war Bea die Matschbirne losgeworden. Sie war erleichtert, dass ihr Körper wieder alle Register ziehen konnte.

„Ach Paul", seufzte sie verträumt, während sie wie inzwischen fast jeden Tag einen Espresso auf dem Marktplatz gönnte. „Das Leben ist schön."

*Wie viele Jahre bin ich vor diesem Satz erschrocken zurückgewichen, habe mich in meine Arbeit gestürzt und in meine sichere Welt mit dir. Danke Paul, dass wir uns jetzt gemeinsam öffnen, und ich die Bleiklötze fallen lassen kann.*

Mit Titus hatte Bea die neuen Kunden besucht und anhand der Fotos, die Gérard geschickt hatte, die Objekte gesichtet, die sie im Appartement Boulevard St. Germain für Coquelicots erwerben sollte. Welch ein Schatz an üppigen, grazilen, spektakulären Möbeln sie dort erwartete. Mehrmals täglich gab sie sich der Faszination dieser Bilder hin.

„Ja!" Mit der Siegerfaust bestätigte sie ihre Vorfreude.

Die Neuigkeiten von Luc, sein Motiv, den Torbogen zu nutzen, war dem von Bea so nahe, dass sie es mit dem Auflegen des Hörers ignoriert hatte. Es herrschte Funkstille. Zwar arbeiteten sie beide regelmäßig und zuverlässig an der Datei, ergänzten Details und erfuhren dabei manches über den Tagesrhythmus des anderen. Punkt zwei, Torbogen, blieb von beiden Seiten unbearbeitet.

Ein paar Tage später saßen Friederike, Leander und Bea beim Abendessen in Friederikes Wohnung. Am Nachmittag hatten sie die neue Wohnung besichtigt, die Friederike und Leander im August beziehen würden. Bea freute sich für die beiden und bewunderte deren Mut, so schnell zusammenzuziehen.

„Du weißt ja, was wir dazu sagen", begann Friederike.

„Es geht nur mit Friederike und Leander", vervollständigten sie den Satz wie aus einem Mund und stießen mit Rotwein an.

„Wisst ihr was? Es tut nicht mehr weh."

Bea setzte verblüfft das Weinglas ab.

„Es ist erstaunlich, was dieser Spiegel, den Arnaud mir vorhält, mit mir macht. Es sticht nicht mehr, dass ihr so glücklich seid in eurer alten Liebe. Ich kann mich von ganzem Herzen für euch freuen. Ich habe das Gefühl, langsam von innen heraus zu heilen. Ist das zu verstehen?"

Bea hielt ungläubig inne.

„Dass ich das so erzähle. Außer Zoë seid ihr seid die Einzigen, die mein Geheimnis kennen. Arnaud und seine Ähnlichkeit mit Paul. Ich würde diese Gefühle gerne in die ganze Welt posaunen. Aber ich habe Angst vor Titus´ Reaktion. Mein Bauchgefühl sagt mir, dass es besser ist, Arnaud noch eine Weile für mich zu behalten. Trotzdem muss ich das jetzt loswerden. Gestern konnte ich zum ersten Mal seit Pauls Beerdigung den Song „While my guitar gently weeps" von den Beatles im Autoradio anhören. Vorher habe ich sofort das Radio ausgeschaltet oder panisch den Sender gewechselt, wenn ich die ersten Töne dieses Liedes gehört habe. Bei fast allen langsamen Songs ging es mir so. Ich kann das jetzt aushalten."

Friederike ging um den Tisch herum und nahm Bea in die Arme.

„Versteht ihr, was das bedeutet?"

„Bee, mit jedem dieser Beispiele, die du erzählst, erahne ich, wie tief du verletzt bist. Wie sehr du seit damals leidest."

„Für viele ist das eine Lappalie, Musik hören halt. Aber ich habe einen Achttausender überwunden. Ich muss keine Panik mehr fürchten, wenn Musik läuft, nicht schnell auf die Toilette rennen, wenn die Tränen in mir hochkriechen. Ich kann die Musik einfach so genießen wie alle anderen. Deshalb freue ich mich umso mehr auf Paris, auf Arnaud, auf die Fête de la musique. Endlich. Morgen."

Bea seufzte, kuschelte sich an Friederike und lächelte Leander zu.

„Was habe ich für ein Glück, dass ich Arnaud getroffen habe. Aber wem erzähle ich das. Ich werde Paris genießen, mit allen Fasern und für Paul mitfeiern."

Das Vibrieren des Handys unterbrach ihre Schwärmerei. Mit einem verführerischen Augenzwinkern nahm sie es hoch, doch ihre Mimik fror ein, als sie die Nachricht las.

„Ich halte die Situation nicht mehr aus. Können wir telefonieren? Luc."

„Was ist passiert?", fragte Leander.

„Les Rêves. Das läuft aus dem Ruder.", erklärte Bea. „Weder Luc noch ich verzichten auf den Torbogen. Luc möchte einen behindertengerechten Bereich ausbauen, der anscheinend nur in diesem Bauteil realisierbar ist. Ebenso wie die Übernachtungsräume von Edouard. Ich möchte den Torbogen aber für Paul. Ich habe mich gefragt, warum. Es ist das Gefühl, mit diesem französischen Traum meinen Schutzpanzer loszuwerden, Freude in mich strömen zu lassen und sie dort festzuhalten. Dafür stehen diese Räume. Ich brauche sie."

„Bee, was du alles mit dir selbst ausmachst. Ich freue mich, dass du dich öffnest. Ich glaube, ich würde gar nicht so im Detail drüber nachdenken. Du magst an dieser Stelle nicht kämpfen. Stimmt´s?"

„Ich finde Lucs Vorstellung aber auch legitim", warf Leander ein. „Hast du ihn gefragt, warum ihm das so wichtig ist, mit den Jugendlichen? Stell dir vor, Paul hätte überlebt und wäre behindert. Dann würde dir Lucs Variante ebenso am Herzen liegen."

„Paul lebt aber nicht mehr. Nein, ich habe ihn nicht gefragt. Er hat es als Fakt stehen lassen. Mehr weiß ich nicht, will ich auch nicht wissen. Sobald dieses Thema auftaucht, gehen wir wie Kampfhähne aufeinander los. Das ist irrational, ich weiß. Aber ich kann nicht anders."

„Wie läuft es denn sonst mit Luc? Was ist er für ein Mensch? Das Projekt scheint ihm viel zu bedeuten. Wie regelt ihr das überhaupt auf diese Entfernung?"

„Als du am Abend nach deiner Rückkehr von ihm erzählt hast, klang das eher genervt. Wie ist es jetzt?" fügte Friederike hinzu.

„Na, so und so. Luc ist ein typischer Südfranzose mit italienischem Touch. Sieht eigentlich ganz gut aus. Er ist Psychologe und trainiert eine Jugend-Rugby-Mannschaft. Er wandert gerne, mag die Natur ..." Bea musste Luft holen, bevor sie das Feuerwerk weiter abschoss.

„Ihr wisst, wie ich ticke. Ich erstelle meine Listen. Ich strukturiere mein Vorgehen, bleibe dran am Thema. Luc macht das genauso. Er hat dieselben Listen erstellt wie ich. Er hat sie zusätzlich als Dateien in eine Cloud gestellt. Dort arbeiten wir beide dran. Oft habe ich ein Detail, möchte es ergänzen. Die Datei ist durch Luc gesperrt und kurz darauf finde ich meine Idee fast gleich eingearbeitet. Das funktioniert in beide Richtungen."

„Langsam, langsam. Und was nervt dich daran?" hakte Friederike nach.

„Seine Coolness. Er glaubt immer an eine Lösung. Er gibt nicht auf. Die positive Kraft des Lebens, ha. Wenn ich das höre. Warum gibt er mir dann nicht den Torbogen? Wenn der nicht wäre, wäre das Konzept schon fertig. Wir könnten es sogar vorzeitig an Edouard senden. Das würde ihn sicher beeindrucken. Aber so...."

Der Satz blieb in der Luft hängen. In Gedanken versunken aßen sie zu Ende.

„Schade, dass das zwischen euch steht. Luc scheint ok zu sein. Irgendetwas treibt ihn an. Das würde mich schon genauer interessieren. Ich bin gespannt", unterbrach Leander endlich die Stille.

„Ich freue mich drauf, ihn kennen zu lernen. Das wird ja irgendwann geschehen. Und Arnaud auch. Wahrscheinlich stehen deine Männer hier bald Schlange. Auf dein Wohl, Bea." Friederike lachte und sandte Leander eine Kusshand über den Tisch. „Keine Sorge, Leander, ich bin in festen Händen."

„Einer würde mir reichen. Der Richtige. Aber nicht hier, nur in Frankreich." Bea erhob sich.

„Alles wird gut, Bee, das weiß ich. Nimm mit, was geht. Sei du, so wie früher."

„Na dann werde ich jetzt mal heimgehen und mit dem Gutmensch telefonieren. Danke für den Abend und für euch. Genießt eure Liebe, sie ist so wertvoll."

Mit den französischen Bises verabschiedete sich Bea. „Ich beneide euch."

„Du bist auf einem guten Weg", rief Friederike ihr nach.

„Nur nicht mit Arnaud", flüsterte sie Leander ins Ohr. Er verwuschelte ihre Haare.

„Du mit deinen Ahnungen."


„Nein, ich werde dir nicht erklären, warum ich auf dem Torbogen bestehe." Bea kreischte ins Telefon.

Sie saß im Loft an der Theke, die Unterlagen für Paris um sich verstreut, dazwischen ein Glas Weißwein und ihr Laptop. Neben der Schlafzimmertür umringten sieben Paar Schuhe eine

Reisetasche übersichtlicher Größe. Sie würde sich entscheiden müssen.

„Akzeptiere es. Dein Kompromiss funktioniert nicht. Ich will nicht in den Turm. Erklär du mir doch, warum du mit den Behinderten nicht woanders hinkannst. Du mit deinem Helfersyndrom. Torbogen oder ich bin raus."

„Chère Béa". Die samtige Stimme klang entspannt. „Was wir erreicht haben. Wir haben in zwei Wochen ein komplettes Konzept für die Burg erarbeitet. Das ist doch eine hervorragende Basis. Wollen wir das wirklich aufgeben?"

Luc hielt kurz inne.

„Zugegeben, wir haben dieses heikle Thema ausgeklammert. Aber ohne Lösung?" Er atmete wieder dazwischen. „Scheitern wir beide."

Das Scheitern hing in der Luft.

„Alain hat prüfen lassen, ob wir am Donjon anbauen könnten. Leider werden wir dafür keine Genehmigung bekommen. Wir dürfen nur im Bestand ändern und nicht erweitern. Das hat Cathérine bestätigt. Hast du über Alternativen nachgedacht? Lass uns unsere Energie nicht verschwenden. Und ganz ehrlich. Ich möchte nicht mit dir streiten."

„Nenn mich nicht chère Béa", keifte Bea. Seine salbungsvollen Worte gingen ihr auf die Nerven.

„Warum soll ich weichen, Monsieur le psychologue? Warum gibst du deinen Traum nicht auf? Melde dich, wenn du eine neue Lösung gefunden hast. Ich fahre morgen in die Stadt der Liebe und genieße die Fête de la musique mit Arnaud Tonnet, dem Trompeter aus Six-Fours."

Sie war zu weit gegangen. Nach einem kurzen atemlosen Moment hatte Luc aufgelegt. Bea presste die Faust gegen den Mund.

*Ich habe es vermasselt. Es war richtig. Für mich. Für meinen Weg. Paul, sei bei mir. Arnaud, liebe mich.*

Hagelkörner trommelten gegen die Fenster.

„Passt die Verteidigung so?"

Luc beobachtete vom Spielfeldrand die Spielzüge, die er den Jungs vorgegeben hatte. Tatsächlich erreichte keine seiner Wahrnehmungen sein Gehirn. Weder die schnellen Konter noch das unbändige Geschrei, das ein Rugbyspiel mit sich brachte, noch die Sommerhitze, die sich an diesem Montagabend im Stadion staute. Das Einzige, was sein Gehirn seit gestern Abend in den bizarrsten Spielarten verarbeitete, waren Bilder von Bea in den Armen von Arnaud, diesem in der ganzen Region bekannten Casanova.

„Luc? Ca va?" Maxime, der Spielführer der Jugendmannschaft, stand vor Luc und versuchte erneut, dessen Aufmerksamkeit zu erwecken. Dass etwas nicht stimmte, ließ Lucs Aufzug erkennen. Nie zuvor war er in Flipflops, Shorts und Polohemd zum Training erschienen.

„Comment? Wie bitte?" Luc zuckte zusammen. „Ja, das passt so. Übt das genauso weiter."

„Hast du überhaupt mitbekommen, was wir ausprobiert haben?"

„Ja, war ok."

Maxime drehte kopfschüttelnd ab und schrie auf das Spielfeld:

„On recommence. Wir machen es nochmal. C´est parti. Los geht´s!"

*Wie kann eine selbstbestimmte Frau auf so einen reinfallen? Was bringt ihre Gefühle so durcheinander? Warum lässt mich das nicht kalt? Das ist eine Analyse wert. Ich schreibe Edouard, dass ich das mit ihm alleine mache. Nein, das ist keine Lösung. Ich möchte mit dieser Frau leben.*

Luc hatte am Morgen alle Therapiegespräche abgesagt und war mit Socrate nach Les Rêves gefahren, in der Hoffnung, vor Ort Lösungen für seinen Streit mit Bea zu finden. Doch die Tatsache, dass die Mauern nicht verändert werden durften, machte die Situation aussichtslos. Anschließend war er stundenlang durch das Hinterland von Toulon gefahren, als ob die Offenbarung auf der Straße liegen würde. Das Einzige, was er von diesem Ausflug mitgebracht hatte, waren unzählige Fotos von Klatschmohnfeldern, in denen sich Burgen und Gehöfte versteckten, sowie einen Hund, der hechelnd um Wasser bettelte. Sie hatten den ganzen Tag weder gegessen noch getrunken.

„Hey Trainer, ´ne Abschlussrunde laufen, wie immer?" Gelächter drang an Lucs Ohren.

„Das ist heute nichts für ihn.", informierte Maxime die Trainingskollegen.

„Wo er wohl mit seinen Gedanken ist?"

„Verliebt?"

„Welche Schönheit steckt da wohl dahinter?"

Die Jungs trabten wild spekulierend davon.

„Bonne soirée. Ich gehe dann mal.", rief Luc ihnen hinterher. Er pfiff nach Socrate, der im Schatten des Clubhauses gedöst hatte.

In den letzten Minuten war ein Entschluss in ihm gereift. Er würde in die Höhle des Löwen fahren, nach Deutschland, wo kaum jemand Französisch sprach, wo Sauerkraut im Sommer auf der Speisekarte stand. Zu einer Frau, die keine Hunde mochte, ihren eigenen Kopf hatte und ungefragt in sein Leben geprallt war.

*Ich werde ihre Geheimnisse in ihren Augen lesen. Ich möchte ihr meine Gefühle anvertrauen, ihr Vertrauen gewinnen, sie wahrnehmen, mit allen Sinnen, gemeinsam eine Lösung für Les Rêves finden. Es wird leichter sein, wenn wir uns in die Augen schauen.*

Noch nie hatte eine Frau so stark auf ihn gewirkt. In den letzten Jahren hatte er immer wieder an sich gezweifelt. Konnte er überhaupt lieben? War seine Mutter ein zu dominantes Frauenbild?

Bea hatte ihn eines Besseren belehrt.

Eines der Klatschmohnfelder, die er heute fotografiert hatte, kam ihm in den Sinn.

„On y va, Socrate. Wir gehen noch bei Action Copie vorbei. Ein Notizbuch für die Klatschmohnfrau drucken lassen. Und dann packen wir."

# Paris

Bea fiel auf. Es funktionierte, zuverlässig. Mit Überschreiten der Grenze strahlte sie nach außen. Das Kinn ging nach oben. Der Rücken wurde gerade. Bea summte vor sich hin und ließ den weiten Rock ihres bunten Sommerkleides wippen, während sie am Bahnhof von Straßburg den Durchgang vom Parkhaus zu den Gleisen entlangging. Das für französische Ansagen typische Da-Da-Diiida kündigte einen TGV nach dem anderen an. Bea hätte die Welt umarmen können. Aber sie wusste nicht, was mehr für ihre Glücksgefühle verantwortlich war. Die Vorfreude auf die prickelnde, pulsierende Atmosphäre des Boulevard St. Germain, wo sie sich mit Gérard treffen würde. Oder die Faszination für das Intérieurs des Appartements, diese faszinierende Vielfalt an Materialien und Stoffen, die sie mit allen Sinnen in sich aufnehmen würde und mit der sie arbeiten durfte. Oder das Glück selbst, das Liebesglück mit Arnaud, nach dem sie sich seit Tagen verzehrte.

Bea hatte sich im TGV einen Fensterplatz links reserviert. So konnten die Sonnenstrahlen, die der strahlend blaue Himmel versprach, sie während der Fahrt wärmen. Lippenstift im Rot des breiten Gürtels, dezente Perlenohrstecker, passend zum Grundton des Kleides, die Haare hinter den Ohren gebändigt: Bea gefiel sich.

„Ich sitze im TGV. Mein Abend ist frei, Hôtel St. Germain. Mein Körper wartet auf dich. Heute schon?"

Ohne zu zögern hatte Bea diese SMS eingetippt. Bisher hatte sie Arnaud nicht mitgeteilt, dass sie schon am Montag in Paris sein würde, weil sie ihre Zeiteinteilung selbst im Griff haben wollte.

Doch je näher sie der lebensfrohen Hauptstadt kam, desto mehr klopfte ihr Herz, flatterte ihr Bauch und pulsierte alles an ihrem Körper, was Arnaud zum Explodieren bringen würde.

Beas Blicke verloren sich in der vorbeirasenden weiten Landschaft. Es war alles, was sie im Moment brauchte.

„Darf ich Ihnen ein Stück Kuchen anbieten?"

Erst jetzt nahm Bea die nur wenige Jahre ältere Frau wahr, die ihr gegenübersaß.

„Sie fahren nach Paris?"

„Ja, vielen Dank, gerne." Bea griff nach einem kleinen Stück Apfeltarte.

„J´aime cette tarte. Ich liebe diesen Kuchen. Merci.", schwärmte sie, als der karamellisierte Apfel in ihrem Mund zergangen war. Automatisch hatte sie auf Französisch geantwortet. „Und Sie? Machen Sie einen Besuch in Paris?"

„Nein. Paris ist nur ein Zwischenstopp. Ich bin auf dem Weg nach Kuba. Ich werde dort zu einem Segeltörn erwartet und anschließend ein halbes Jahr bei einer französischen Familie wohnen. Die Mutter ist an Krebs erkrankt und ich werde mich um Haushalt und Kinder kümmern."

Sie lachte.

„Zum Abschied haben mir meine Kinder meinen Lieblingskuchen gebacken. Der muss vor dem Umstieg in den Flieger gegessen sein."

„Mutig, für einige Zeit alles hinter sich zu lassen. Viele träumen davon, aber ich kenne nur wenige, die das durchziehen. Ich wandle nur zwischen Deutschland und Frankreich. Das Land ist mein Gefühlsausgleich. Aber selbst das versteht nicht jeder."

Beas Gegenüber fuhr sich energisch durch die kurzen Haare.

„Ehrlich gesagt, mein Mut hat mich selbst überrascht. Eine Freundin hat mich auf dieses Modell eines Auslandsaufenthaltes gebracht, und ruckzuck war ich engagiert. Manchmal greift das Schicksal ein. Dass ich es mit der geplanten Reise verbinden kann, ist praktisch. Ich mache das jetzt. Wird schon schiefgehen."

*Was für eine positive Ausstrahlung. Sie macht nicht nur sich Mut. Ihre Lebenslust ist ansteckend. Neues wagen. Altes loslassen. Wenn mich nur ein paar mehr solcher Menschen umgeben würden.*

Immer wieder nahmen Bea und Sophie das Gespräch auf und beide bedauerten, dass der TGV den Gare de l´Est ausnahmsweise pünktlich um halb elf erreichte.

„Bonne continuation. Gute Weiterreise.", wünschte Bea Sophie.

„Passez des moments magnifiques à Paris. Ich wünsche Ihnen unvergessliche Momente in der Stadt der Liebe."

Mit zwei Küsschen verabschiedeten sie sich.


Die Metrolinie 4 Richtung Mairie de Montrouge brachte Bea in wenigen Minuten ins Zentrum des 6. Arrondissements, Arrondissement du Luxembourg. Sie war froh, dass sie sich dieses Mal für eine leichte Reisetasche und wenig Garderoben- und Schuhauswahl entschieden hatte. So konnte sie die langen und steilen Metrotreppen ohne Anstrengung überwinden.

„Juhuuu!", stieß sie aus, als sie das Ende der Metrotreppe erreicht hatte. Die Atmosphäre des Boulevards verzauberte sie.

„Wie schön das ist! Immer wieder aufs Neue!"

Ihr Blick schweifte nach links und nahm die Charakteristika eines Jugendstil-Metroeingangs wahr. Ein Kunstwerk für sich allein. Zwischen Baumkronen leuchteten die typischen Haussmannschen Sandsteinfassaden in der späten

Vormittagssonne. Geradeaus verlor sich der vibrierende Boulevard ins Unendliche. Rechts erhoben sich die ehrwürdigen Mauern der Abbaye de St. Germain de Prés, einer der ältesten Kirchen von Paris.

Bea ging die Abbaye entlang, bog in die Rue Bonaparte ein und erreichte nach zweihundert Metern das Hôtel Saint Germain de Prés. Sie hatte es eilig, Ballast abzuwerfen. Nach dem Einchecken teilte Bea ihrem Zimmer durch Freudenschreie und Tänze mit, dass sie da war, und ließ sich aufs Bett fallen.

*Paul, mach, dass Arnaud bald bei mir ist, bitte, dass er diese Augenblicke mit mir teilt. Es ist so wunderschön, solch ein Leben führen zu dürfen. Frankreich, unser Land, Paul.*

Schon sprang sie wieder auf, packte die Reisetasche aus, tauschte das fröhliche Blumenkleid gegen ein hellgraues, knitterfreies Hemdblusenkleid und komplettierte das Businessoutfit mit grauen Pumps und der neuen roten Crossbodybag. Sie war bereit, sich der prickelnden Atmosphäre dieser Stadt hinzugeben, die die Liebe mit allen Poren aufsog und über ihre Flaneure ergoss.

„Bin noch nicht in Paris, verwöhne dich bis dahin mit meinen Gedanken", las Bea auf dem Display ihres Handys, als sie aus dem Hotel trat.

Ihre Interpretation dieser Worte wallte heiß in ihr auf.

„Geht doch!" Bea setzte sich in Bewegung.

Gérard erwartete sie um halb eins im Restaurant La Mediterranée in der Rue de l'Odeón. Bis dahin würde sie sich die breiten Trottoirs mit eleganten Shoppingqueens und turtelnden Liebespaaren teilen, den in Smartphones starrenden Managern ausweichen oder sie mit einem koketten „Pardon, Monsieur!" aus der Reserve locken.

Vor dem Restaurant „Les Deux Magots" nippten die ersten Genießer am Apéritif.

Beas Blick schweifte über die überdimensionale Kreuzung zweier Boulevards.

„Rue Taranne", huschte es durch ihr Gedächtnis. „Warum kommt mir das jetzt in den Sinn? Ja, hier. Hier spielt der Roman von Tatjana de Rosnay. Das Haus der Madame Rose."

Dieser Roman hatte sie beeindruckt, weil er ihre Sichtweise auf die Boulevards erweitert hatte. Sie waren nicht nur prächtig, sondern bargen auch traurige Geschichten.

Paul hatte immer hinter die Kulissen geschaut, was oft heftige Diskussionen auslöste. Aber sie hatte sein Verhalten übernommen.

Baron Haussmann, Präfekt von Paris, hatte im 19. Jahrhundert von Napoleon III. den Auftrag erhalten, Paris zu einer Weltstadt umzustrukturieren. Breite, luftige Straßenzüge, zentrale Plätze, große Parks und eine Kanalisation sollten die hygienische Situation der Bewohner verbessern. Im Zuge dessen war auch die Metro entstanden. Mittelalterliche, verwinkelte Viertel hatten den Boulevards und ihren herrschaftlichen Häusern ebenso weichen müssen wie ihre Bewohner. Ganze Straßenzüge waren eingerissen und die Menschen umgesiedelt worden, in die ersten Banlieues, Vorstädte von Paris. Unvorstellbar, dass damals allein auf dieser Straßenkreuzung ein ganzes Viertel gestanden hatte, begrenzt von schmalen Gassen. Wie gedrängt die Menschen damals gelebt hatten. Und dennoch: Sie hatten ihre Heimat geliebt.

„Zwei Seiten. Not und Heimatliebe, Geschichte und Gegenwart, Trauer und Liebe.", murmelte sie vor sich hin, als sie den Boulevard St. Germain Richtung Osten weiter schlenderte.

*Das zerrt an mir, Paul. Mein Vertrauen in Sachen Liebe hast du mitgenommen. Ich möchte wieder hinter mir stehen, so wie mit Coquelicots. Sicher sein, mutig sein, auch mit den Gefühlsentscheidungen. Gib mir meine Gefühle zurück.*

Kurz dachte Bea an Les Rêves und ihren Streit mit Luc. Dann zog der Trubel entlang der Schaufenster sie wieder in ihren Bann, und sie ließ sich mit der Menge treiben.

Die Abzweigung zur Rue de l'Odéon erreichte sie kurz nach zwölf Uhr. Bea hatte genug Erfahrung im französischen Geschäftsleben, um zu wissen, dass sie besser zehn Minuten zu spät im Restaurant erschien. Sie beschloss, den Place de l'Odéon auf einem Umweg über den Boulevard St. Michel und die Rue St. Jacques zu erreichen.

Im Internet war ihr bei der Hotelsuche diese breite Straße in Nord-Süd-Richtung aufgefallen, eine große Ausfallstraße. Sie hatte weiter geklickt und war im römischen Lutetia gelandet. Der Cardo, eine wichtige Römerstraße, war schon vor über 2000 Jahren hier gebaut worden. Bea fand es faszinierend, wenn jahrtausende alte Dinge Spuren hinterließen. Es prickelte in ihr, egal, ob sie geschichtsträchtigen Boden unter den Füßen spürte oder Wohnobjekte mit Vergangenheit bearbeitete.

Mit Verspätung, und damit höflich, bog Bea auf den Place de l'Odéon ein. Die blaue Markise des Restaurant La Mediterranée war nicht zu übersehen. Gérard winkte ihr von einem Fenstertisch aus zu, mit Aussicht auf das Odéon Théatre de L'Europe.

„Ca va. Wie geht's? Bien arrivée? Gut angekommen?"

Gérard kam Bea auf dem weichen roten Teppich entgegen und küsste sie rechts und links auf die Wangen.

„Ca va très bien dans cette ville magnifique. Es geht mir super in dieser bezaubernden Stadt."

Bea schenkte Gérard ein strahlendes Lächeln. Ihre Beziehung zu ihm war so unkompliziert wie die zu Didier. Überhaupt waren sich die beiden Männer ähnlich, mit ihrem südfranzösischen Charme, ihrer Statur und ihrer Vorliebe für gutes Essen und exklusive Möbel.

Gérard hatte bereits einen leichten Sancerre als Apéritif bestellt und schlug Bea das Dreigängemenü vor: Fischsuppe mit Rouille, Dorade mit Fenchelgemüse und als Dessert einen Café Gourmand, ein Espresso, umrahmt von einer Dessertauswahl.

„Am besten mit Crème Brûlée und Schokokuchen, aus dem heiße Schokolade tropft", schwärmte Bea, bevor Gérard ausgesprochen hatte.

„Bien. J´adore si une femme sait se regaler. Ich liebe es, wenn eine Frau zu genießen weiß. Auf uns und unsere Zusammenarbeit!"

„Santé."

Die leicht beschlagenen Weingläser trafen sich mit einem zarten Ton. Bea bewegte sich auf sicherem Terrain. Sie kannte die Spielregeln und hatte damit Erfolg.

„Danke nochmals für die Mühe mit den Fotos. So konnten Titus und ich in Ruhe eine Vorauswahl treffen. Das hat uns die Arbeit erleichtert. Manchmal ist es wie verhext. Alles soll zur gleichen Zeit passieren. Titus ist gerade in Hamburg. Aber erzähle: Wer sind die Verkäufer? Kennst Du sie? Für einige Möbel habe ich schon Abnehmer an der Côte d´Azur. In Bandol habe ich exquisite

Polsterstoffe auf einem Flohmarkt ergattert. Es fügt sich immer wieder eins zum anderen."

Während sie sich durch die Vorspeise und Hauptgang schlemmten, erarbeiteten sie die Strategie für den Nachmittag.

„Eric Durand, der Sohn der Verkäufer, erwartet uns gegen fünfzehn Uhr in der Wohnung. Die Eltern sind vor kurzem nach La Réunion gezogen. Das Appartement soll vermietet werden. Die Familie hat alle persönlichen Gegenstände und Möbel, die sie behalten wollten, ausgeräumt. Geblieben sind Restobjekte, die sie so schnell wie möglich verkauft werden sollen. Deshalb hat Eric mich mit dem Verkauf beauftragt und keinen Auktionator. Ich verspreche Dir ein paar Überraschungen, denn nicht alle Objekte wurden wie geplant von der Familie mitgenommen."

Beas Jagdinstinkt war geweckt. „Du machst mich neugierig."

„Der Termin ist für den ganzen Nachmittag angesetzt. Expertisen und Preise sind vorbereitet. Du triffst deine Auswahl in aller Ruhe, und im Laufe der Woche wickle ich die Lieferungen und Abrechnungen wie gewohnt ab."

Gérard strahlte eine Mischung aus Lässigkeit und Verbindlichkeit aus, die Bea vom ersten Moment der Zusammenarbeit ein sicheres Gefühl gegeben hatte.

„Es ist immer wieder eine Freude, mit dir zu arbeiten, cher Parisien."

„Avec plaisir. Das Vergnügen ist ganz auf meiner Seite, chère Allemande."

Es war schon Viertel vor drei, als Gérard die Rechnung beglich und sie, angeregt durch Weißwein, Espresso und Vorfreude, das Restaurant verließen.

Sie folgten der Nachmittagssonne Richtung Westen, den breiten Boulevard hinauf, und hielten vor einem im alten Stil sorgfältig renovierten Gebäude. Die Zahl 1875 war im Portal eingemeißelt. Das herrschaftliche Haus verkörperte die Haussmannschen Bauvorschriften, die 1859 in Kraft getreten waren. Sandsteinquaderfassade mit symmetrisch angeordneten Fenstern. Durchgehende fein ziselierte, schmiedeeiserne Balkone entlang der zweiten und vierten Etage. Sechs Stockwerke, deren Geschosshöhe nach oben abnahm. Die höheren für das reiche Bürgertum, die niedrigeren für die Kleinbürger. Im Erdgeschoss die Schaufenster der Geschäfte. Früher hatte hier auch die Concierge gewohnt. Im Dachgeschoss die in die typische geknickte Dachform eingebetteten kleinen Fenster der Dachkammern, in denen bis vor ein paar Jahren Bedienstete und Künstler gewohnt hatten. Heute waren sie bei Studenten beliebt.

Gérard gab den Eingangscode im diskret in das Portal eingelassenen Display ein, und die großzügige Eingangstür öffnete sich mit einem leisen Summen. Die angenehme Kühle alter Gebäude nahm sie in Empfang.

„Ich gehe vor." Gérard nickte Bea zu und stieg die knarzende, blank polierte breite Holztreppe hinauf.

Bea folgte ihm in die zweite Etage, wo ein großer schlaksiger Mann in Jeans, weißem Hemd und leichtem, dunkelblauen Sakko auf sie wartete.

„Madame Veit? Enchanté. Erfreut. Bonjour, Monsieur Meunier. Bitte, kommen Sie doch herein."

Der teuer gekleidete junge Mann machte einen steifen Schritt auf Bea zu. Sie befürchtete, er würde sich zu ihr herabbeugen und ihr einen Handkuss geben.

„Warum hat mich Gérard nicht vorgewarnt? Wir sind offensichtlich im bourgeoisen Paris gelandet."

Zu Beas Erleichterung gab Eric Durand ihr aber die Hand, so wie sie es mochte. Er nahm die ganze Hand und drückte sie, nicht zu fest und nicht zu sanft.

„Er weiß, wer er ist und was er will. Denke an die Höflichkeitsfloskeln. Dieser Mann legt größten Wert darauf", ermahnte sie sich, wechselte einen kurzen Blick mit Gérard und sagte dann laut:

„Bonjour, Monsieur Durand. Enchanté. Danke, dass Sie uns erwarten und sich die Zeit nehmen für die Besichtigung. Monsieur Meunier hat mich bereits ausführlich informiert. Ich freue mich sehr, diese privilegierte Gelegenheit zu bekommen. Ich werde Ihr Vertrauen nicht enttäuschen."

Während dieser Sätze hatten sie den Traum einer luxuriösen Großstadtwohnung betreten. Ein dezenter Hauch von Bohnerwachs mischte sich mit Lindenblütenduft, den die Sonne aus den Bäumen vor den leicht geöffneten Fenstern freisetzte. Zarter Staub tanzte im Sonnenlicht, das den Salon durchflutete.

„Ich verlasse mich auf das Renommé von Monsieur Meunier. Er hat mir von Coquelicots erzählt, Ihren ausgefallenen Kunden und Ihrem treffsicheren Geschmack. Einige Stücke sollen an die Côte d´Azur? Eine bemerkenswerte neue Heimat."

„Vielen Dank für Ihr Interesse, Monsieur Durand. Ich liebe meine Arbeit."

Bea ging das Herz auf.

„Mein Kompliment, auch für Ihr Französisch. Es ist fast akzentfrei."

„Darf ich mich umsehen?"

Französische Höflichkeit hin oder her. Bea konnte ihre Ungeduld nicht mehr zügeln.

„Je vous en pris. Bitte", antwortete Eric Durand leicht irritiert und wandte sich Gérard zu.

Vom eher düsteren Eingangsbereich betrat Bea, geblendet von der Sonne, den in Weiß gehaltenen Salon. Ihre Schritte hallten in dem hohen Raum mit den Stuckdecken. Sie war froh, dass sie keine High Heels angezogen hatte. Womöglich hätten die Pfennigabsätze Abdrücke auf dem aufwendig verlegten Parkett hinterlassen.

In die linke Wand war eine moderne, weiße Küchenzeile so dezent eingelassen, dass sie auf den ersten Blick kaum als Küche erkennbar war.

Davor stand ein langer, massiver Eichenholzesstisch, mit gebürsteter Oberfläche, in schlichtem Jugendstil gehalten. Zehn Stühle gruppierten sich locker um den Tisch. Die sanften Oberflächen zogen Beas Hände magisch an. Über dem Esstisch schwebten zwei Lampen, aufgebaut wie Kronleuchter, zusammengesetzt aus je dreißig Muranoglassäulen. Bea hielt den Atem an. Die Expertise wies sie als italienische Werke von Paolo Venini aus. Allein wegen dieses Ensembles hatte sich die Fahrt nach Paris gelohnt.

Vor dem offenen Kamin, der Küche gegenüber, standen zwei Récamièren, mit karminrotem Samt bezogen, sowie ein Tisch aus Olivenholz in Gestalt eines Vulkanpilzes. Auch diese drei Objekte passten optimal in die Villa am Meer.

Bea wusste, dass in einem der Schlafzimmer weiß gebeizte Schlafzimmermöbel, ein Kleiderschrank, eine Schubladenkommode und zwei Nachttische, auf ihren Transport nach Südfrankreich warteten. Genau damit wollten ihre Kunden einen Kontrapunkt zum rustikalen, dunklen Holzbett setzen.

„Französische Tagesdecken. Sind sie zum Verkauf frei? Ist das die Überraschung?" Bea hatte mehrere Decken in Weiß, Beige, Rot und Rosenmuster entdeckt.

Die beiden Männer waren ihr gefolgt.

„Ich hätte nicht gedacht, dass meine Mutter diese Decken dalässt. Ich frage sicherheitshalber." Schon tippte Eric Durand sein Anliegen in sein Smartphone ein.

„Nein, das ist nicht die Überraschung. Im zweiten Schlafzimmer ist etwas übriggeblieben, was für La Réunion vorgesehen war." Gérard führte Bea durch die nächste herrschaftliche Verbindungstür.

„Le Corbusier LC4, in Ziege, Achille Costiglioni, mit Expertisen", kreischte Bea, „Gérard, ein Traum, nach dem ich schon lange suche. Hatte ich dir das erzählt?"

„Für meine Lieblingskundin tue ich einiges." Gérard hauchte Bea ein Küsschen auf die Wange.

Sie ließ sich auf die wellenförmig geschwungene, mit weiß-schwarzem Ziegenfell bespannte Liege aus dem Hause Le Corbusier sinken und erblickte ihr Spiegelbild in einem metallenen Lampenschirm, den ein Edelstahlbogen über der Liege hielt. Den Bogendurchmesser von mindestens zwei Metern stabilisierte ein Fuß aus echtem Marmor. Mit dieser imposanten Bogenleuchte war Achille Costiglioni ein zeitloses Raumgestaltungselement gelungen.

„Gekauft", stöhnte Bea und bedankte sich im Stillen bei Familie Printemps, dass sie sich für die Auswahl per Fotos entschieden hatte. Wären sie jetzt hier, hätten sie ihr möglicherweise diese

Juwelen weggeschnappt. „Ich weiß gar nicht, was ich sagen soll. Die Kerzenständer vom Kamin nehme ich auch. Danke. Kommt alles nach Les Rêves."

„Wohin?", hakte Gérard nach.

„Ach nichts, nur so ein Traumgespinst. Ein altes Gemäuer im Süden. Aber wer weiß? Träume können wahr werden."

„Die Decken stehen Ihnen zur Verfügung." Eric Durand war ebenfalls in das Schlafzimmer eingetreten.

„Sind Sie sicher, dass Sie diese beiden Stücke verkaufen möchten?"

„Meine Schwester und ich brauchen sie nicht. Also müssen sie raus. Wenn sie nun eine Liebhaberin gefunden haben, umso besser."

„Grüßen Sie Ihre Eltern von mir und richten Sie Ihnen mein herzliches Dankeschön aus."

„Wir haben zu danken, für Ihre schnellen Entscheidungen."

Bea unterbrach ihn. „Bitte kein „typisch deutsch" jetzt. Wie Sie sehen, kann es auch hilfreich sein."

„Wollen wir den Kauf bei einem Apéro perfekt machen?" Monsieur Meunier hat alle Unterlagen schon vorbereitet."

„Sehr, sehr gerne. Mein Abend ist frei." Das Leider schluckte Bea tapfer hinunter.

In dem kleinen, außen unscheinbaren, innen edel eingerichteten Bistro herrschte eine fröhliche Stimmung. Sie fanden in einer Nische Platz. Eric bestellte Champagner und mit dem Klingen der Champagnerkelche besiegelten sie den erfolgreichen Nachmittag. Bea genoss die Leichtigkeit des Augenblicks. Sie fühlte sich geborgen, durfte Teil dieser verschworenen Gemeinschaft sein, deren Rituale sie ebenso liebte, wie die Menschen hier. Kurz blitzte ein Gedanke aus der Tiefe ihrer Seele auf und ließ Beas Miene erstarren.

*Was ist Coquelicots für mich? Mein einziges sicheres Terrain!*

„Ist alles in Ordnung?" Gérard legte eine Hand auf Beas Arm. Sie legte ihre Hand darüber und zwinkerte Gérard und Eric zu.

„Was soll ich sagen?", antwortete Bea. Es kam von ganzem Herzen. „Ich bin überwältigt von dieser Atmosphäre. Ich liebe meine Arbeit. Sie haben mir so eine Freude gemacht mit den Möbeln, Monsieur Durand. A votre santé. Auf Ihre Gesundheit. Et merci beaucoup encore une fois. Und vielen, vielen Dank nochmals."

Während sie plauderten, nippten sie am Champagner, bis die Gläser leer waren. Nachdem Eric bezahlt hatte, traten sie in das warme Abendlicht vor dem Bistro. Das Abschiedsritual nahm seinen Lauf.

„Bon alors. Dann haben wir alles. Möchtest du morgen Vormittag in mein Büro kommen und die Papiere abholen, Béa? Zur Sicherheit sende ich dir die Unterlagen per E-Mail. Und Ihnen auch, Monsieur Durand, wenn es Ihnen recht ist."

„Gegen zehn Uhr, Gérard? Passt das?"

„Ausgezeichnet. Darf ich dich zum Hotel begleiten?", fügte er hinzu.

„Nein, danke. Das ist lieb, aber es ist nicht weit. Vielleicht bummele ich noch ein bisschen." Keck wedelte Bea mit ihrer Umhängetasche.

„Ich wünsche Ihnen eine gute Zeit, Monsieur Durand, und meine besten Grüße unbekannterweise an Ihre Eltern. A bientôt."

„A bientôt, Madame Veit." Eric gab Bea zum Abschied die Hand. Von Gérard verabschiedete sie sich mit zwei Küsschen, die passende Anzahl in Paris. „A demain. Bis morgen."

Bea schlenderte den Boulevard hinunter Richtung Hotel und plötzlich sah sie nur noch Paare.

*Ich bin allein. Als Einzige. Alle schauen mich an. Warum ist mir das jahrelang nicht aufgefallen? Warum jetzt? Diese Schlagzeile. Sie hat alles ins Rollen gebracht. Sie ist schuld, dass ich wieder lieben möchte, mich fallen lassen möchte. Arnaud, sei bei mir.*

Schüttelfrost überfiel Bea trotz der Sommerwärme. Sie beschleunigte ihre Schritte und trotzdem schien sie kaum vom Fleck zu kommen, wie in ihren Alpträumen, in denen sie tonnenschwer an einer Stelle verharren musste.

Als sie endlich in ihrem Hotelzimmer angekommen war, kroch sie sofort unter die Decke. Das Zimmer, das vor wenigen Stunden Freudenschreie ausgelöst hatte, vermittelte pure Einsamkeit. Kurz dachte sie daran, ihr Handy zu holen und E-Mails abzurufen.

„Tu es nicht."

Pauls Stimme hielt sie davon ab. „Ich soll dich frei lassen? Dann sei bereit. Sei ehrlich zu dir, Bea. "

Als sie von heftigem Klopfen an der Zimmertür erwachte, wusste sie nicht, ob sie Paul gerufen hatte, oder ob er im Traum erschienen war.

Hatte Gérard etwas vergessen?

„J´arrive. Ich komme."

Bea rappelte sich auf, zupfte ein bisschen an ihren Kleidern herum und öffnete die Tür. Ein Hauch von Heu umfing sie, und ihre Augen nahmen ein schwarzes Kordel-T-Shirt wahr, dessen

Inhalt lässig im Türrahmen lehnte, die dunkelblonden Haare mit einer Sonnenbrille im Zaum gehalten.

„Coucou". Das geliebte Gesicht senkte sich auf Augenhöhe und imitierte ihre Überraschung. Bea grinste. Die Pantomime, ihr Erkennungszeichen.

„Mein Retter!" Sie schlang ihre Arme um Arnauds Hals und küsste ihn rechts, links, rechts links. „Ich war plötzlich so einsam. Ohne dich hätte ich diesen wunderschönen Sommerabend verschlafen, cher Monsieur, mein Lieber."

„Was wäre das für eine Verschwendung. So eine faszinierende Frau alleine in der Nacht." Arnaud zauberte sein schüchternstes Lächeln auf die Lippen.

Bea verlor sich in diesem Anblick und öffnete ihre Lippen für den seit Wochen ersehnten Kuss, dessen Intensität sich schnell steigerte. Blind vor Lust hob Arnaud Bea hoch, schloss die Tür mit einem kurzen Tritt und warf sich mit Bea auf das Bett. Unter fordernden Händen und ständigem Murmeln all der Worte, die seit Wochen berührungslos zwischen ihnen hin- und hergeeilt waren, schwappte die Begierde über. Sie rasten auf den Höhepunkt zu, intensiv, kraftvoll, laut und sanken erschöpft zusammen. Erst jetzt war Zeit für Zärtlichkeiten, für genussvolles Erkunden der Körper, für Erklärungen.

„Überraschung gelungen?"

„Typisch Paul", seufzte Bea auf Deutsch und fuhr hastig auf Französisch fort: „Quelle question. Was für eine Frage. Schön, dass du da bist!"

Sie lachte.

„Dass wir uns gefunden haben. Erstaunlich. Ich wollte dich unbedingt sehen. Zum Glück ist der TGV aus Marseille nicht dem

Streik zum Opfer gefallen. Du beflügelst mich. Ich meine immer noch, dich schon lange zu kennen."

Sanft massierte Arnaud Beas Rücken.

„Du kennst mich schon lange. Und ich freue mich auf die nächsten Tage mit dir, auf die Fête de la musique, nicht alleine zu sein", hauchte sie und räkelte sich wohlig.

Statt einer Antwort umkreiste Arnaud Beas Bauchnabel mit seinen Lippen und löste eine neue Welle der Ekstase aus, ausdauernder und genussvoller als beim ersten Mal.

„Jetzt habe ich Hunger. Verführst du mich zum Essen?" Bea hatte sich abrupt aufgesetzt.

„Schon überredet. Gehen wir. Aber ich kenne mich hier nicht aus."

„Ich war zum Apéro mit meinen Geschäftspartnern in einem kleinen Bistro um die Ecke. Supersympa, supernett. Wollen wir dorthin gehen?"

Aufgeregt zog Bea Arnaud hinter sich her. Als sie auf den Boulevard traten, bemerkte Bea eine Veränderung. Sie war nicht länger die Zielscheibe all der wuseligen Menschen um sich herum, sondern Teil dieser lebensfrohen Atmosphäre.

„Merci", hauchte sie Arnaud zu und küsste ihn innig.

Im Bistro nahmen sie in derselben Nische Platz wie nur wenige Stunden zuvor und ließen sich typisch französisch verwöhnen. Die Rohkostvorspeise war bunt und frisch, Steak und Frites waren à point gebraten und knusprig frittiert. Der schwere Bordeaux passte nicht nur zum Fleisch, sondern auch perfekt zur dunklen Mousse au Chocolat. Über dem Essen versanken ihre Augen immer wieder ineinander. Dann mussten sie beide lächeln, nahmen sich an der Hand, zufrieden mit ihrem Glück.

„Wir haben ein neues Projekt, Jonny Hallyday", schwärmte Arnaud. Die übereinstimmende Leidenschaft für ihre Arbeit hatte Bea schon beim ersten Treffen mit Arnaud fasziniert.

Sie hatte gerade Atem geholt, um Arnaud von Les Rêves zu erzählen, als er fragte:

„Irgendetwas bedrückt dich, stimmt´s?"

Paul hätte jetzt gewusst, um was es geht. Bea war enttäuscht, doch Arnauds liebevolle Redewendung „Dis-moi tous. Sag mir alles" ließ sie fortfahren.

„Ich stand kurz davor, mir diesen Traum mit der Burg zu erfüllen. Du erinnerst dich? Ich hatte dir von Les Rêves erzählt. Doch anstatt ein Versprechen einzulösen, streite ich mich mit Luc, dem anderen Interessenten, um einen Torbogen. Eigentlich arbeiten wir Hand in Hand, finden für alles eine Lösung. Aber dieser Gebäudeteil? Keiner will verzichten. Ich weiß nicht einmal, warum er so darauf besteht. Bis nächste Woche müssen wir uns geeinigt haben, sonst ist der Traum ausgeträumt."

„Ein Torbogen?". Arnaud lachte laut auf. „Das Leben ist zu kurz, um sich um alte Steine zu streiten." Er schüttelte den Kopf. „Verzichte und nimm dafür den ganzen Rest, mein Tipp. Wollen wir gehen?"

„Faire l´amour. Uns lieben? Avec plaisir." Inzwischen war es dunkel geworden, und Bea freute sich darauf, die Nacht mit Arnaud zu verbringen, seine Wärme in sich aufzunehmen, sich in ihn zu verkriechen, zu reden, sich zu öffnen, mit ihm zu frühstücken.

Doch vor dem Eingang des Hotels verlangsamte Arnaud seine Schritte. Er drückte Bea an sich, hob sie hoch und wies zum Himmel.

„Meine Himmlische, siehst du die Cassiopeia? Sie verbindet uns. Ich muss zurück zu den Jungs. Sie erwarten mich am Montmartre. Jaques konnte ein paar zusätzliche Auftritte ergattern. Wir werden morgen von mittags bis in die Nacht an verschiedenen Orten auftreten. Das Programm legen wir nachher fest. Bitte, wir sehen uns dann. Du wirst mit uns feiern. Ich werde nur für dich spielen und dir die nächste Nacht schenken. A demain." Er setzte Bea ab, küsste ihr Haar und spurtete davon.

Bea starrte ihm fassungslos nach, bevor sie sich wie eine Marionette in Bewegung setzte.

„Paul", klagte sie die Mauer der Abbaye an. Sie hatte sich auf eine Parkbank fallen lassen und verpestete die Luft mit dem letzten Zigarillo, den sie hatte. „Was treibst du mit mir? Ich soll mich darauf einlassen. Aber Arnaud ist nur ein Schatten, der kommt und geht, der mir Liebe schenkt und mich fallen lässt. Ich will unsere Liebe, Paul. Aber die gibt es nicht mehr."

Die Mauer antwortete nicht. Dafür blähte sich ein Ballon in Bea auf. Sie hatte das Gefühl, an den ungesagten Worten und den nicht geweinten Tränen zu ersticken. Sie zertrat den Glimmstengel, ballte die Fäuste und flüsterte vor sich hin.

*Ich möchte mich wieder hemmungslos hingeben, Gefühle ausdrücken, so wie in den Kitschfilmen. Es würde mir guttun. Lass los, Bea.*

Bea versuchte, Hände, Arme und Schultern locker zu lassen, um den Körper zu öffnen, um dem Ballon Raum zum Entweichen zu geben. Doch die Tränen erhöhten nur den Druck hinter den Augen und der gepresste Atem verkrampfte ihren Hals. Die Erlösung blieb aus.

*Ich bin so nah dran, den Damm zu brechen, diesen Verlust zuzulassen, den Schmerz anzunehmen, weich zu mir zu sein. Ich möchte wieder alle*

*Gefühle leben, auch die negativen. Ich muss nicht nur stark sein. Vielleicht ist das das Geheimnis der Liebe.*

Sie schlang die Arme um sich und streichelte sich. Die letzten Gedanken hatte Bea laut ausgesprochen. Sie hatte das Gefühl, einen Schritt weiter zu sein. Beim Aufstehen schaute sie sich um. Von Paul war nichts zu sehen.

„Je voudrais payer. Ich möchte bezahlen. Für zwei Nächte." Bea knallte den schweren Bronzeschlüssel auf die Rezeptionstheke.

Erschrocken fuhr der Nachtportier hoch und rieb sich die Augen. Diese Frau hatte ihn mit ihren lauten Schritten vor einer Viertelstunde schon einmal aufgeweckt.

„Jetzt?", fragte er mit tausend Fragezeichen im Gesicht.

„Ja, genau jetzt. Ich reise ab."

Bea zeigte auf ihre Reisetasche.

„Gibt es ein Problem mit Ihrem Zimmer? Kann ich etwas für Sie tun?", versuchte er höflich, die Situation zu retten.

„Es hat nichts mit dem Zimmer zu tun. Ich muss hier weg." Bea zückte die Bankkarte.

Der Nachtwächterjob schien Jean-Louis das Leben gelehrt zu haben. Ohne Zögern und ohne ein weiteres Wort erlöste er Bildschirm aus dem Standby-Modus und tippte die Zimmernummer ein.

„Das macht zweihundertzwanzig Euro. Das Frühstück berechne ich nicht."

Er nahm die Karte und Bea schloss mit ihrer Unterschrift die Zahlung ab. Die Rechnung stopfte sie in die Reisetasche.

„Bonne nuit." Und schon stand sie wieder auf dem Boulevard, um zwei Uhr morgens, diesmal völlig allein.

*Weg hier, weg von diesem Hotel, in dem mich jede Faser und jeder Atemzug an Arnaud erinnert.*

Bea spuckte die Sätze in die Nacht und stapfte los.

*Wie habe ich mich hineingeträumt in diese Liebe. Sie gesucht. Romantische Fête de la Musique, mit dir tanzen, mich anlehnen.Zum Vergessen. „Ich schenke dir die nächste Nacht". Wieder ohne Frühstück? Eingebildeter Depp.*

Sie holte tief Luft.

*„Ich kenne dich schon lange". Pah. Von wegen du kennst mich. Dann hättest du mit mir über mein Versprechen gesprochen. Du hättest von Les Rêves gewusst. Und mich ernst genommen.*

Inzwischen war sie auf einer Seinebrücke angekommen, die sie mit ein paar Nachtschwärmern teilte.

*Du hättest mich mitgenommen, in dein Leben. Heute Abend. Was verbirgst du? Du bist geflohen, Deserteur. Die Fête de la Musique feierst du ohne mich. Ca, c´est sûr. Das ist sicher.*

Bea wechselte die Reisetasche auf die andere Seite. Sie war inzwischen auf dem Boulevard de Strasbourg angekommen, der zum Gare de l´Est führte. Ein ungeheures Bedürfnis machte sich in ihr breit.

## Wütende Kraft

Der sonnendurchflutete Loft empfing Bea am nächsten Morgen gegen zehn Uhr. Sie hatte den ersten TGV nach Straßburg genommen, im Zug immer wieder ein paar Minuten geschlafen, dazwischen Gérard per SMS informiert, dass sie dringend habe zurückfahren müssen, und er ihr die Unterlagen bitte per Post zusenden solle. Unkonzentriert hatte sie den Mini über die Autobahn gejagt. Zum Glück war alles gut gegangen.

Barfuß, aber immer noch in den Reiseklamotten, schwarze Siebenachtelhose, weißes T-Shirt und roter Cardigan, stürmte Bea in ihr Jugendzimmer und begann, ohne zu zögern, den Sonnenuntergang von der Wand zu reißen.

*Weg.*

Das erste Viertel gab widerstandslos nach. Es hatte sich an den Rändern eh schon hochgewölbt.

*Weg. Du altes Zeug. Du machst mich nicht glücklich.*

Die untergehende Sonne landete auf dem Boden.

*Du bist nur ein Bild, das Gefühle vorgaukelt, die es nicht mehr gibt. Weg. Wie konnte ich mich nur so viele Jahre von diesem Kitsch einlullen lassen? Wie blöd bin ich? An allem festzuhalten hat mich keinen Schritt weitergebracht.*

Mit zwei energischen Handgriffen war der Traumstrand Geschichte.

Ein kurzer Blick genügte und die potthässliche, antiquierte Patchworkdecke flog in hohem Bogen durch die Tür in den offenen Loft. Gefolgt von Kopfkissen, Bettdecke und Matratze. Mit Abstand betrachtet vermittelte dieser Müllhaufen nichts als jahrzehntealten Schweiß, Hautschuppen, Körperfett und Staub.

Bea klemmte die beiden Decken und das Kopfkissen unter den Arm und stolperte die Treppe hinunter in die Garage. Sie stopfte die Teile in den Beifahrerbereich des Mini, legte die Rücksitze um und öffnete die Heckklappe.

*Raus. Alles muss raus. Sofort. Ich will all das nicht mehr. Lass mich los.*

Mit einer Rolle Mülltüten stürmte Bea die Treppe wieder hinauf und schrie: „Besser, du Monstrum: Ich reiße dich ab! Seit Jahren lasse ich mir von dir vorgaukeln, ich wäre nicht allein. Aber, sieh dir in die Augen, Kleines: Du bist allein."

*Die Abbaye hat es mir zugeflüstert.*

Bea erschrak über ihre laute Stimme.

War Titus im Laden? Hatte sie ihn nur nicht gehört? Er wusste ja nicht, dass sie schon zurück war. Friederike hatte am Vormittag Schule. Mit ihr musste sie nicht rechnen. Sie horchte in das Haus hinein. Stille.

Zwei eingeklemmte Finger und einen blutenden Zeh später hatte Bea ihr Jugendbett auseinandergebaut, den Lattenrost durch die Tür gequetscht, dabei den Türrahmen verkratzt, ein Bücherregal samt Jugendbüchern von der Wand gerissen, den Schreibtischstuhl und Schreibtischrollcontainer vor den Quader geschoben. Der Küchentresen war inzwischen nicht mehr zugänglich.

Jetzt stand nur noch der Holztisch in dem Raum. Darauf prangten die Klatschmohnschale und ein Schubladenkästchen aus Olivenholz, in dem sie Briefe und Fotos von Paul aufbewahrte.

Mit einem Hauch von Heiligkeit balancierte Bea die zwei Paulrelikte durch das Chaos zum Regal neben dem Kamin und stellte sie zum einzigen Bild, das sie von ihrem Sohn hatte.

*Mein kleines Braunauge. Was ist das nur mit dieser Trauer? Warum kann ich mit der Trauer zu dir leben, ohne das Gefühl zu haben, dich zu verraten? Warum geht das mit Paul nicht? Er ist doch schon viel länger tot als du.*

Bea kam eines der Gedichte in den Sinn, die sie für Benjamin geschrieben hatte:

Herausgerissen

Aus einem liebevollen warmen beschützenden Körper

Entrissen

Einer Mutter, die lieben, geben, streicheln möchte.

Wo bist Du, Kind?

Und was tust Du, Mutter?

*Als du gestorben bist, hat alle Welt meine Trauer verstanden. Ich habe mich begleiten lassen, die Trauer bearbeitet, mit anderen Müttern, viele Jahre lang. Als Paul gestorben ist, war nur Friederike für mich da. Trauer war damals nicht angesagt. Bea schafft das schon. Wie es in mir aussah, hat nicht einmal Titus interessiert. So langsam beginne ich, es zu verstehen. Ich muss die Trauertäler noch einmal durchschreiten. Und sie mit anderen teilen.*

Bea strich über die Klatschmohnschale, zog das Medaillon aus der Hosentasche und legte es behutsam, ohne einen Laut zu provozieren, in das Keramikgefäß.

„Du bist soooo schön", kam es von tief in ihr. „Und ab jetzt für alle sichtbar. Endlich."

Sie kletterte über den Schutthaufen zurück, um den Tisch abzubauen. Da die Tischbeine mit Flügelschrauben in den Halterungen befestigt waren, gab es keinen großen Widerstand. Als das letzte Tischbein auf dem Haufen landete, strauchelte Bea über eine Teppichfliese.

*Raus, raus mit Euch. Endgültig Schluss.*

Sie fiel auf die Knie und riss an dem jahrzehntealten Bodenbelag. Mit jeder grün-grau melierten Kunststoff-Grobschlinge-Fliese, die in den Loft flog, fiel mindestens eine Tonne Ballast von Bea ab.

„Der Parkettbogen. Klar, der ist überall. Le Corbusier, Costiglioni: Ich habe Platz für euch, juuhuuu. Titus wird mir helfen, die Wände einzureißen. Ich hoffe, er wird mich verstehen."

Das T-Shirt war inzwischen weiß, grau und schwarz gesprenkelt. Der rote Cardigan war hinüber. Schrauben hatten sich in ihm verhakt und Löcher gerissen. Poster- und Teppichreste klebten an ihm. Mit einem Lachen landete er auf dem Gipfel des Sperrmülls. Bea holte sich einen Becher Wasser aus dem Bad. Dabei streifte ihr Blick einen der vielen Wecker.

*Wieviel Leben man in zwei Stunden loslassen kann.*

Aus Erfahrung wusste Bea, dass das, was jetzt folgte, nicht mehr so geeignet war, Aggressionen abzubauen, sondern nur noch lästige Fleißarbeit. Die großen Teile, Lattenrost, Bettgestell und Tischplatte schleppte sie um die Ecke und lehnte sie an die Bücherwand. Alles andere wollte sie mit einer Fuhre heute Nachmittag auf der Mülldeponie loswerden. Eine Herausforderung, aber strategisches Packen war sie von Coquelicots gewohnt.

Ich war bisher nicht im Laden, ging es ihr durch den Kopf. Muss nicht sein. Offiziell bin ich ja in Paris. Schade, dass ich nicht dort bin. In seinen Armen. Ich werde ihm schreiben, dass ich nächste Woche im Süden bin.

Völlig zerzaust und verdreckt, mit Flipflops an den Füßen, ließ Bea gegen drei Uhr den bis auf den letzten Quadratzentimeter gefüllten Mini über den Mühlbach aus der Torgasse rollen. Im selben Moment bogen ein weißer Kastenwagen und ein hellblau-metallic lackierter Renault Mégane durch das Stadttor in die Gasse ein.

Titus wunderte sich beim Aussteigen über das französische Kennzeichen des Wagens, der hinter ihm vor dem Laden angehalten hatten. 83. Das war das Département Var in Südfrankreich. Hatte sich ein Kunde die Mühe gemacht, Bea hier aufzusuchen? Didier war es nicht. Er fuhr einen verbeulten silbernen Citroen Partner.

Während Titus die Ladeklappe öffnete und den Laden aufschloss, sammelte er ein paar Brocken Französisch zusammen.

„Je peux vous aider? Kann ich Ihnen helfen?", fragte er den elegant-lässig gekleideten Mittvierziger, als dieser ausstieg. Kunden wollte er nicht vergraulen.

„J'ai trouvé ce que je cherche. Ich habe gefunden, was ich suche.", antwortete Luc langsam und deutete auf Coquelicots. Er ahnte, dass er Titus vor sich hatte, Beas Compagnon. Bea hatte ihm erzählt, dass das Französisch von Titus nicht so sprudelte wie bei ihr.

„Coquelicots?", fragte Titus und zeigte auf den Laden. Der Franzose nickte.

Als aus dem Kofferraum des Renault ein Riesenhund hüpfte, wusste Titus, wer da den weiten Weg aus dem Süden auf sich genommen hatte.

„Vous êtes Luc! Sie sind Luc!", stellte er kurz angebunden fest.

„Et vous, Titus, enchanté. Und Sie Titus, erfreut."

Sie gaben sich die Hand.

„Bea ist in Paris."

„Ich weiß. Sie kommt morgen zurück. Ich muss mit ihr sprechen. Wir haben gestritten. Wegen Les Rêves. Deshalb bin ich hier. Ich habe ein Zimmer im Hotel Kron…"

„Krone", verbesserte Titus.

„Krone reserviert."

„Das ist nah."

„Ja, ich habe Zeit. Kann ich helfen?"

Luc zeigte auf einen Riesenhaufen Fischernetze, mehrere sandgestrahlte Bootstüren, die mit edelrostigen Haken in Garderoben verwandelt waren und eine weißlackierte Seekiste auf Rollen. Dazwischen standen Weinkisten, in denen sich in Holzwolle verpackte Gegenstände verbargen. Hamburg hatte Titus inspiriert. Er sah die Kiste schon als Lowboard oder als Bank mit Kissen aus edlen Stoffen in einem Ferienhaus stehen.

*Schade, dass Lisa nicht da ist. Diese verrückte Frau, die alles so leichtnimmt. Sie hat mich angesteckt mit ihrer Lebensfreude. Dann könnte ich sein Angebot ablehnen. Nee, würde ich nicht. Sie würde mir einen Rüffel geben. Sie steht auf Les Rêves und Beas Pläne.*

„Ok."

Luc legte Sonnenbrille und Jacke ins Auto. Titus nahm ein leichtes Hinken wahr, als Luc auf ihn zukam, der Hund brav an seiner Seite.

Schweigend trugen sie die Gegenstände in den Laden. Dort schob Titus ein paar Dekoelemente hin und her, um das maritime Thema in der Ausstellung zusammenzuhaben.

Luc ließ seinen Blick über den liebevoll gestalteten Verkaufsraum schweifen. Er lächelte, als er die Coquelicotskacheln sah.

„Darf ich dir ein Foto zeigen?", fragte er. „Hat Bea dir von ihm erzählt? Mit ihm ist sie in Paris."

„Bea arbeitet in Paris. Sie kauft Möbel. Für ein Haus in Südfrankreich. Ich sollte mitkommen. Aber ich war in Hamburg." Mühsam sammelte er die richtigen Worte zusammen. „Sie ist frankreichsüchtig. Sie besucht die Fête de la Musique. Toute seule, alleine."

*Oder nicht? War sie deshalb in letzter Zeit so aufgekratzt gewesen? Hatte sie einen neuen Freund und traute sich nicht, es ihm zu sagen? Wegen Paul? War es gar nicht Les Rêves, was sie so aufwühlte?*

„Sûrement pas. Sicher nicht." Luc hielt Titus sein Handy hin.

Titus ließ die Weinkiste fallen, die er gerade auf einen Tisch stellen wollte. Was auch immer darin war. Jetzt war es zerbrochen. Er wurde aschfahl und selbst seine Sommersprossen verloren ihre Farbe.

„Paul."

„Nein, Arnaud. Warum Paul?"

„Das ist Paul, mein Bruder", stammelte Titus und strich sanft über den Touchscreen. Das Bild verschwand. „Aber Paul, das ist unmöglich. Wer ist das?"

„Das ist Arnaud Tonnet. Schauspieler. Musiker, aus Six-Fours. Er ist in der ganzen Region als Frauenheld bekannt. Sie fällt auf ihn herein."

Die französischen Worte sprudelten wie ein Wasserfall. Lucs Gesten nahmen immer mehr Raum ein. Dabei streifte er eine der Kacheln und sie zerbröselte auf dem Boden.

„Paul, Paul, Paul. Zeig mir das Bild nochmal, bitte." Titus hatte seine Bitte auf Deutsch genuschelt. Doch es brauchte kein Französisch, um Titus zu verstehen. Dies tieftraurigen Augen, dieses schmerzverzerrte Gesicht, aus dem jegliche jugendliche Leichtigkeit verschwunden war, drückten mehr aus als tausend Worte.

Luc legte das Handy mit Arnauds Bild auf den Tisch, neben dem sie standen, und schwieg.

„Das ist unmöglich. Paul, mein Bruder. Er ist tot, seit dreißig Jahren. Motorradunfall. Aber dieses Lächeln, diese Augen, die Haare, selbst das T-Shirt. Alles sieht aus wie Paul, nur älter." Titus streichelte das Foto erneut. Tränen liefen ihm über die Wangen.

„Bea war seine Freundin. Weißt du, sie waren so ein Paar, bei dem alle sicher sind: Die beiden bleiben zusammen. Für immer. Paul war mein Bruder. Hast du eine Ahnung, wie es ist, mit einem toten Bruder zu leben? Es tut weh, immer. Eine Hälfte ist weg."

„Ich weiß es nicht, zum Glück. Ich habe keine Geschwister. Aber ich spüre deine Trauer."

„Bea ist meine Schwester geworden. Ich will sie nicht verlieren. An nichts und niemand."

Lange Zeit tickten nur die Uhren. Die Männer hingen ihren Gedanken nach.

*Paul, würdest du heute so aussehen? Wer wärst du? Für mich warst du immer der ältere Bruder, aber du bist nicht mit mir gealtert. Du warst mein Vorbild. Vieles mache ich so, wie ich es von dir gelernt habe, worin du mich bestärkt hast. Hätten wir uns um eine Frau gestritten? Wäre ich der geworden, der ich heute bin? Ich habe immer mit der Trauer gelebt. Das setze ich auch bei Bea voraus. Neue Gefühle, Gefühle ohne dich habe ich ihr und mir nie erlaubt. Komisch. Thomas, Beas Ehemann,*

*war keine Gefahr gewesen. Aber jetzt ist es anders. Ich habe Angst, Bea*
*zu verlieren an Les Rêves oder diesen Sauhund Arnaud. Was machen sie*
*mit Bea?*

„Ich liebe sie." Luc warf die Worte in diese besondere
Atmosphäre, in diesen geschützten Raum, der entstehen kann,
wenn sich fremde Menschen begegnen und sich öffnen,
schonungslos, aber unendlich wohltuend. Die Zeit hielt an.

„Aber im Moment liebt sie ihn." Beide deuteten gleichzeitig auf
das Handy und schwiegen wieder.

„Sie hat Angst, es mir zu sagen. Das kann ich sogar verstehen",
stellte Titus fest.

„Sie hat Angst, deinen Bruder gehen zu lassen. Motorradunfall.
Ich bin damals fast gestorben. Ich lag ein halbes Jahr im
Krankenhaus, mit achtzehn. Ich habe überlebt. Aber damals
dachte ich oft darüber nach, ob ich nicht lieber tot wäre, denn ich
wusste nicht, ob ich je wieder würde gehen können."

„Hinkst du deshalb?"

„Ja. Meine Freundin hatte diese Unsicherheit nicht ausgehalten
und mein Lebensplan, Profisport, war von einer Sekunde auf die
andere vernichtet gewesen. Ich hatte damals die Zusage für den
französischen Rugby-Kader gehabt. Es ist grausam, sich wieder in
das Leben zurückzuarbeiten. Vielleicht bin ich deshalb heute
Psychologe. Eine Frau habe ich nie gefunden, dafür Socrate."

Luc kraulte den neben ihm liegenden Hund.

„Ich pflege meine demenzkranke Mutter. So wie sie damals
mich. In den letzten Jahren ist in mir der Plan gereift, meine
Erfahrungen und meinen Lebenswillen an Jugendliche
weiterzugeben, die mein Schicksal teilen. Dafür möchte ich Les
Rêves."

„Verstehe."

„Ich werde es ihr sagen. Alles, auch dass ich sie liebe. Paul wird dazugehören. Aber auch ihr müsst reden. Die Trauer darf kein Tabu sein. In Beas Äußerungen bist du immer präsent. Gibt es eine andere Frau in deinem Leben?"

Titus zuckte zusammen.

„Gestern habe ich mich von Christine getrennt. Lisa ist in mein Leben gestürzt."

„So wie Bea in meines." Von draußen waren quietschende Autoreifen zu hören. Der intime Moment war Vergangenheit.

„Da hat aber jemand aufgeräumt." Der ältere Mann mit braungebranntem Gesicht, Knubbelnase und angehender Glatze, in T-Shirt und Latzhose, hatte Bea in die Lücke an der Entladerampe eingewiesen.

„War dringend nötig?", fügte er hinzu, als Bea ausgestiegen war, und er ihre Kleidung gemustert hatte.

„Ja, allerdings", erwiderte Bea schnippisch und öffnete die Heckklappe.

*Ich wollte doch weich sein. Was kann der Müllmann für meine Probleme?*

„Hat zum Glück alles reingepasst. Manchmal muss es schnell gehen.", ergänzte sie mit einem einnehmenden, französischen Lächeln.

„Da haben Sie Recht. Holz nach links. Metall dort hinüber. Kommen Sie. Den Stuhl trage ich. Der Rest in die Mitte."

„Danke. So mache ich es."

Und schon flogen die Tischbeine nach links in den Holzcontainer.

Nach fünfzehn Minuten unter sengender Sommersonne hatte Bea alles ausgeladen und saß schweißgebadet im leeren Auto. Sie sehnte sich nach einer Dusche. Doch etwas anderes war wichtiger.

„Hallo Rike, störe ich dich? Hast du Zeit? Lust auf einen Plausch im Café de Ville?"

Bea sprach aufgeregt in ihr Handy, nachdem sie am Deponieausgang angehalten hatte.

„Liebes, ich begleite dich schon den ganzen Tag durch Paris. Was machst …?", setzte sie an.

„Hast du Zeit? In einer halben Stunde? Dann erkläre ich dir alles. Keine Sorge. Alles bestens. Vielleicht besser als seit langem."

„Ist Arnaud bei dir? Ach ja, die Liebe…", seufzte Friederike.

„Ich erzähle dir alles. Bis nachher?"

„Ich freue mich. Bis gleich. Küsschen."


Als Bea beim Einbiegen in die Torgasse den Coquelicots-Lieferwagen sah, freute sie sich darauf, Titus zu sehen. Sie wollte ihn an ihrer guten Laune teilhaben lassen. Er sollte mitkommen zum Kaffeetrinken und von Hamburg erzählen.

*Arnaud muss ich gar nicht erwähnen, denn ich bin ja schon wieder da. Es lohnt sich nicht, Pferde scheu zu machen. Friederike wird sich sicher nicht verplappern.*

Doch als sie ausholte, um in die Garage einzubiegen, hätte sie beinahe das Lenkrad losgelassen, so fuhr ihr der Schreck in die Glieder.

Das Auto kannte sie.

Luc. Hier.

Mit Titus, ein explosives Zusammentreffen. Bea riss das Lenkrad herum, ließ die Reifen durchdrehen und schoss mit fünfzig Kilometer pro Stunde auf die schmale Mühlbachbrücke zu. Eine Frau zog hektisch ihren Kinderwagen in einen Hauseingang. Zwei Passanten quetschten sich an das Brückengeländer, als Bea vorbeiraste.

„Bea hier, kann ich hochkommen?"

Bea hatte den Mini mitten auf dem Gehweg vor Friederikes Wohnhaus abgestellt und brüllte die Gegensprechanlage an.

Mit einem sanften Summen öffnete sich die Haustür. Bea polterte die Treppe hoch in den zweiten Stock, an Friederike vorbei in die Wohnung.

„Bee, wie siehst du denn aus? Ist der Teufel hinter dir her? Ich wollte gerade losgehen Richtung Marktplatz."

Sie schloss die Tür von innen.

Mit aufgerissenen Augen stand Bea vor Friederike und rüttelte an deren Armen.

„Rike, Chaos. Wo ich hinschaue, Durcheinander. Endlich war ich mal wieder euphorisch. Ich hatte gestern einen verführerischen Abend mit Arnaud. Was für ein Gefühl, einen Menschen zu spüren. Er ist nicht geblieben, aber im Nachhinein war das gut so. Ich war wütend auf ihn und bin aus Paris abgehauen, mitten in der Nacht. Du wirst nicht erraten, was ich dann gemacht habe."

„Gérard rausgeklingelt und gearbeitet?"

„Pah, nein. Ich habe Pauls Zimmer entrümpelt. Alles ist weg, bis auf drei Erinnerungsstücke. Millionen Tonnen bin ich losgeworden. Arnaud werde ich wiedersehen, nächste Woche. Wir haben schon gesimst."

„Du willst ihn wirklich wieder treffen? Obwohl er dich im Stich gelassen hat?"

„Komisch, ja. Aber irgendwie ist dieses on-off kein Problem. Er ist eben da und ein bisschen wie Paul, ein uraltes Gefühl."

Bea hatte sich auf einen Stuhl fallen lassen und stützte den Kopf auf den Esstisch.

„Was ist dann das Problem?"

„Ich darf niemals eine Sekunde glücklich sein in meinem Leben."

„Nimm." Friederike hielt Bea zwölf Notfallkügelchen hin. „Was ist denn seit dem Anruf passiert?"

„Im Laden ist Titus."

„Ja, klar, ich weiß. Er lädt einen Teil der Ware aus Hamburg aus. Wir wollten dich überraschen und alles einräumen, bis du morgen kommst. Ich wollte Titus nachher helfen."

„Mit Luc. Und der weiß von Arnaud", kreischte Bea.

„Les Rêves-Luc?"

„Ich will das nicht, Rike. Ich kann das nicht." Bea war aufgesprungen und umkreiste wild mit den Armen fuchtelnd den Esstisch. „Er soll mich in Ruhe lassen. Was erlaubt er sich, in mein Leben einzudringen, in mein Leben mit Paul, mit euch?"

Friederike verharrte mit einem Glas Wasser in der Hand an der Spüle.

„Hast du mir nicht erzählt, dass ihr gestritten habt, wegen Les Rêves? Ist doch erstaunlich, dass er sich trotzdem die Mühe macht, hierherzufahren. Ihm liegt offensichtlich was an dir."

Für sich dachte Friederike weiter: Er liebt sie, aber sie weiß es nicht.

„Ich will aber nicht, dass ihm etwas an mir liegt. Das ist mir zu nah. Ich kann das nicht." Bea keifte Friederike an. „Für Pauls Traum arrangiere ich mich mit ihm, auf die französische Art. Aber neben mir? Direkt? Hier? Außerdem habe ich Arnaud. Luc hat hier nichts zu suchen."

*Ich suche Liebe und fliehe vor ihr. Ich bekomme Zuwendung und hasse sie. Was ist das? Warum pocht mein Kopf, rast mein Herz, werde ich starr vor Schreck, wenn es droht, verbindliche Liebe zu werden? Bin ich deshalb aus Paris abgehauen, weil Arnaud mich in sein Leben mitnehmen wollte? Sag es, Bea, sag es. Lass es hochkommen. Du spürst es schon lange. Sei ehrlich. Benenne dieses Gefühl. Es ist dein einziger Weg, wieder weicher, wieder die alte Bea zu werden.*

Bea war am Fenster stehen geblieben und starrte in den unverschämt intensiv blau strahlenden Himmel. Ein Gewitter hätte besser zu ihrer Stimmung gepasst.

*War ich so mutig, all dies zu denken, oder hat Paul zu mir gesprochen?*

„Du musst etwas trinken, Liebes. Hier. Du siehst aus, wie durchs Wasser gezogen."

Bea fuhr herum.

„Ich habe Angst! Panik!" Ansatzlos warf Bea Friederike diesen Satz an den Kopf. „Seit ein paar Wochen versuche ich, mir eine Partnerschaft vorzustellen. Mit Arnaud, mit Luc, manchmal mit Titus. Es geht nicht. Jede Nacht die Füße spüren? Den Schweiß riechen? Schlechte Stimmung aushalten? Den Hund lieben? Schusseligkeit auffangen? Nichts hat sich entwickelt, so wie mit Paul damals. Keiner wird mich stumm begleiten, wie Paul das bis heute tut. Arnaud zwinkert mir manchmal zu wie Paul. Schön. Aber mehr geht nicht. Es gibt sie nicht mehr, die Bea, die sich darauf einlässt. Wo finde ich sie, Rike, so eine Frau, wie du sie bist mit Leander?"

Friederike nahm Bea in den Arm und merkte, wie ihr T-Shirt nass wurde.

„Endlich", murmelte Friederike und entschied sich zu handeln.

# Miks Geheimnis

Während Bea unter der Dusche stand, betrat Friederike ihren winzigen, mit Blumen geschmückten Balkon. Die Geranien wucherten am Geländer und an der sonnenbeschienenen Wand streckten sich aus einer alten Blechbadewanne zwei Tomatenpflanzen in die Höhe. Sie setzte sich auf einen der beiden knallroten Tolix-Stühle und rief Titus an.

„Hallo Titus, ist Luc noch mit dir im Laden?"

„Luc? Er war tatsächlich hier. Kannst du hellsehen, Rike?"

„Nein, Titus, ich habe Bea hier. Sie packt das nicht."

„Bei dir? Ich denke, sie ist in Paris. Mit ihrem Lover, diesem Paulersatz. Diese Verräterin. Und was packt sie nicht? Luc zu sehen? Ganz ehrlich: Ich will sie auch nicht sehen. Luc ist voll in Ordnung. Was Bea da abzieht mit diesem Arnaud. Total daneben. Das ist doch gar nicht Bea. Sie so verlieren zu müssen."

Friederike hörte, wie Titus auf irgendetwas eindrosch.

„Titus, es ist alles ein bisschen viel auf einmal. Für euch beide. Bei ihr bricht die Trauer wieder auf."

„Und jetzt? Soll ich Madame verstehen, oder was? Weißt du, was du da von mir verlangst?"

Friederike nahm das Handy vom Ohr. Das Gebrüll von Titus tat ihr weh.

„Erinnerst du dich an unser Gespräch im Storch'n? Du hast orakelt, dass sie Coquelicots und mich nicht enttäuschen wird. Les Rêves würde ihr guttun. Und jetzt? Jetzt will sie diesem Partner, der mit beiden Beinen auf dem Boden steht, der geerdet ist, der seinen Platz im Leben gefunden hat, nicht begegnen? Weiß sie denn überhaupt, was sie will?"

„Nein, weiß sie nicht. Du hast Recht und ich verstehe deinen Zorn. Es war falsch, dass sie nicht mit dir geredet hat. Aber trotzdem: Wollen wir ihr bei ihrer Suche helfen? Ich versuche, sie zu überreden, dass sie sich mit Luc trifft, am besten an einem neutralen Ort, mit uns. Dieser Luc scheint in Ordnung zu sein. Morgen, am Nachmittag, bei mir?"

Nach langem Zögern rang sich Titus zu einer Antwort durch.

„Nein, Friederike, beim besten Willen. Ohne mich. Hat Bea jemals den Bruder gesehen, der zum Einzelkind trauernder Eltern wurde? Der sein Vorbild, seinen Halt verloren hatte? Der allein im Nacheifern seinen Lebensweg gefunden hat? Nichts ist damals so geblieben, wie es war. Ja, gerade reißt alles auf. Vielleicht ist das gut so. Aber so ein Nichtsnutz?"

„Verrat", setzte Titus noch eins drauf. Dann war die Leitung tot.

Friederike starrte den Hörer an. Sie war baff, dass Titus so klar sein und Bea gegenüber so konsequent sein konnte.

*Er ist tief getroffen sein. Gleichzeitig spürt er Unterstützung von irgendwoher. Von Luc? Von Lisa? Es ist es an der Zeit, die Vergangenheit aufzuarbeiten.*

Friederike horchte in die Wohnung. Die Dusche rauschte. Es blieb Zeit, den Plan weiter zu spinnen.

„Dann Lisa", dachte sie und schickte eine WhatsApp mit einer Einladung für den morgigen Nachmittag ab. Luc wollte sie noch vor dem Elternabend sprechen. Titus konnte sie nicht mehr fragen, wo Luc abgestiegen war. Sie würde auf gut Glück im Hotel Krone anrufen, dem einzigen Hotel in der Innenstadt.

Inzwischen waren die Geräusche aus der Wohnung verstummt und Friederike schlich ins Wohnzimmer. Bea lag nackt, eingehüllt in ein Plaid, auf dem Sofa und schlief.

Leise stopfte Friederike Beas zerrissenes Outfit in eine Öko-Leinentasche, die sie, ebenso wie frische Kleider von sich, neben das Sofa legte. Oben drauf klebte sie eine pinkfarbene Haftnotiz. „Beste Bee, musste zum Elternabend. Stelle dein Auto sicher ab. Mach es dir gemütlich. Bis später. Rike."

Schrilles Weckerklingeln schreckte Bea am nächsten Morgen aus dem Schlaf. Kopfschmerzen erlaubten ihr kaum, die Augen zu öffnen, aber sie konnte spüren, dass sie auf einem harten Boden lag, nackt. Ihre rechte Hand umklammerte etwas. Sie fror. Es fühlte sich nach einer skurrilen Szene in einem schlechten Film an. Beim Sortieren der Erinnerungsfetzen trog das das Gefühl nicht.

Fête de la Musique. Sie hatte gefeiert. Mit den alten Freunden. Im JuZe. Bei der Luzy, einer Oldie-Disco, die ihre Freundinnen mehrmals im Jahr organisierten. Gela hatte sie reingezogen. Auf dem Heimweg von Friederike. Stempel auf die Hand, Disco-Kugel, Schwarzlicht. Abrocken zu Stones, Pink Floyd, Genesis, BachmanTurnerOverdrive, Deep Purple. Bier aus der Flasche. In Unmengen. Stehblues mit Michael. Er stieg ihr immer noch nach. Sie fand ihn immer noch langweilig. Sie wollte um einen Mann kämpfen.

Vom JuZe nach Hause brauchte es keine fünf Minuten zu Fuß. Aber wie war sie heimgekommen? Mit wem? Schreie in der Nacht. Kreischen. Flehen. Ihre Kleider fehlten. Hatte sie am Schluss nackt getanzt? Langsam öffnete Bea die Augen. Für Paul zum Abschied.

Wer bist du, dass ich dich immer noch liebe?

Wer warst du, den ich liebte?

Du gabst mir die Kraft, weiter zu leben.

Dein Traum hilft mir, wieder zu lieben!

Das war ihre Handschrift. Auf einem Coquelicots-Merkzettel. Der Text war ihr unheimlich.

*Wann habe ich das geschrieben? Warum?*

Bea rollte sich auf den Rücken, nahm den leeren Raum wahr, die skelettartigen Wände.

„Für Paul zum Abschied." Schwarz auf weiß. Real. Sie las die Worte immer wieder. Auch wenn sie über deren Endgültigkeit erschrak, hatte sie nicht das Gefühl, Paul zu verraten. Es schwang eine Leichtigkeit mit in diesen Worten. Es war, als hätte sie in der Nacht etwas erledigt, was schon lange fällig gewesen war.

Trotzdem blieb ein Gefühl bleierner Schwere. Bea spürte jede Faser ihres Körpers. Sie rollte sich zusammen und drückte ihre Hände gegen die Schläfen. Etwas war noch nicht wieder in ihr Bewusstsein gelangt. Etwas, das sie gestern in Panik versetzt hatte. Aus dem trüben Nebel in ihrem Kopf tauchten Namen auf, und Situationen.

Arnaud. Paris. *Enttäuschung. Nähe. Flucht. Ich sehne mich nach ihm. Nach den Bewegungen, die denen von Paul so ähnlich sind.*

Luc. Im Laden. *Er widmet sich mir. Er kommt mir nahe. Zu nahe. Ich will es. Ich will es nicht. Neiiiin.*

„Mit diesen Dämonen habe ich heute Nacht gekämpft." Bea sah auf einmal klar. Es war nicht nur der Alkohol, der ihr die Kräfte geraubt hatte. „Dämonen, passt. Merke ich mir."

Sie hatte gegen sie gekämpft. Und mit ihnen. Sie hatten sie feiern lassen, wie früher. Ausgelassen. Frei. Die alte Bea. Sie hatten sie Abschied nehmen lassen, von Paul. Sie hatte gewonnen.

Sie hatte verloren. Luc war zu nahe.

Adrenalin schoss Bea in die Adern. Wie viel Uhr war es? Luc war ein Frühaufsteher. Konnte sie ihn aufhalten? Sie musste ihm zuvorkommen. Er durfte nicht hier auftauchen. In dieser Stimmung würde sie Pauls Traum zerstören.

Über die Knie quälte sich Bea in die Senkrechte und torkelte aus dem kahlen Quader. Der Coquelicotszettel blieb zerknüllt zurück. Auf der Küchentheke fand sie Friederikes Kleider und ihr Handy. Es war früh genug.

„On se rencontre vers 10 heures au Café de Ville, place de la mairie? Treffen wir uns gegen 10 Uhr im Café de Ville, auf dem Marktplatz?" Sie tippte die Nachricht ein, drückte auf Senden und bereute es im selben Moment. Keine Anrede, bonjour Luc. Kein Absender, Béa? Luc würde die SMS lesen und ihre Panik erkennen. Das war klar.

„Wie geht es dir?" Beas Neugier hatte sie zu WhatsApp wechseln lassen. „Heiße Nacht gestern? Du hast es verdient. Schade, dass ich nicht dabei war, Daumen runter. Bis heute Nachmittag? Rike." Der Flurfunk der Freundinnen funktionierte nach wie vor.

„Sorry für gestern. Ich war total am Ende. Du weißt mehr als ich? Smiley zwinkernd. Peinlich? Heute Nachmittag ok. Muss zuerst mal wieder was arbeiten. Bringst du mein Auto mit?"


Luc wollte gerade das „La Perla" betreten, als sein Handy Beas SMS meldete. Er stellte sich vor die Auslage des Schmuckladens und las die Kurznachricht.

„Kurz angebunden", war das Erste, was ihm zu der Einladung einfiel.

„Volle Attacke, Madame Coquelicots. Chapeau. Sie weiß zwar nicht, dass ich weiß, dass sie schon aus Paris zurück ist. Aber das Treffen bestimmen, kann man ja mal machen."

Er zuckte mit den Schultern, die in einer feinen Lederjacke steckten.

„Was meinst du dazu, Socrate?" Der Hund hob nicht einmal den Kopf.

*Wie ich sie verstehe. Nach dem Gespräch mit ihrem Geschäftspartner noch mehr. Ihre Suche nach sich selbst, in der Heimat, in der Fremde. Ihr Bedürfnis nach Wärme. Ihr Abtauchen im Beruf. Ihre Härte, nichts als Eigenschutz. Ihre Gefühle und Ängste liegen offen vor mir, in jeder Geste, in jedem Wort. Es ist, als würde ich es selbst erleben. Vertrauen ist gut. Kontrolle ist sicher. Wie lange habe ich so gelebt. Wenn ich gewusst hätte, dass Béa schon da ist, wäre ich niemals unangekündigt in ihr Reich eingedrungen.*

Lucs Blick fiel auf die drei Klatschmohnblüten in der Auslage des Schmuckladens, die zu Ketten- und Ohranhängern verarbeitet waren. Er hatte sie gestern Abend bei einem Spaziergang entdeckt und war fasziniert, wie zart und ausdrucksvoll harte Keramik verarbeitet werden konnte. Sie waren wie für Bea gemacht. Ob sie den Schmuck jemals erhalten würde, stand in den Sternen.

*Du bringst mich aus dem Gleichgewicht, Madame. Ich möchte dich heilen, glücklich machen. Deshalb werde ich dir heute von meinem Unfall, dem Plan mit den Jugendlichen erzählen.*

„Attends. Warte hier", sagte Luc zu Socrate und betrat den Laden. Er war gestern im Hotel so herzlich empfangen worden, dass er die Sprachbarriere nicht fürchtete.

Das Aufräumen im JuZe hatte sich bis in die Morgenstunden hingezogen. Danach war Michael durch die Stadt getigert, auf und ab, rundherum. Im Büro würde er heute nichts reißen. Zum

Glück hatte er Gleitzeit. Beas Auftauchen bei der Luzy hatte sein Geheimnis wieder an die Oberfläche gespült. Bea, seine geliebte Bea, die er seinem besten Freund Paul gegönnt hatte. Sie schien unruhig, als ob irgendwo Unheil lauerte. Nach dem Tanz hatte er sie im Gewimmel aus den Augen verloren. Sonst hätte er eventuell den Mut gehabt, mit ihr zu sprechen. Sollte er ihr endlich anvertrauen, was er wusste?

„Ach, Mik, wie solltest du an solche Informationen kommen?", tten ihn die Kumpels damals immer abgewürgt, wenn er an Wochenenden, die er zu Hause verbrachte, über Pauls Unfall hatte sprechen wollen. Ein Freund seines Vaters hatte ihm Einsicht in die Zeugenaussagen gegeben mit der besten Absicht, Michael die Trauer zu erleichtern. Aber daraus war eine schwere Hypothek geworden.

Er hatte die Verwaltungshochschule abgeschlossen, geheiratet und die Heimatstadt verlassen. Erst vor ein paar Monaten war er zurückgekommen, um die Leitung des Finanzamtes zu übernehmen. Dass ihn Paul und Bea so schnell wieder einholen würden, hatte er nicht erwartet, denn Gela hatte ihm bei ihrer Einladung zur Luzy versichert, dass Bea seit Jahren nicht mehr da gewesen war.

Würde Bea diese Informationen heute verkraften, die damals nur er erfahren hatte? Alle hatten angenommen, dass Paul nach dem Unfall direkt so auf der Straße gelegen hatte, wie es aufgezeichnet gewesen war, bewusstlos. Sie waren alle dorthin gepilgert, um das Absurde zu begreifen. Niemand hatte dieses Bild je in Frage gestellt. Auch Bea nicht. Und Pauls Eltern hatten nie wieder über den Unfall gesprochen. Sie waren daran zerbrochen. Dass Paul nach dem Aufprall aufgestanden und herumgelaufen war, typisch Paul, mit seinen Staccatobewegungen? Dass er ausgesehen hatte wie ein Zombie mit all dem Blut, das aus Helm und Anzug quoll? Dass Paul die Ersthelferin für Bea gehalten hatte, als er seine letzten Worte gestammelt hatte: Bea, lebe in Frankreich und sei glücklich? Trauert nicht.

Wie sollte er damit umgehen?

# Panik

Mit feuchten Haaren, eingehüllt in eine dicke Strickjacke, überquerte Bea um viertel vor zehn den in Nebel gehüllten Marktplatz. Die Kopfschmerztabletten begannen zu wirken. Eine kalte Dusche und ein Blick in die geschäftlichen E-Mails hatten ihr geholfen, ihre Gedanken zu fokussieren. Ein kurzer Rundgang durch den Laden war wie immer Balsam für ihre Seele gewesen. Was zwischen den beiden Männern gestern Nachmittag hier vorgefallen war, wollte sie sich im Moment nicht vorstellen.

Als sie sich dem Café de Ville näherte, begann Bea zu zögern. Sie merkte, wie sich in ihr Stacheln aufstellten, Stacheln gegen diesen Eindringling, der zwar tickte wie sie, der ihr aber hier nur Angst einflößte.

*Wie konnte ich ihn nur in mein Lieblingscafé bestellen, meinen Intimbereich?*

Diese Entscheidung ließ sich nur ihrem jämmerlichen Zustand am Morgen zuzuschreiben. „Changement de rencontre. Neuer Treffpunkt. Café Tagebuch, An der Stadtmauer 4."

„Perfekt", schmunzelte Luc. „Hier sitze ich schon."

Während er an seinem Espresso nippte, löste sich Bea aus den Schatten der Altstadtgemäuer, grau, zerbrechlich, verletzt. Luc wandte den Blick ab, zu tief würde er sonst in ihr Innerstes eindringen. Unbewusst vergruben sich seine Finger in Socrates Fell. Als er wieder aufschaute, stand Bea vor ihm, verkrampft, streitlustig. Sie war nicht die Bea von der Tankstelle.

„Bonjour Luc. Du bist vorbereitet." Bea zeigte auf den Laptop, der einen großen Teil des runden Tisches einnahm.

„C´est parti! Los geht´s."

Luc schnellte hoch, so dass der leichte Bistrostuhl auf Socrate kippte, der sich aber nicht aus der Ruhe bringen ließ. „Doucement, langsam, Madame l´Allemande", antwortete Luc und drückte Bea sanft die drei Küsse Südfrankreichs auf die Wangen.

„Einen Cappuccino und eine Butterbrezel, bitte", bestellte Bea ein bisschen zu laut Richtung Theke und setzte sich an den Tisch, so dass sie Socrate im Blickfeld hatte. Luc aber nicht in die Augen schauen musste.

„Entschuldigung. Ich wollte dich nicht überfallen", begann Luc mit einer Stimme wie Balsam.

Beas Igelstacheln wuchsen schlagartig auf Stachelschweingröße. „Hast du aber", fuhr sie dazwischen. „Jetzt bist du hier. Lass uns arbeiten. Ich bleibe beim Torbogen, selbst wenn du Tausende von Kilometern hinter mir herreist."

„Ich möchte nicht mit dir streiten. Meine Gefühle sind tief."

„Meine auch", blaffte Bea Luc an. Im selben Moment wurde ihr klar, dass sie beide von völlig unterschiedlichen Gefühlen sprachen. Dann kam es auch schon.

„Ich habe mich in dich verliebt, Bea. Das wollte ich dir nicht übers Netz sagen. Deshalb möchte ich dir erzählen, warum mir der Torbogen so wichtig ist. Ich habe vor vielen Jahren einen Motoradunfall überlebt, mich ins Leben zurückgekämpft. Es gab keine Hilfe, damals."

Bea kaute auf der Brezel. Nur nichts sagen. Nichts preisgeben vom Gleichklang der Gefühle. Kauen, kauen. Konzentrieren.

*Ich will das nicht hören. Ich will dir nicht nahe sein.*

„Das möchte ich ändern. Auf Les Rêves. Das Gemäuer hat mich berührt und auf Anhieb alle meine Visionen bestätigt. Les Rêves ist perfekt für all unsere Pläne."

Luc ließ die Worte wirken. Bea kaute und kaute.

„Botschaft angekommen. Ich meinte die tiefen Gefühle um Les Rêves. Da bin ich bei dir. Aber akzeptiere es. Ich möchte nicht darüber sprechen. Ich bin vergeben." Ohne einmal Luft zu holen, hatte hatte Bea alle notwendigen Tatsachen ausgespuckt.

*Du ekliger Verständnisprotz.*

Luc nestelte an seinem Schal, der dieses Mal in Apricot gehalten war. Er hatte alle Mühe, sich auf die Grundprinzipien seines Berufs zu konzentrieren: sachlich bleiben, sie meint nicht mich. Nur distanziert würde er weiterkommen.

„Ich habe unsere Excel-Datei fertiggemacht. Schon beeindruckend, wie wir das auf diese Entfernung gelöst haben."

Lucs Hand blieb in der Luft hängen. Gerne hätte er Bea berührt, aber sie war instinktiv zurückgewichen, als wäre er ansteckend.

„Edouards Anteile habe ich wie besprochen eingearbeitet. Ich schlage vor, dass wir unseren Streitpunkt offenlassen. Trotzdem habe ich eine Idee: Du bekommst den ersten Stock mit einem abgetrennten Treppenaufgang innerhalb des bestehenden Gebäudes. Ich nutze das Erdgeschoss."

„Das wird doch nie genehmigt." Dann versank Bea in der Datei und überhörte, dass Alain von einer Genehmigung ausging.

*Wie war der Traum gewesen? Die Kemenate im Obergeschoss? Es gab keine genauen Vorgaben. Das Versprechen? Ihr Antrieb? Ihr Bild vom Torbogenzimmer, Schlafsäcke auf dem Boden, Corbusierliege im staubigen Sonnenglanz? Könnte der ältere Paul Lucs Anliegen verstehen? Die ersten Mauern habe ich eingerissen. Paul, lass den Traum in Erfüllung gehen.*

PPPPPPPPP. Dutzende P´s zogen eine Spalte in der Datei auseinander.

Erschrocken zog Bea ihre Hand von der Tastatur zurück.

*Er war wieder da. Paul. Er ist einverstanden. Ein deutliches Zeichen. Ich möchte Luc loswerden. Ich liebe dich, Paul.*

„Einverstanden."

„So lange es nur P´s sind. Die lassen sich löschen. Merci, chère Madame. Merci beaucoup."

Mit der leeren Espressotasse deutete Luc ein Anstoßen an. Er ließ sich nicht anmerken, dass er die Botschaft der P´s verstanden hatte.

„Am besten schreiben wir gleich an Edouard. Ich habe Netz, was nicht selbstverständlich ist in Deutschland. Ihr habt mehr Funklöcher als Empfang." Luc zwinkerte Bea zu, erreichte aber nur das Gegenteil von Lockerheit.

„Es hat dich niemand eingeladen."

Er schluckte. *Warum stehe ich nicht auf und gehe? Was hat sie, was mich bleiben lässt? Ich will meinen Traum. Und ihr auf ihrem Weg helfen, den ich schon durchlebt habe.*

Luc sprach und schrieb zugleich.

„Bonjour, Edouard, wir hoffen, es geht Ihnen gut. Béa und ich haben wie gewünscht Vorschläge und Pläne sowie das finanzielle Vorgehen für Les Rêves erarbeitet. Diese senden wir Ihnen in der Excel-Tabelle anbei. Für die Raumaufteilung haben wir eine Idee, die von Alain geprüft, aber noch nicht ausgearbeitet ist. Madame Veit könnte im ersten Stock des Torbogens wohnen. Ich plane für das Erdgeschoss einige Räume für durch Unfall behinderte Jugendliche, einschließlich einer Unterkunft für mich. Die restlichen Gebäudeteile möchten wir gerne für die anderen Pläne in Absprache mit Ihnen gestalten. Béa und ich würden uns über einen Termin vor Ort freuen."

„Wann fährst du wieder in den Süden, nur wegen Les Rêves, bien entendu, versteht sich?"

„Ich kann ab 30. Juni nach Les Rêves kommen." Emotionslos presste Bea die Antwort heraus, stand auf und bezahlte an der Theke.

Als sie sich wieder gesetzt hatte, las Luc den Rest der Nachricht vor.

„Madame Veit wird ab 30. Juni im Süden sein. Wir können beide jederzeit nach Les Rêves kommen. Wir freuen uns auf Ihre Terminvorschläge, gerne über Herrn Parignol. Viele Grüße Béa Veit und Luc Peirret."

„Wie komme ich an die E-Mail?", patzte sie.

„CC. Normal."

„Setze Serge auch in CC."

„Alain auch? Er hatte die Idee mit dem Extra-Aufgang."

Bea dachte kurz darüber nach. „Wenn, dann alle. Cathérine nicht vergessen. Nein, besser doch nicht. Edouard könnte sich übergangen fühlen. Die anderen bekommen die Informationen extra zugeschickt, ohne Datei."

Nachdem Luc zweimal auf Senden gedrückt hatte, klappte er den Laptop zu, steckte ihn in eine weiche, abgewetzte Lederumhängetasche, die einen eindrucksvollen Kontrast zum lässigen Outfit bildete. Beiläufig legte er ein Buch auf den Tisch. Zu seiner Freude lächelte Bea, als sie das Foto betrachtete: altes Gemäuer in Klatschmohnlandschaft.

„Für dich. Wage es und fall nicht auf den Falschen rein. A bientôt."

Mit diesen Worten verschwanden Luc und Socrate in der Dunkelheit. Ein völlig unfranzösischer Abschied.

Es war zu spät für ein „Merci". Bea starrte vor sich hin und zweifelte an sich selbst. In dem Moment, als die Tür hinter Socrate zugefallen war und die Verbindung gekappt war, hasste sie sich. Für ihre panische Angst. Für ihr feindseliges Verhalten. Für diese zwiespältige Frau.

„Bea, du hier? Nicht im Café de Ville? Hast du diesen gutaussehenden Franzosen in die Flucht geschlagen? Ich hätte heute Morgen schon wetten können, dass er den Coquelicots-Schmuck für dich kauft, habe ich Recht?"

„Gela, hast du mich erschreckt! Wo kommst du denn her? Und wovon redest du?"

„Ich war auf der Post und habe dich hier sitzen sehen. Na, dieser Mann, der mir in der Gasse entgegengekommen ist, der mit dem Hund, hat heute Morgen die Ohrringe und die Kette gekauft, die dir so gefallen."

„Das ist nicht der Franzose, mit dem ich glücklich bin. Er ist ein Geschäftspartner, der mich hier unnötigerweise überfallen hat. Von Schmuck weiß ich nichts."

„Du hast zwei von denen? Mensch Bea, du Glückspilz. Gib mir einen ab. Für schöne Männer bin ich immer zu haben, auch wenn der ein bisschen hinkt. Ist deine Liebe genauso attraktiv?"

Gela war schon immer direkt gewesen und hatte einen großen Männerverschleiß. Sie lebte gut damit.

„Ist schwierig. Den eben habe ich vergrault. Und der andere ist ein unsteter Musiker. Er wird nie nach Deutschland kommen. Was mir lieb ist. Gestern Abend…?"

Bea ließ die Worte in der Luft hängen. Als Gela nicht reagierte, fuhr sie fort:

„Danke, dass du mich reingezogen hast. Tanzen, ich habe mich frei gefühlt. War ich peinlich? Ich weiß nicht mehr, wie ich nach Hause gekommen bin."

„Ich weiß von nichts. Alles gut. Ich trinke noch schnell einen Espresso." Gela winkte Richtung Theke und sprach weiter.

„Du hast mit Mik getanzt, wie früher. Ich habe ihn neulich beim Einkaufen getroffen. Er ist mit seiner Familie wieder hierher gezogen und hatte sich nach den alten Kumpels erkundigt. Ich hatte ihn eingeladen. Komisch war nur, dass er sich mehrmals versichert hatte, dass er dir nicht begegnen würde. Hat er dir erzählt, warum?"

„Wir haben nur getanzt, sind, glaube ich, beide auf der Welle der Erinnerungen geschwebt und dann auseinandergegangen. War für mich ok. Toll, dass ihr das immer noch macht, Gela. Beim nächsten Mal im Oktober bin ich sicher wieder dabei."

„Freut mich!" Gela legte zwei Euro auf den Tisch. Dann umarmten sich und gingen verschiedene Richtungen davon.

Bea stolperte über das Kopfsteinpflaster die Stadtmauer entlang Richtung Mühlbach, über dem der Nebel waberte. Als das Rot von „Coquelicots" durch den grauen Schleier schimmerte, hob sich ihre Laune und gab ihr einen Teil von sich selbst zurück. Doch warum standen so viele Menschen vor dem Laden? Hatte etwa Titus in der kurzen Zeit etwas Besonderes im Schaufenster platziert? Beim Näherkommen erkannte Bea Frau Stein, die angenehme Winzerin, und die ältere, elegante Dame, die vor kurzem die Etagère gekauft hatte. Fünf weitere Kunden drängten sich um Lisa, die auf der ersten Treppenstufe vor dem Eingang stand. Die Szene erinnerte an ein Handgemenge um einen wertvollen Gegenstand. Lisas Gabe, immer die Sonne scheinen zu lassen, schien verloren.

„Frau Veit", entfuhr es Frau Stein mit hartem und verzerrtem Gesicht, als sie Bea kommen sah. „Dass Sie auch schon da sind."

„Guten Morgen, Frau Stein, guten Morgen", nickte Bea den anderen Wartenden zu.

„Guten Morgen, das ist gut, am Mittag. Sie haben uns vergessen. Ich verstehe, dass sie viel unterwegs sind, aber wir haben den Termin erst gestern ausgemacht."

„Und hier steht, dass Sie heute geöffnet haben", ergänzte eine rundliche Dame in Leinenkleid, mit Bürstenhaarschnitt. „Ich versuche es heute nicht das erste Mal. Wo Sie doch so originelle Accessoires haben."

Die anderen murmelten zustimmend.

Bea suchte Lisas Blick. Lisa schüttelte nur den Kopf und zeigte mit geöffneten Händen nach unten.

„Vorschlag!", warf Lisa plötzlich in die Runde. „Wir vergessen die Mittagspause, und Sie haben den Laden zum Stöbern für sich allein, nicht wahr, Frau Veit? Die Zeit ist zu schade sich zu ärgern."

Lisa hatte die Situation gerettet. Ohne weitere Worte schloss Bea auf und die Menge verteilte sich in den Räumen.

„Frau Stein, wie kann ich Ihnen weiterhelfen?", wandte sich Bea Frau Stein direkt zu. „Darf ich Sie in mein Büro bitten? Möchten Sie einen Kaffee oder Wasser?"

Als sie zwei Gläser und eine Karaffe mit Wasser auf den kleinen runden Besprechungstisch gestellt hatte, fuhr Bea fort: „Es tut mir leid, dass Sie warten mussten. Ich kann mich nur entschuldigen. Da muss ein Missverständnis vorliegen. Sind Sie vorangekommen mit Herrn Tritschler? Er hat nichts Nachteiliges berichtet."

„Ja, danke, sehr gut. Diese Lampe aus Traubenpresse und Weinflaschen, ein Unikat." Frau Steins Gesicht hatte sich entspannt.

„Herr Tritschler hat den Termin gestern mit mir ausgemacht. Er wollte Sie informieren, denn es fehlen ein paar Kleinigkeiten, die Sie im Laden haben."

In Bea stieg eine vage Ahnung auf, aber sie ließ sich ihre Verunsicherung nicht anmerken. „Hoffentlich finden wir alles. Dann hätte ich Sie wenigstens ein bisschen für das lästige Warten entschädigt. Was genau suchen Sie?"

„Die Polster für die Bänke brauchen einen neuen Bezug. Das ist jetzt nichts Besonderes. Aber da ist ein Bedürfnis nach etwas Extravagantem für den Ausschank, Probiergläser, Dekanter, ich weiß es nicht."

Während Frau Stein laut nachdachte, hatte Bea schon eine Bilddatei am PC geöffnet.

„Was halten Sie davon?" Sie deutete auf einen Stoffballen mit sandfarbenem Leinen.

„Ich nehme die Blumen". Die Entscheidung fiel prompt. „Völlig altmodisch, aber ein gelungener Kontrast. Herr Tritschler hatte Recht. Sie haben ein Händchen für das Außergewöhnliche."

*Siehst du, Paul, hat sich schon gelohnt, der Einkauf in Bandol.*

„Der Stoff ist im Lager in Südfrankreich. Ich veranlasse die Lieferung noch heute und stimme die Polsterung mit Herrn Tritschler und unserem Fachmann ab."

Nach kurzem Zögern fuhr Bea fort: „Jeder Winzer hat irgendwo alte Wurzeln rumliegen. Wenn sie dick genug sind, könnte Herr Tritschler Untersetzer heraussägen. Ich habe noch eine Idee. Kommen Sie."

Bea führte Frau Stein in die Metallecke im Laden und zeigte auf alte Gestelle aus einer Glasbläserei. „Was meinen Sie? Kombiniert mit modernen Karaffenformen?"

„Gefällt mir. Ich nehme alle. Ehrlich gesagt, war ich vorhin schon verärgert. Aber diese Fundstücke wiegen den Ärger zehnmal auf. Danke."

„Freut mich, dass ich Ihre Wünsche erfüllen kann."

*Wird bei mir auch alles gut ausgehen?*

„Ich verpacke die Gestelle in einem Karton. Stöbern Sie weiter. Sie können nachher gerne zum Einladen mit dem Auto in die Gasse fahren. Soll ich den Betrag auf die Gesamtrechnung setzen?"

„Ja, das ist ok. Danke, Frau Veit, für alles. Sie sind schon jetzt herzlich eingeladen zur ersten Weinprobe. Viele Grüße an Herrn Tritschler, er natürlich auch. Ich melde mich bei ihm wegen der Endabnahme."

# Mut und Untergang

„Setz Dich!" Lisa saß auf einer Seemannstruhe, in lila Latzhose, orangefarbenem Hemd und durchweichten Espadrillos in derselben Farbe. Sie zog Bea neben sich und nahm sie in die Arme.

„Weißt du was, Bea? Das Leben ist simpel. Hau ab nach Frankreich. Kämpfe um Les Rêves. Genieße deine neue Liebe. Sei offen. Alles wird gut."

„Woher weißt du…?"

„Ich beobachte dich. Ich kenne mich. Was hält dich davon ab, deinen Traum zu leben? Schau es dir genau an. Liebe dich so, wie du bist. Die Suche nach Neuem, dieser Wunsch nach Abwechslung hört bei Menschen wie uns nie auf. Du musst es akzeptieren. Dann ist es leichter. Was hält dich fest?"

Bea zuckte kurz zurück vor dieser so direkten Frage, merkte aber, dass sie weiterhalf. „Titus. Er hält mich fest. Und Paul. Er zerrt mich weg."

„Und du dazwischen? Vergiss die beiden für einen Moment. Was brauchst du? Sei ehrlich zu dir. Es wird weh tun, aber nimm dir die Zeit."

„Und Coquelicots? Titus?"

„Kein Grund. Das löst du nicht, indem du hierbleibst. Und das braucht mehr als nur Flucht. Läuft gerade nicht so reibungslos, oder wie sah das vorhin aus?"

„Du meinst?"

„Ich meine nicht nur, ich weiß. Titus ist verletzt. Er lässt dich hängen, bewusst. Er hat mir von seinem Gespräch mit Luc erzählt, von deiner Liebe zu Arnaud. Das war nicht optimal für das Vertrauen zwischen Euch."

„Ihr seid zusammen?"

„Na klar. Er ist so kreativ, so voller Ideen und so verwundet. In Hamburg hat er schon die ganze Nacht geredet, die letzte erst recht. Solltet ihr auch tun. "

„Coquelicots, dieser Laden. Ich liebe ihn, mein Haus. Ich möchte …".

Bea stockte der Atem.

„Was ist zwischen den beiden Männern hier passiert, Lisa? Eine Kachel fehlt. Reste liegen auf dem Boden. Schau."

„Ich weiß es nicht, Bea. Aber es müssen besondere Momente gewesen sein. Titus war sehr bewegt. Luc fasziniert ihn irgendwie, mit seiner Ruhe."

„…ich möchte beide nicht verlieren. Meine Arbeit gibt mir Halt und das nötige Kleingeld für Les Rêves."

„Süße, sieh es positiv. Die Lösung sitzt neben dir. Sie heißt Lisa. Ich mache meine Märkte am Wochenende. Unter der Woche den Laden. Im Lager bei Titus bin ich eh. Also?" Lisa hob eine Hand zum Einschlagen.

„Ach Lisa, bei Dir klingt alles so unkompliziert."

„Es ist unkompliziert. Schau mich an. Ich lebe das. Es funktioniert. Also?"

„Was mich hindert? Loszulassen. Ich habe immer das Gefühl, alles im Griff haben zu müssen. Mein Kopf weiß, dass das nicht nötig ist. Meine Seele stellt sich doof. Heute Morgen. Ich habe Luc getroffen, um Les Rêves zu retten. Ich war unausstehlich. Ich habe alles festgelegt, patzig kommentiert, nichts von mir preisgegeben. Ich konnte nicht anders. Ich hasse mich dafür. In Frankreich bin ich locker. Das Loslassen. Ich habe es angefangen. Komm, ich zeige dir mein Werk von gestern. Du bist die Erste, die es sieht. "

„Erleichtert?" Lisa überhäufte Bea mit Küssen, als sie zwischen den kahlen Wänden des alten Zimmers standen. „Reiß sie ein. Dann wird es luftig im Loft." Lisa lachte.

„Würde ich gerne. Zuvor muss Titus die Statik einschätzen. Da werde ich warten müssen." Nahtlos wechselte Bea das Thema. „Lass es uns versuchen, Lisa. Ich wage den nächsten Schritt." Dieses Mal hob sie die Hand und Lisa schlug ein.

Bea drückte Lisa einen Kuss auf die Stirn. „Danke."

„Hast du mir einen Schlüssel? Dann kann ich den Laden gleich wieder öffnen. Es ist 15 Uhr."

„Nimm den, der steckt. Ich brauche kurz einen Moment, ok? Ob ich deine Leichtigkeit je lernen werde?"

„Klar. Denk an Frankreich. Ich kenne das. Ein Land verändert einen, legt einen Schalter um. Das musst du nutzen. Ciao."

Lisa ließ ein paar Kusshände und jede Menge Optimismus im Loft zurück.

Dass Friederike an diesem Nachmittag keine Zeit mehr für Bea hatte, sondern das Auto nur vor dem Laden abstellte, ging an Bea vorüber. Sie war auf dem Ledersofa in einen entspannenden Tiefschlaf gefallen.

Der Versuch, am nächsten Morgen wieder auf die gefühlsschonende, selbstsichere Single-Arbeits-Bea umzuschalten, scheiterte schon beim Aufwachen. Bea blieb liegen. Die E-Mail an Frau Stein konnte warten.

*Bin das ich?*

Sie räkelte sich, hörte den Vögeln zu, las die vielen SMS, die den weiten Raum zwischen ihr und Arnaud immer mehr aufluden, und dachte über den Abriss der Wände nach. Zu viele Menschen und Ereignisse hatten ihr Leben in den letzten zwei Monaten durcheinandergebracht. Der Trauerkokon war aufgebrochen. Sie hatte Vertrauen zu neuen Menschen aufgebaut, alte Muster in Frage gestellt, sich selbst neu kennengelernt. Die Freunde spielten wieder eine Rolle.

*Wenn ich ehrlich bin: Es geht mir besser. Das Leben ist reicher, zwiespältiger, schmerzvoller. Ich möchte, dass mich Titus versteht, irgendwann. Ich halte das Warten aus. Frankreich wird mir helfen. Arnaud, ich möchte mein Leben mit dir teilen. Ohne Panik. Nicht mehr flüchten. Du gibst mir genug Abstand, es zu versuchen.*

Bea zog das blumige Sommerkleid an, das sie beim Unfall getragen hatte, dem Tag, an dem Paul so viele Zeichen gesendet hatte.

*Ich bin bereit für Turbulenzen.*

In den folgenden Tagen bereitete Bea alles für einen längeren Aufenthalt in Frankreich vor. Lisa war ein Geschenk. Sie kannte viele Aufträge aus den Erzählungen von Titus. Sie hatte die Gabe, in Materialien zu versinken, sie geschmackvoll zu arrangieren. Sie spürte die Wünsche der Kunden und fragte bei Bea nach, wenn sie nicht weiterkam.

„Du bist nicht aus der Welt, Bea", lachte sie bei jedem „Aber", und tatsächlich arbeiteten sie zügig viele alte und neue Aufträge ab.

Geschickt verteilte Lisa die Informationen zwischen Titus und ihr. Seine Ablehnung spürte Bea trotzdem bei jedem Öffnen des E-Mail-Kontos, wenn wieder keine Nachricht von ihm dabei war. Nur einmal antwortete er selbst, als er der Anstellung von Lisa zustimmte. Dies half Bea, einen kleinen Funken Zuversicht in ihre kreative Symbiose aufrechtzuerhalten.

*Paul, hilf Titus, sich zu befreien. Ich weiß nicht, was zwischen ihm und Luc passiert ist. Ist er schon auf demselben Weg wie ich?*

Pauls Zeichen blieben aus. Sie musste es aushalten. Er hatte versprochen, ihr zu helfen. Auf ihn war Verlass.

Edouard hatte den gewünschten Termin am achten Juli bestätigt. Er hatte sich für die ausführliche Ausarbeitung bedankt und freute sich auf das Treffen mit allen Beteiligten am späten Freitagnachmittag auf Les Rêves. Immer wieder tauchte Edouards stattliche Erscheinung vor Bea auf. Erst im Nachhinein war ihr bewusst geworden, dass sie beide etwas Besonderes verband. Der Klatschmohn. Ihre Lieblingsblume stand im Mittelpunkt des Abzeichens der Ehrenlegion, das er am Revers trug. Ihre Recherche hatte ergeben, dass der Klatschmohn Symbol für die Opfer der Weltkriege war, denn diese Pflanze trotzte den verbranntesten Böden. Sie haderte manchmal mit ihrem Wissen, beschloss aber, ganz nach Lisas Motto, den Aufbruch ins Neue darin zu sehen und nicht die unendliche Trauer. Edouards E-Mail gab ihren Tagträumen freien Raum. Sofort veranlasste sie, dass Gérard die für sich selbst ausgesuchten Möbel und Utensilien aus Paris an Didier schicken sollte.

*Unser Traum wird wahr, Paul. Ich werde den Torbogen mit Arnaud in Gedanken an dich genießen. Im ersten Stock.*

Von Luc hatte sie nichts gehört. Sie hatte sich auch nicht bei ihm gemeldet. Alles schien gesagt, Gefühle zerstört. Nur die Erinnerung an ihr erstes Zusammentreffen zauberte ab und zu ein Lächeln auf ihre Lippen.

*Er soll sich melden. Nein, Panik. Ich möchte ihn anrufen. Nein, ich will nichts von ihm. Ich frage Luc. Nein, ich frage ihn nicht.*

Seine E-Mails und die wortlose Übereinstimmung fehlten ihr ebenso wie die Antworten von Titus. Aber sie traute sich nicht, sie einzufordern.

Zum Abschied hatte Friederike einen Mädelsabend organisiert. Bea dachte an Nachmittag mit der Schlagzeile zurück. Wie hatte sie da gefühlt? Mädelstreffs sind nicht so ihre Sache. Das hatte sich geändert. Sie freute sich auf die Ausgelassenheit, auf das Gelächter. Der Abstand zu den Freundinnen war kleiner geworden. Bea hatte sie an ihrem Leben und ihren Gedanken teilhaben lassen, ihnen zugehört und dadurch neue Nähe geschaffen.

*Ich fühle mich verstanden, ihr verrückten Hühner. Endlich. Ich freue mich sogar darauf, mit meinem neuen Leben immer wieder bei euch zu stranden.*


„Wo immer du bist, wir sind für dich da." Dieser Satz klang weich in Bea nach, als sie voller Erwartung am Mittwoch die Grenze überquerte. Wieder lief CRAZY im Radio und andere Oldies, während ihr vollgepackter Mini zufrieden über die Autoroute schnurrte und all die bekannten Landschaften an ihr vorüberflogen.

„Quelle belle voiture. Was für ein schönes Auto, Madame."

„Bonne route. Gute Fahrt."

„Enchanté. Bon voyage. Erfreut. Gute Reise."

Die kleinen Reaktionen auf ein Lächeln am Rande der Fahrt brachten die französischen Saiten endgültig zum Schwingen. Keine Panik, nur Spaß. Bea freute sich auf den Einstieg in dieses französische Abenteuer. Es würde kontrollierbar, sicher sein. Die Familie Printemps hatte sie nach Juan-Les-Pins eingeladen, um gemeinsam die Einrichtung des Feriendomizils fertig zu stellen. Arbeit unter Pinien, in der umtriebigen Atmosphäre der Côte d´Azur.

Als sie zwei Tage später, am Freitag, dem Entscheidungstag, Richtung Toulon aufbrach, dachte Bea: „Ich weiß schon, warum ich meine Arbeit so liebe und sie niemals aufgeben werde."

Es waren sinnliche, entspannte Tage gewesen, und das Ferienhaus war ein Kleinod geworden. Ihre Vorfreude auf Les Rêves und auf die intimen Stunden mit Arnaud war das „Tüpfelchen auf dem i" gewesen. Sie hatte sich nie alleine gefühlt. Nicht mehr nur Wind und Wellen würden ihre Haut streicheln, sondern seine Hände, seine Lippen, seine Haare.

Das Gîte, das sie für die kommenden Monate gemietet hatte, stand ab vierzehn Uhr für sie bereit. „Complet. Ausgebucht", hatte sie mindestens fünfzigmal gehört, bevor sie dieses kleine Ferienhaus im Hinterland von Toulon, in der Nähe von Méounes-lès-Montrieux, ergattert hatte. Sie glaubte an Les Rêves, an ihre neue Liebe. Deshalb hatte sie langfristig geplant. Sie wollte vor Ort sein, unabhängig, und hatte das Gîte dem Hôtel du Parc vorgezogen. Ein fester Wohnsitz würde ihr Pluspunkte bei Edouard einbringen.

Das Häuschen lag eingebettet zwischen Hügeln mit Klatschmohnwiesen und Steineichen. Schon bei der Recherche im Internet war ihr dieses Ensemble bekannt vorgekommen. Doch woher? Sie hatte das Buch, das sie von Luc bekommen hatte und das seit dem Nebeltag immer in ihrer Tasche war, hervorgezogen. „Das ist es", hatte sie gedacht und gebucht. Auch wenn es ähnlich schwierig zugänglich war wie Les Rêves und für sie allein zu viele Zimmer hatte.

„Du bist nicht aus der Welt", hatte Lisa geflachst. Die zugesagte solide Internetverbindung würde dafür sorgen.

Auf der Raststätte Vidauban entschied sich Bea für einen Abstecher nach Les Brusc. Sie hatte ausreichend Zeit, bevor sie das Gîte beziehen konnte. Eine Viertelstunde hin oder her machte keinen Unterschied.

*Wie weit habe ich mich schon von der Stechuhr entfernt, die mich lange Zeit im Griff hatte. Meine innere Uhr gibt den Takt vor. Ich kann mich auf sie verlassen.*

„Außer die Liebe kommt dazwischen", sagte sie lächelnd und schüttelte liebevoll den Kopf über sich selbst. In dem Moment kam Arnauds Antwort auf ihren Vorschlag für ein spontanes Rendezvous.

„Chérie, suis pas dispo. Hab keine Zeit. Suis sur la piste de la musique. Bin musikalisch unterwegs. Attends-moi demain. Erwarte mich morgen. Plein d´envies, sehnsüchtigst. Arnaud."

Ihr Bauchgefühl hatte ihr geraten, Arnaud nicht zu überraschen. Trotz aller Sehnsucht war sie dem gefolgt.

*Paul und Arnaud, ihr seid nicht dieselben. Von Paul kenne ich dieses Bauchgefühl nicht. Bin ich dieselbe?*

Die SMS enttäuschte sie, aber entmutigte sie nicht. Arnaud war ihr nahe. Sie vertraute ihm. Dann eben die Bibliothek. Die hatte freitagmorgens geöffnet. Von Zoë hatte sie seit dem letzten Treffen nichts mehr gehört, aber das war nicht ungewöhnlich. Zoë lebte im Jetzt. Nur der Moment war ihr wichtig. Der hatte zwischen ihnen immer gepasst.

Bea parkte den Mini an der Corniche des Iles unter einer Palme und ging die letzten fünfzig Meter zur Bibliothek durch die enge Gasse Le Gaou zu Fuß. In Gedanken versunken, welche Farbe Zoë heute tragen würde und welche Fragen sie ihr stellen würde, betrat Bea die Bibliothek durch die offene Tür und warf ein „Bonjour" in den kühlen Raum.

„Ecoute!" Eine Männerstimme raunte „Horch" im nach hinten versetzten Büro.

„Quoi? Was?" Bea erkannte Zoës Stimme.

„Bschsch, leise. Arrête, hör auf", ging der Dialog weiter.

„Il y a quelqu´un? Ist da jemand? J´arrive. Ich komme."

Dann hörte Bea eindeutiges Kleiderrascheln. Kurz darauf stand Arnaud vor ihr, ein breites Grinsen in diesem ihr so vertrauten Gesicht.

„Béa, écoute!", riefen Zoë und Arnaud wie aus einem Mund.

Doch Bea wollte nicht hören. Sie holte aus, schlug diesem Paul ins Gesicht, der mit einem Schlag Arnaud wurde und jede Ähnlichkeit mit Paul verloren hatte.

„Ich hatte dich gewarnt", rief Zoë ihr hinterher.

Aber Bea war nur froh, von hier wegzukommen und nie wieder zurückkehren zu müssen. Sie setzte sich ins Auto, machte die Fenster auf, ließ die behäbigen Fischerboote „Les Pointues" auf sich wirken und spürte in sich hinein. Es war völlig absurd. Der tiefe Schmerz einer zerbrochenen Liebe blieb aus.

*Es tut nicht weh. Es ist nur vorbei. Als ob es vorprogrammiert war. Es hat mir Paul gebracht und genommen. Ich durfte Paul im Spiegel des Lebens sehen, den Verlorenen genießen. Ich habe die Musik, die Liebe, die Tränen und die Freundinnen wiedergefunden. Wo finde ich mich wieder, Paul? Auf Les Rêves? Wirst du da sein?*

Die Vermieter des Gîte nahmen Bea herzlich in Empfang. Alles war für sie vorbereitet, Kühlschrank und Vorratsregal mit Rosé, Käse, Wasser und Brot gefüllt. Die einfache Einrichtung glänzte durch provenzalische Details. Der übergroße, silbern gerahmte Spiegel in einem der Schlafzimmer erinnerte sie an zu Hause.

„N´hesitez pas à nous contacter. Zögern Sie nicht, uns anzurufen, wenn Sie etwas brauchen. Nous sommes à votre service. Wir sind für Sie da." Winkend gondelte das alte Ehepaar in einem fast ebenso alten 2 CV davon.

Bea duschte, zog sich an und kontrollierte im Spiegel, ob das hellgraue Hemdblusenkleid richtig zugeknöpft war. Sie wählte dezenten Perlenschmuck. Sie wollte einen besseren Eindruck hinterlassen als beim letzten Treffen. Auf die bunte Bowling Bag verzichtete sie trotzdem nicht. Ein bisschen Farbe musste Edouard akzeptieren. Sicherheitshalber packte sie ihre Laptoptasche ins Auto. Schließlich sollte es heute mindestens an die Vertragsentwürfe gehen.

„Arnaud ist Geschichte. Ein Arschloch, kein Paul. Es tut nicht weh, komisch. Jetzt fahre ich nach Les Rêves. Ich hoffe, es klappt." Am Ende hängte sie ein Burg-Emoji an. Mit der WhatsApp an Friederike und Lisa schickte Bea ein bisschen von der Aufregung auf Reise, die sie inzwischen überfiel. Noch vor Kurzem hatte sie über die App-Unsitte der Mädels den Kopf geschüttelt. Nun freute sie sich, dieses Ventil zu haben.

Den Weg zum alten Château durchlebte Bea wie eine Zeitreise, von den Abenden am Lagerfeuer über die Jugendherberge bis zu den Listen und Tagträumen der Gegenwart. Ihre Anspannung stieg ins Unermessliche. Jedes Detail diskutierte sie laut mit sich selbst. Den Ablauf, die Unterlagen, die Namen, die Daten, alles, bis hin zum Zusammentreffen mit Socrate, diesem zahmen Ungetüm.

*Paul, du bekommst deinen Traum und ich meine Freiheit.*

Die letzten Meter rumpelte Bea den Berg hoch. Sie war nicht zu früh und nicht zu spät. Sie würde das Auto in Ruhe abstellen und sich zu den anderen im Burghof gesellen können. Kein peinliches Stolpern und Kreischen in Sicht.

Doch als sie die letzte Kurve nahm und in den Parkplatz einbog, waren alle schon da, alle außer Edouard. Ein freier Stellplatz gab ihr Sicherheit. Aber etwas stimmte nicht. Ihr erwartungsvolles Lächeln wurde von niemand erwidert. Cathérine wich zurück, als sie auf sie zuging und sie mit drei Bises begrüßen wollte. Monsieur Parignol wich ihren Blicken aus. Bea unterbrach die Begrüßungsrunde und sagte nur: „Bonjour, tout le monde! Hallo alle zusammen", was wahrscheinlich auch wieder unpassend war.

„Madame Veit, Béa, Monsieur Peirret, Mesdames et Messieurs". Serge Parignol atmete tief ein. „Wir sind vollzählig. Ich zögere die Nachricht nicht länger hinaus."

„Edouard ist gestorben", war Beas erster Gedanke.

„Monsieur Le Comte, Edouard, hat mich am Mittag beauftragt, Ihnen mitzuteilen, dass er einen Vertrag mit einem Solopartner unterzeichnet hat. Er bedankt sich für Ihr Vertrauen, Ihren Aufwand und die Unterlagen, die ihn beeindruckt haben. Allerdings spürte er im Text Verunsicherung, was ihn zu seiner Entscheidung veranlasst hat. Er bittet Sie, diese. Handelt es sich doch um ein immenses Finanzvolumen. Selbstverständlich wird er die ausgearbeiteten Daten vertraulich behandeln. Das hat er mir über seinen Anwalt zugesichert."

„Socrate, on y va." Ohne ein weiteres Wort stiegen Luc, Alain und Socrate ins Auto und fuhren in einer großen Staubwolke davon.

Bea war mit offenem Mund erstarrt.

„Béa". Cathérine und Serge gingen auf sie zu. Eine alte, gebückte Frau blickte ihnen entgegen.

„Es tut mir unendlich leid. Wir waren so nah dran", versuchte Serge die Starre aufzulösen. „Ich weiß, wieviel Ihnen das hier bedeutet."

Bea schüttelte ihre Mähne. Tränen liefen über das faltige, bleiche Gesicht.

„Ich glaube nicht, dass Sie wissen, wieviel für mich auf dem Spiel stand, Monsieur Parignol. Das hier war meine letzte Chance, Vergangenheit und Zukunft zu verbinden. Lassen Sie, ich kann nicht."

Sie setzte sich ins Auto, beobachtete, wie die anderen davonfuhren und wartete, dass jemand in roten Boardshorts die Beifahrertür öffnen würde. Doch die Tür blieb zu.


„Luc, wo fahren wir hin? Du gibst doch sonst nicht so schnell auf."

„Ich muss dir was zeigen. Diese Burg, Les Rêves, war der perfekte Anfang einer Idee. Aber sie ist nicht einzigartig."

Luc nahm die engen Kurven geschickt und konzentriert. Die Luft des Spätnachmittags flirrte in der Sommerhitze. Das Konzert der Grillen strebte dem Höhepunkt entgegen. Socrate hechelte im Kofferraum vor sich hin.

„Das ist sie, meine Alternative, näher an La Seyne, bezahlbar, ohne Auflagen."

Sie hatten ein Hochplateau erreicht, dessen Ende sich zwischen Hügeln verlor. Gesäumt von Pinien waren mehrere Häuser zu sehen.

„Du wusstest schon vorher, dass das nichts wird, oder? Bist du froh, dass du sie los bist?" Alain stupste Luc in die Seite. „Ist doch knuffig, diese Béa."

„Mehr als das, das kannst du mir glauben. Auch wenn ich immer gesagt habe, dass ich keine Frau möchte, die Angst vor Hunden hat: Ich habe mich in sie verliebt."

„Und du lässt sie einfach so stehen? Sie war dem Zusammenbruch nahe." Lucs Reaktion ging über Alains Verständnis.

„Edouard hat richtig entschieden. Lief nicht so ganz rund zwischen uns. Das mit dem Torbogen war nicht zu lösen. Manchmal hasse ich meinen Beruf. Ich sehe ihren Weg vor mir, aber sie muss ihn selbst finden."

„Versteh einer die Psychologen."

Inzwischen erkundeten sie die kleine Ansammlung von Häuschen, das Mas de Pins.

„Strom, Wasser, alles vorhanden. Hier hat schon jemand mit dem Renovieren begonnen." Alain hatte den Zustand des Weilers schnell eingeschätzt.

„Ja, die Baugenehmigung liegt vor. Alles ist ebenerdig. Der Platz zwischen den Häusern kann mit dem Rollstuhl befahren werden. Ich habe einen Vorvertrag in der Tasche."

„Du Superorganisierter, Glückwunsch. Du hast Recht. Das hier hat mehr Potenzial als Les Rêves. Bonne chance, viel Glück. Fahren wir zurück?" Während der Fahrt nach La Seyne gingen sie die Möglichkeiten durch, den Weiler an Lucs Projekt anzupassen.

„Schick mir die Grundstückspläne, wenn du sie hast", rief Alain Luc zu, als dieser ihn am Hafen von La Seyne absetzte. „Und bleib an der Frau dran. Sie gehört zu dir."

*Wenn das nur so einfach wäre. Von meiner Seite ist alles gesagt.*

Die Rituale des Freitagabends, Kochen und Abendessen mit seiner Mutter, spulte Luc mechanisch ab. Es war wieder einer ihrer schlechteren Tage, und sie war Luc in seiner Enttäuschung keine Hilfe.

Wie so oft beschloss Luc, Kraft auf Gaou zu finden. Es war schon dunkel, als er mit Socrate dort ankam, aber sie fanden ihren Weg ohne zu sehen. Die Füße spürten Sand, Kies oder festen Stein. Kombiniert mit dem sanften Duft von Pinien oder dem von trockenem Gras wusste Luc genau, wo er war.

*Ich biete ihr eines der kleinen Häuschen an. Welches? Nein. Das nützt ihr nichts. Ich entschuldige mich bei ihr. Nein, wofür? Ich schicke ihr den Schmuck. Nein, sie würde mich dafür hassen. Ich kann dich heilen, chère Madame. Lass dich in die Arme nehmen. Ich möchte dich lieben, in dir versinken.*

Seine Gedanken und Bilder, die er der Natur anvertraute, wurden jäh von einem Aufschrei unterbrochen.

„T'en vas! Hau ab!"

Er war am anderen Ende der Insel angekommen, dort, wo Socrate gerne im Meer badete. Schon oft hatte er es ihm gleichgetan, aber heute war ihm jemand zuvorgekommen.

„Socrate, assis, sitz." Auf Socrate war Verlass. Dafür lief ihm blind vor Schreck eine nackte Frau in die Arme.

„Socrate. Luc."

„Béa."

Sie hatten sich erkannt. Im selben Moment. Sie rissen Luc die Kleider vom Leib und fielen übereinander her. All die aufgestaute Wut, die Verletzungen und Enttäuschungen wandelten sich in Ekstase um. Sie weinten und lachten, während sie sich liebten, hart, laut, kraftvoll.

„Socrate?", fragte Bea, als sich der erste Sturm gelegt hatte.

„Er wird uns nicht stören. Arnaud?"

„Geschichte."

„Möchtest du mehr erzählen?" Luc wagte den Vorstoß, während er Beas Nabel mit den Fingern zart umkreiste.

*Paul.*

„Du bist nicht mein Psychologe", keifte ihn Bea an, stieß seine Hand von ihrem Körper und sprang auf.

„Warum bist du immer zur Stelle, wenn es mir schlecht geht? Es geht dich nichts an. Es ist doch eh alles vorbei, der Traum, die Zukunft. Bevor sie begonnen hat."

Mit schmerzverzerrtem Gesicht drehte sie hektische Runden um ihn.

„Weil ich dich liebe, deshalb?" Luc blieb liegen. „Du kennst meine Geschichte. Lass mich an deiner teilhaben." Luc wusste, was kommen würde. Bea zögerte, blieb stehen.

„Ich möchte, aber ich kann nicht." Sie hatte Luc hochgezogen und krallte sich an ihm fest. Er spürte ihre Panik, sich ihm zu öffnen, mit jeder Faser.

„Nimm mich so, wie ich bin. Gib mir den Abstand." Wie verzweifelt musste sie sein, das zu sagen.

Er wusste, dass er gehen musste. Es war nur dieser kurze Moment der totalen Verzweiflung gewesen, der sie hatte eins werden lassen.

„So nicht, Bea. Entschuldige. Ich bin weder Arnaud noch Paul. Ich bin Luc. Ich ersetze niemand. Du musst dich befreien, von Paul, von deinem Druck auf dich selbst. Erst dann kannst du einen anderen lieben."

„Aber Les Rêves wäre die Befreiung gewesen. Der letzte Schritt. Du bist schuld", schrie Bea.

„Ein Haus allein löst niemals Probleme. Tief drin weißt du es. Finde dich. Dann bin ich für dich da. Wenn du mich dann noch möchtest."

Mit einem Bellen forderte Socrate ihn auf, ins Wasser zu springen. Luc kühlte seine Erregung im Meer ab. Die Wellen flüsterten ihm zu, dass er das Richtige getan hatte. Er zog sich an und machte sich mit Socrate auf den Heimweg, erschöpft und enttäuscht, aber in dem festen Glauben an die positive Kraft des Lebens.

In drei Tagen würde Neumond sein. Das Meer glich in dieser windstillen Nacht einer dunklen Höhle, in der Bea verschwand. Keine ihrer Freundinnen würde nachts allein im Meer schwimmen, aber sie hatte noch nie Angst vor der Natur gehabt. Die Finsternis und das Meer absorbierten ihre Gefühle, unbeeindruckt, neutral, egal, ob sie das Wasser mit gespreizten Händen peitschte und schrie wegen ihres Scheiterns. Egal, ob sie mit den Beinen strampelte, um ihren Ärger, sich Luc hingegeben zu haben, auszudrücken. Egal, ob sie sich auf dem Rücken treiben ließ, um ihre Armseligkeit zu pflegen. Die Natur drang nicht so erbarmungslos in ihre Seele ein wie Lucs Augen.

Am Strand leuchtete alle zehn Sekunden ein bläuliches Licht auf. Eine halbe Stunde tobte Bea im Wasser, bis sie die Kühle der

Nacht spürte, an den Strand zurückkehrte und das Blinken ihres Handys sah.

„Rike. Warum rufst du mich mitten in der Nacht an?"

„Bee, mitten in der Nacht? Du bist gut. Es wird schon fast wieder hell. Was tust du? Wo bist du? Warum antwortest du nicht, wie es gelaufen ist?"

„Rike, warum ich? Warum immer ich? Ich habe Arnaud erwischt, mit Zoë. Edouard hat einen anderen Vertragspartner. Mein Ausweg ist blockiert. Sonst noch was? Klar! Paul ist verschwunden, und ich habe mit Luc geschlafen, der mich danach in die Wüste geschickt hat. Vertrauen, ein Scheiß. Bei mir doch nicht. Ihr habt alle eure Typen, du, Gela, Lisa. Ach, na wenigstens hat Titus jetzt, was er will."

„Bee, das ist nicht wahr, oder?"

„Die totale Wahrheit. Weißt du was? Ich stürze mich ins Meer. Das gibt keine Hoffnung, muss sie also auch nicht einhalten. Cool, oder? Dann müsst ihr euch keine Sorgen mehr um mich machen und nicht mehr rücksichtsvoll hinter mir her tuscheln. Ein To-do weniger auf euren vollen Listen. Ist doch top." Friederike hörte Schritte im Wasser und hysterisches Gelächter.

„Nur Luc hat dann falsch in mich hineingeschaut. Er meint immer noch, ich könnte mich befreien. Ha, auch ein Psychologe irrt sich ...."

„Weiter. Weiter, Bee, rede. Wo bist du?"

„Ich bin auf Gaou. Rike ....." Abrupt hörte das Gelächter auf. Bea schrie los.

„Ich will das nicht mehr. Ich will nicht mehr kämpfen, jeden Morgen mit dir frühstücken, um das Leben auszuhalten. Es lief alles rund, bis mich diese Schlagzeile aus meiner Arbeit-Paul-

Komfortzone rausgerissen hat. Warum durfte ich nicht in dieser emotionslosen Arbeitswelt bleiben, mit dem versteckten Paul, dessen Existenz inzwischen jeder erfolgreich verdrängt hat?" Bea schluchzte. Ihre Zähne klapperten vor Kälte.

„Weiter, Bee, gut so."

„Nicht einmal dahin kann ich zurück. Paul ist weg, ohne dass ich mein Versprechen eingelöst habe. Was bin ich für eine Versagerin, von der jeder denkt, es geht ihr gut, und sie lebt ihren Traum?"

„Zieh dich an und geh zum Auto zurück. Vergiss die Tasche nicht. Ich bleibe dran."

„Musst du nicht schlafen?"

„Morgen ist Samstag. Ich muss nur mit Leander auf den Markt."

Friederike sagte dies bewusst, denn sie wollte Bea nicht länger schonen. Vielleicht hatte Luc Recht und der harte Weg war der Einzige. Sie erzählte Bea vom anstehenden Umzug, von den Problemen mit den vielen doppelten Sachen, die jeder mit in den neuen Haushalt brachte, und wie sie das lösen wollten.

„Vielleicht hat es in der Nähe deines Gîte auch einen Markt."

„Marché, ohne mich. Wo soll ich hin?"

„Fahre ins Gîte, aber vorsichtig. Ich bleibe dran. Beschreibe mir deinen Weg."

Zwanzig Minuten später traf Bea zitternd mit dem Schlüssel das Schloss in der Eingangstür zum Gîte. Die Vögel begrüßten mit ihrem Gezwitscher den Tag, und die Blätter in den Bäumen applaudierten, als sie über die vielen Schuhe im Eingangsbereich stolperte.

„Ich bin drin. Rike. Wie oft rettest du mir noch das Leben, bis ich es alleine schaffe? Grüße Leander von mir. Ich melde mich, sicher."

„Wir lieben dich, das weißt du. Dein Leben bereichert uns, so wie es ist und so wie du bist. Wir verstehen dich nicht immer, weil wir das alles nie selbst erlebt haben. Aber wir sind für dich da. Du hast die Kraft, Bea. Denk an den Unfall. Du hast Glück gehabt. Höre ich die Vögel zwitschern? Schlaf ein wenig. Bis später."

Friederike wand sich Leander zu, der dem Dialog die ganze Zeit über gefolgt war.

„Du bist die Einzige, von der sie das annimmt, habe ich Recht? Danke Schicksal, dass wir uns wiedergefunden haben. Wir wollen es nie aufs Spiel setzen. Ich liebe dich, Freddi." Er nahm Friederike in die Arme und gab ihr die Zuversicht, dass Bea es schaffen würde.

# Loslassen

Nach zwei Stunden Tiefschlaf erwachte Bea aus einem Alptraum. Die Morgensonne schien ihr ins Gesicht, während die Mauern die angenehme Kühle der Nacht abstrahlten. Sie reckte sich, doch das Strecken rief kein Wohlgefühl hervor wie noch vor wenigen Tagen, als sie sich zu Hause in den Tag hatte hineingleiten lassen. Schmerzen am ganzen Körper lähmten jede Bewegung, schlimmer als nach dem Unfall.

„Rike, weißt du, wo ich bin?" Bea hatte nach dem Handy getastet und auf Rückruf gedrückt.

Friederike hatte sofort abgenommen. „Du bist in deinem Gîte. Ich habe dich hingelotst. Vorhin."

„Heute Morgen? Es ist doch erst Morgen. Was ist passiert? Ich kann mich nicht bewegen."

„Brauchst du einen Arzt? O, Gott, Liebes, ich bin so weit weg. Soll ich Didier anrufen?"

Wie nach dem Unfall checkte Bea ihren Körper durch. Er funktionierte.

„Kein Arzt. Kein Didier. Es ist nur alles so wund. Was habe ich getan?"

„Du weißt es wirklich nicht mehr? Im Schnelldurchlauf: Arnaud und Zoë." Bea schluckte. „Les Rêves Geschichte." Friederike hielt inne. Doch es kam keine Reaktion von Bea. „Gaou? Luc? Kommt da was?"

„Ja, Schmerzen", bemerkte Bea sarkastisch. Der Film vom Zusammentreffen mit Luc lief vor ihren Augen ab. Sie lag immer noch auf ihrem Bett.

„Scheint so, als ob alles verloren ist. Was mache ich jetzt?"

„Trinken? Essen? Notfallkügelchen? Und später wieder telefonieren?"

In diesem Moment hörte Bea in dumpfes Poltern gegen die Eingangstür. Bea verabschiedete sich von Friederike. „Danke und bis später, Rike."

Erst jetzt merkte sie, dass ihre Zunge am Gaumen klebte. Sie hatte seit fast vierundzwanzig Stunden nichts mehr gegessen und getrunken. Behutsam wälzte sie sich aus dem Bett und machte sich auf die Suche nach Wasser. Eine angebrochene Flasche stand auf dem Küchentisch. Während sie gierig daraus trank, tastete sie mit der freien Hand nach dem Brot im Vorratsregal. Aber es war steinhart.

„Es dient nur noch dazu, Arnaud eins über die Rübe zu ziehen."

Die gehässigen Worte befreiten ungemein.

Das Poltern an der Tür fiel ihr wieder ein. Was war das gewesen? Als sie die Tür öffnete, baumelte dort ein frisches Baguette in einer Plastiktüte. Sie biss hinein. Jeder ein Ende. Das hatte sie mit Paul immer gemacht.

*Jetzt esse ich halt zwei Enden. Wenn eh schon alles zu spät ist.*

Mit dem Baguette und der Wasserflasche in der Hand durchquerte Bea das Gîte Richtung Sonne. Sie betrat die Terrasse und setzte sich auf eine Steinbank, mit dem Rücken zur Wand. Maulbeerbäume spendeten Schatten. Die tiefschwarzen Früchte fielen ihr fast in den Mund. Der Blick in die Ferne war überwältigend, die Ruhe perfekt, nur untermalt von Naturgeräuschen der Provence. Sie ließ die Eindrücke auf sich wirken. Die Wärme heilte ihre Wunden. Nach langer Zeit ohne eine Regung entfuhr ihr ein Seufzer tiefen inneren Friedens.

„Traumort!" Ihr Körper fühlte sich weniger wund an. Die Katastrophe weniger bedrohlich.

*Ich kenne dieses Ambiente. Woher? Das ist er. Wie muss er aussehen, der Ort, an dem Sie Kraft tanken? Genau so habe ich ihn beschrieben, damals in der Trauerarbeit um Benjamin. Paul, musste Les Rêves scheitern, um das zu entdecken? Unabhängig von dir? War dein Traum ein anderer? Meine Interpretation egoistisch? Mein Versprechen eine willkommene Ausrede?*

Ein Schwall unerwarteter Gedanken stürmte auf Bea ein. Ruine Les Rêves? Sozialtourismus? Immer Leute um mich rum? Abhängigkeit? Ist das mein Leben? Bea dachte an Lisas „Was willst du".

„Das sollte ich analysieren." Kaum hatte sie diesen Satz ausgesprochen, war sie auf dem Weg in den Salon. „Ich werde es aufschreiben, im Coquelicot-Buch von Luc", sagte sie zu sich selbst. Bepackt mit einer weiteren Wasserflasche, Sitzkissen, dem Buch und ihrem Füller gingt sie auf die Terrasse zurück.

Die Sonne war gewandert, und sie setzte sich auf einen der Terrassenstühle, in den Schatten einer Steineiche. „Traumort!", sagte sie nochmal, als sie das Buch in die Hand nahm. In ihrem Schoss blieb es liegen.

*Eine Renovierung? Weißt du, Bea, was das an Arbeit bedeutet? Mach es dir klar. Bei jeder Ankunft schuften! Über Jahre. Jede Investiton abstimmen. Kompromisse. Ist das dein Leben? Glück gehabt. Du bist es los. Du hast ein Haus, das du liebst, das deinem Laden Unterschlupf bietet. Du hast Geld. Du kannst reisen, wohin du möchtest. Diesen Traumort mieten? Ohne Stress?*

„Rational hast du Recht, Gehirn." Das Selbstgespräch nahm seinen Lauf. „Was kommt als Nächstes?" Die Gefühle. Die falschen Zärtlichkeiten Arnauds. Die Intensität, mit der Luc und sie sich geliebt hatten.

*Liebe per SMS? Auf Abstand? Über tausend Kilometer? Ohne Vertrauen? Das ist nicht Deins. Du brauchst Nähe und Vertrauen. Du brauchst einen starken Partner, einen, der alleine mit sich klarkommt. Sieh es ein. Glück gehabt. Du bist den Blender los.*

Bea ließ die Gedankenblitze auf sich wirken. Da war kein Drang zu fliehen. Dieses Mal wollte sie sich drauf einlassen.

*Das hast du so gewollt, Paul. Ich hätte es nicht kapiert auf die sanfte Methode. Das ist deine Hilfe. Da muss ich durch. Jetzt.*

Blutrot ging die Sonne unter. Bea stellte sich auf einem Tablett mit typischem gelb-roten Provencemuster eine kleine Mahlzeit zusammen. Wasser, Weinglas, Roséwein im Kühler, Teller, Besteck, Brot und Käse. Sie setzte es auf der runden Steinplatte auf der Terrasse ab und holte ihr Handy aus dem Schlafzimmer. Sie machte ein Bild von diesem kitschigen „Stilleben vor Landschaft" und stellte es in die WhatsApp-Gruppe der Freundinnen. „Traumort" schrieb sie darunter.

Sofort gab das Handy gestresst ein Pling nach dem anderen von sich. Was ging da für ein Shitstorm los, fragte sich Bea. Mit vollem Mund las sie die vielen Nachrichten, die sich den Tag über in der Mädelsgruppe angesammelt hatten. Zurückgeworfen auf ihr Inneres hatte sie alles andere ignoriert. Sie hatte nicht mitbekommen, dass ihre Freundinnen sich derartige Sorgen um sie machten.

„Lebst du?"

„Lebeskummer?"

„Brauchst du Hilfe?"

„Melde dich, sonst alarmieren wir die Gendarmerie."

Lisa hatte gar in Erwägung gezogen, sofort nach Frankreich zu fahren. Der aktuelle Stand war, dass sie Didier in Gang gesetzt hatten, um zu schauen, ob es ihr gut ging.

„Ich lebe", antwortete sie. „Und zwar nicht schlecht, wie ihr seht. Entschuldigung für die Sorgen, trotzdem danke. Gebt mir Zeit. Es passiert Erstaunliches." Mit dem Daumenhoch-Emoji schloss sie die WhatsApp ab.

An Lisa schrieb sie: „Ich bin nicht aus der Welt. Internet läuft. Wenn was ist: Arbeit ist ok. Kannst du Didier bitte absagen? Ich halte gerade nur mich aus. Vielleicht ändert sich das bis nächste Woche. Die Möbel für Les Rêves soll er bitte lagern. Ich hoffe, er hat ausreichend Platz. Der Start ins neue Leben war ein Fehlstart. Ob das Rennen besser läuft? Du machst das. Danke."

Hätte sie Lisa gestern Abend erreicht, wäre die Mitteilung anders ausgefallen. Sie hätte sie zum Teufel gejagt mit ihrem Optimismus und ihrem „Das Leben ist schön!".

„Rutardt." Bea hatte sich für Friederikes Festnetznummer entschieden. Tagsüber lief sie mit dem Handy Gefahr, dass jeder mithörte. Das wollte sie verhindern.

„Bea, hallo Leander." Der Stich blieb aus. Sie gönnte den beiden ihre Liebe nach wie vor.

„Bea, hast du uns einen Schrecken eingejagt. Alles ok? Ich gebe dir Freddi."

„Danke, Leander. Habe ich euch den Markttag versaut?"

„Ja, aber dafür sind Freunde da."

Friederike hatte Leander den Hörer abgenommen.

„Warum meldest du dich erst jetzt? Ich habe mir Sorgen gemacht. Wie hast du den Tag verbracht? Erzähle", fragte Friederike ungeduldig.

„Ich habe die Notfallkügelchen genommen und auf die Terrasse gesetzt. Körper und Geist haben mich den ganzen Tag durch die Mangel gedreht. Das darf ich jetzt verarbeiten. Rike, vielleicht musste es so sein. Das ist die Quintessenz. Harter Tobak."

„Merkst du was, Bee? Die Stehauffrau hat wieder angeklopft. Das bist du, Bea, das ist deine große Gabe. Du hast schon so viel Leid in Kraft umgesetzt."

„Mit deiner Hilfe, vergiss das nicht. Ach ja, zu deiner Beruhigung. Die schnuckeligen Alten versorgen mich. Heute hing frisches Brot an der Tür. Hand in Hand sind sie gestern vor mir gestanden, klein, verhutzelt, aber voller Energie und Liebe. Hier ist der richtige Ort."

„Pass auf dich auf, meine beste Freundin. Es soll alles gut werden für dich. Wir hier haben beschlossen, dich nicht mehr zu schonen. Mach dich auf einiges gefasst, wenn du zurückkommst."

„Danke für die Vorwarnung. Dann bleibe ich lieber zu lang als zu kurz hier. Ich umarme dich."

„Ich dich auch."

Während des Telefonats hatte Bea das Notizbuch aufgeschlagen und auf die Mitte der ersten Seite in Schönschrift platziert:

„Für Paul zum Abschied.

Wer bist du, dass ich dich immer lieben werde?

Wer warst du, den ich liebte?

Du gabst mir die Kraft, weiter zu leben.

Ich gebe mir die Kraft, wieder zu lieben!"

Das Gedicht aus der Luzy-Nacht. Gleich und doch wesentlich verändert.

Auf den nächsten Seiten begann Bea, Listen anzulegen. Jede Seite bekam eine Überschrift: Meine Wunschorte. Meine Arbeit. Wo stehe ich? Was macht Paare aus? Was möchte ich? Wie möchte ich mit Paul umgehen? Was kann mir helfen? Was kann mich hindern? Wer ist mir wichtig? Wann fühle ich mich gut? Wann fühle ich mich schlecht? Meine Stärken! Meine Schwächen!

„Würde dir gefallen, Monsieur le psychologue." Sie sagte es ohne Häme. „Santé!" Sie erhob ihr Glas, worauf, wusste sie nicht und genoss das Essen. Als die Abenddämmerung in die Nacht überging, legte sie sich ins Bett und schlief sofort ein.

Drei Wochen lang lebte Bea wie eine Eremitin. Die Zuverlässigkeit und Eintönigkeit des südfranzösischen Sommers und die Einsamkeit des Gîte gaben ihrem Körper die Freiheit, seinen Rhythmus zu finden.

Jeden Morgen tuckerte der 2CV auf den von Zypressen und Maulbeerbäumen umgebenen Hof an der Nordseite des Häuschens. Die beiden Alten brachten Baguette. Vom ersten Tag an hatte Rosemay Bea in die Arme geschlossen.

„Ma plus belle. Meine Allerschönste", sagte die kleine Dame, die eine selten intensive, natürliche Herzlichkeit ausstrahlte.

Bea war zu erschöpft, um gegen den Service anzukämpfen. Sie ließ ihn geschehen und konnte ihn genießen. Das war nicht immer so gewesen. Sonst hatte sie ihre Eigenständigkeit nicht aus den Händen gegeben.

*Ich kann es annehmen. Nur hier?*

Nur einmal, am zweiten Tag, war sie in den Supermarkt gefahren. Sie hatte sich mit Vorräten für eine mehrwöchige Expedition eingedeckt. Französische Haushalte waren darauf ausgelegt, mit ihren Kühl- und Gefrierkombinationen für zehnköpfige Familien. Das war im Gîte nicht anders.

Jeden Tag erkundete Bea nach dem Frühstück die Umgebung. Dort, wo der Fahrweg hinter dem Gîte in einen Trampelpfad überging, hatte sie begonnen, eine Steinpyramide zu bauen. Sie empfand ihren morgendlichen Spaziergang als eine Art Pilgern, Aufbruch und Loslassen zugleich. Die Gedanken kamen und gingen, genug Stoff, um am Nachmittag die Listen zu füllen. Nach ihrer Rückkehr zog sie sich mit einem kühlen Getränk auf die Terrasse zurück, schlug das Notizbuch auf, las die Einträge vom Vortag und ließ sie auf sich wirken. Meist löste das Gelesene Hunger aus, und Bea gönnte sich ein leichtes Mittagessen mit Obst und Joghurt. Am Nachmittag wechselte sie zur Holzsitzgruppe im Hof und bearbeitete E-Mails, denn schon am ersten Tag hatte sie unter Arbeit eingetragen:

„Ich liebe sie. Ich bin erfolgreich. Sie gibt mir Freiheit und Halt. Sie erdet mich. Sie verbindet Deutschland und Frankreich. Interessante Kontakte. Titus. Das bleibt." Ein großer Haken über den Rest der Seite zeigte, dass dieses Thema erledigt war. Lisas Unterstützung tat ihr Übriges. Lisa war Gold wert, denn sie hatte intuitiv die richtige Mischung aus Informationen und Aufgaben gefunden. Bea fühlte sich weder abgehängt noch überfordert. So viel Übersicht und Einfühlungsvermögen hatte sie Lisa nicht zugetraut. Immer wieder setzte sie unter ihre Antworten: „Du bist ein Geschenk, Lisa."

Zwei weitere Listen hatte sie schnell abgearbeitet, Wunschorte und „Wo stehe ich". Auf der Liste Wunschorte blieben Loft, Laden und das Gîte. Für Les Rêves hatte sie zwei Spalten angelegt, Plus und Minus. Bei emotionsloser, distanzierter Betrachtung hatte außer dem Versprechen an Paul und den Erinnerungen nichts für Les Rêves gesprochen. Das Versprechen hatte sie auf die Paul-Liste übertragen, und die Erinnerungen konnte ihr niemand mehr nehmen, ob mit oder ohne Château. Somit hatte sie Les Rêves in der Liste „Wunschorte" dick durchgestrichen. Côte d'Azur, Korsika, Bretagne, Pyrenäen, Norwegen hatte sie unter dem Gîte ergänzt. Ob sie sie alle wiedersehen würde?

Die Seite „Wo stehe ich?" hatte sie nach einem ersten „bei minus 100" in Windeseile in kleinster Schrift vollgekritzelt. Sie erinnerte sich daran, dass sie diese Frage nach dem Besuch der Bibliothek in Le Brusc schon einmal beantwortet hatte. Da hatte sie die positiven Veränderungen bereits gespürt, die die Schlagzeile, der Unfall und Arnaud ausgelöst hatten. Durch den Verlust von Les Rêves und das Verschwinden von Luc hatten die Veränderungen nur weiter Fahrt aufgenommen. Deshalb hatte sie diese Liste mit einem Pfeil nach oben abgeschlossen. Sie konnte in die Zukunft schauen und musste nicht mehr in der Vergangenheit verharren.

Die Arbeitssession und damit die Verbindung zur Außenwelt beendete Bea immer mit einem Handycheck. Sie las und schrieb SMS, änderte ihren WhatsApp-Status mit einem neuen Foto vom Spaziergang. So sahen die Mädels ohne Worte, dass sie am Leben war. Ab und zu telefonierte sie mit Friederike. Doch inzwischen brauchte es nur wenige Worte. Friederike spürte, dass es ihr gut ging.

Nur einmal in den drei Wochen kam sie mit den Listen nicht weiter. Ihre Gedanken drehten sich nur noch im Kreis. Der Kopf wollte sich nicht mehr mit Problemen beschäftigen. Die Routine, die ihr Halt gab, war gestört.

Sie starrte auf das leere Blatt vor sich und begann zu blättern. Mehrmals überflog sie die Liste „Was/wer kann mir helfen", bis zwischen Ruhe, weniger perfekt, Vertrauen in andere, Hilfe annehmen, Friederike, Titus und Lisa „Dagmar – Coach" herausstach.

*Ihr schreibe ich. Ich muss über meinen Schatten springen. Ich darf andere mit meinen Dingen belasten. Ich muss nicht alles alleine lösen.*

Sie hatte Dagmar ihr Problem beschrieben und ohne Nachdenken auf Senden gedrückt.

*Fühlt sich an wie eine unangemessene Forderung, ein Eingeständnis, nicht perfekt zu sein.*

Die prompte Antwort belehrte Bea eines Besseren. „Danke für dein Vertrauen, Bea. Mach Folgendes: Gib dem, was du schreibst, Farben, Gerüche, Töne, ordne ihm Materialien und Temperaturen zu, auch Gefühle, wenn du möchtest. Arbeite mit weniger Listen. Welche es sind, wirst du spüren. Und wenn mal gar nichts geht, akzeptiere es. Du musst nicht perfekt sein. Viel Glück. Das habe ich noch für dich gefunden." Angehängt war eine Postkarte mit dem Satz: „Jeden Tag geschieht ein kleines Wunder." Die Worte waren wieder geflossen.

Der Abend gehörte dem Laisser-Faire. Sie gönnte sich ein französisches Menü, begleitet von Kir und Rosé. Danach zog sie ein Buch aus dem Bücherregal im Salon und las oder ließ die Seele baumeln, in der Hängematte am Rand der Terrasse.

# Das perfekte Paar

„Ma plus belle", hallte es vom Hof. Bea riss die Tür auf und flog Rosemay entgegen.

„De même. Gleichfalls", lachte sie und nahm die achtzigjährige, blonde Kreolin aus La Réunion in die Arme.

„Ich habe getanzt, im Mondschein."

„Tu vois? Siehst du?"

Nostalgie-Radio hatte es möglich gemacht. My Life, Good bye Yellow Brick Road, Champs Elysées: Sie hatte sich bewegen müssen. Sonst wären Körper und Seele vor Energie geplatzt. Auch so endeten manche Abende.

Rosemay zwinkerte Jean zu, ihrem gnomähnlichen, ergrauten siebzigjährigen Ehemann, dessen Gesicht eine schwarze Brille zierte. „Wie hat sie sich aufgerichtet in den letzten drei Wochen, die schöne Deutsche. Ihre Züge sind weicher geworden. Heute wagen wir es", teilte sie Jean ohne Worte mit. Er nickte nur.

„Béa, tu nous accompagnes au marché? Bea, begleitest du uns auf den Markt?"

„Avec plaisir, j´arrive. Gerne, ich komme." Sie hastete ins Haus, um Geld und eine große Tasche zu holen. Einen Café würde sie auf dem Markt trinken. Mit Croissant.

„Je suis prête. Ich bin bereit."

„C´est parti. Los geht's", sagte Jean und hielt den beiden Damen galant die verrostete Beifahrertür auf, als ob diese zu einem Rolls Royce gehören würde. Bea quetschte sich auf den Rücksitz und war froh, als sie in Brignoles aussteigen konnte.

Zuerst schlenderten sie gemeinsam über den Markt. Dann verabredeten sie, sich in zwei Stunden wieder am Auto zu treffen.

Bea wählte im Café de la Place einen Tisch direkt am Geschehen. Sie konnte es kaum fassen.

*Ich kann die anderen wieder aushalten. Ich mag sie. Sie greifen mich nicht an. Sie genießen das Leben. Ich auch.*

Eltern fütterten ihre Kleinen mit Croissants und heißer Schokolade. Rentner nippten am Café, die selbstgedrehte Zigarette in den Mundwinkeln. Paare vertieften sich in Blicke und hielten sich an den Händen, um sich nie wieder loszulassen. Freundinnen priesen ihre Einkäufe an.

Dieses Lebensgefühl beschenkte Bea mit tausend Ideen. Ich kaufe Stoff und nähe, zur Not von Hand. Eine Tischdecke für Rike, für den neuen Balkon. Für mich. Für den Loft. Ich koche Marmelade, für Rosemay und Jean. Für Didier. Ich lade ihn ein. Bea stürzte sich ins Marktgeschehen und tauchte zwei Stunden später vollbeladen und glücklich am 2CV auf.

„Wir fahren beim Supermarkt vorbei. Einverstanden?"

Vor lauter Ideen hatte Bea die Lebensmittel vergessen.

„Ja, passt. Ich kaufe für die nächste Expedition ein. Danke für Euch. Für Eure Hilfe." Sie drückte die beiden liebgewonnenen Menschen an sich.


Zur gleichen Zeit saßen Friederike, Leander, Gela und Titus vor dem Laden, die Markteinkäufe zwischen sich. Nach dem Regen in der Nacht strahlte die Sonne. Lisa hatte ein paar Bistrotische aufgestellt. Die Ladentür stand sperrangelweit offen. Heute geöffnet, die Botschaft war eindeutig.

„Sie macht Fortschritte", warf Friederike in die Runde.

„Das macht sie super. Sie hat nur noch funktioniert. Eine perfekte Show aufgeführt, aber nicht mehr gelebt. Eigentlich nur noch, wenn Coquelicots im Spiel war. Jetzt fühlt sie wieder." Lisa warf Titus eine aufreizende Kusshand zu.

Der schüchterne Lausbub errötete immer noch, wenn Lisa so spontan ihre Liebe zeigte. „Aber sie weiß nicht, was wir gesprochen haben, an all den Abenden im Storch'n, dass ihr mir alles über ihr Leben mit Paul berichtet habt, dass ich von Arnaud weiß ....".

„Das habe ich ihr erzählt, bevor sie zu ihm gefahren ist. Schon vergessen? Da warst du das erste Mal sauer mit mir, Liebling." Lisa provozierte ihn liebevoll. Aber Titus redete weiter. „Warum ich sie nicht mehr sehen wollte. Dass ich euch mein Leben als verwitweter, verwaister Bruder offenbart habe. Merkt ihr was: Für diesen Zustand gibt es nicht einmal ein Wort."

„Schreib ihr eine E-Mail. Tu, was du fühlst. Auch du darfst lernen, dass man selbstgelegte Hindernisse aus dem Weg räumen kann."

„Ich finde ihn toll, unseren Austausch mit ihr. Das hat Potenzial", wechselte Gela zu Bea zurück. „Wir unterstützen sie sanft, sprechen die notwendigen Dinge an. Wir schreiben mit ihr. Die letzten Wochen haben uns zusammengeschweißt. Ist doch schön, oder? Ende September läuft Beas Mietvertrag aus. Ich habe das Gefühl, dass sie dann soweit sein wird, nach Hause zu kommen."

„Die Heimat zu wechseln, akzeptiert das endlich", warf Lisa genervt. „Bea braucht beides. Da müsst ihr euch schon drauf einlassen, vor allem du, Titus."

„Hört das nie auf, das Lernen?" Leander stöhnte.

„Jamais, niemals." Lisa begrüßte neue Kundschaft.

Im August wagte sich Bea ans Eingemachte. Auf den Seiten mit Stärken und Schwächen klafften große Lücken. Nach einem Abend mit Rosemay und Jean hatte sie endlich den Mut, diese Themen in Angriff zu nehmen.

Sie begann mit den Stärken: Die rote Kraft des Coquelicots. Glasklares Denken. Buntes Multitasking. Prickelnde Neugier. Arbeit, wie ein Feuerwerk. Perfektionismus (?), Selbstständigkeit (fehlendes Vertrauen in die Hilfe anderer?), Egoismus? Glitschige Rücksichtnahme (an den falschen Stellen?).

In ihrem Kopf diskutierten die Stärken mit den Schwächen. Bei manchen konnte sie sich nicht entscheiden, welcher Seite sie sie zuschlagen sollte. Bei den Gefühlen war die Tendenz klar. Sie tauchten nur bei den Schwächen auf. Perfektionismus. Fehlendes Vertrauen in die Hilfe anderer. Eingeschlossene Gefühle. Ungesundes Klammern an die Vergangenheit.

Schwarz oder Weiß, Uni oder Bunt? Das war zu offensichtlich. Es waren zarte Untertöne, die ein Konzert ausmachten. Zarte Düfte, die einem Raum Ambiente verliehen. Auf den Punkt gebracht musste sie mehr fühlen, genießen, sich freuen, lieben, tanzen, lachen. Menschen treffen. Ihnen vertrauen. Alles andere konnte bleiben, wie es war.

Wie sollte sie die nächsten Schritte gehen? Die Besuche von Rosemay und Jean waren ein Anfang. Aber das reichte nicht. Dagmar hatte ihr geraten, mit etwas Einfachem anzufangen. Didier, der harmlose Charmeur. Er war die Idealbesetzung für einen genussvollen Abend. Gesagt, getan, und Bea war nicht enttäuscht worden.

Der Abend unter sternenfunkelndem Nachthimmel war harmonisch. Kurz trübte die Cassiopeia die Stimmung, das Bild, das Arnaud damit verband. Aber auf diese hohlen Worte konnte sie verzichten. Bea zauberte ein Menü aus dem Vorrat und servierte kühlen Rosé. Didier kam kaum zu Wort.

„Mit dem Kopf durch die Wand, Madame", schmunzelte er immer wieder. Doch etwas war neu. Bea erzählte von sich, von ihrem Leben, klärte ihn über die Hintergründe auf, warum ihr Les Rêves so wichtig gewesen war, erklärte ihm das Hin und Her mit den Möbeln aus Paris. Manchmal kullerten Tränen über Beas Wangen und irgendwie erschien sie ihm weicher, freier, weniger entschlossen. Als sie ihm zum Abschied am Auto ein Glas selbstgemachter Aprikosenmarmelade mit Kernen in die Hand drückte, wusste er, dass sich etwas in ihr geändert hatte.

„Dürfen Freunde aus Deutschland mich besuchen?", fragte Bea ein paar Tage später ihre Vermieter.

„So viele, wie es Betten hat", sagte Rosemay.

„Und wieviele sind das?" Bea wurde bewusst, dass sie sich bisher nur im Ergeschoss aufgehalten hatte. Den ersten Stock hatte sie noch nicht erkundet.

„Oben sind drei Schlafzimmer und ein Bad, also acht."

„Danke, Rosemay. Das hört sich gut an." Für sich dachte Bea: „Die nächsten Tage erobere ich den Besucherbereich."

„Rike, wollt ihr kommen?", versuchte sie es ein paar Stunden später bei Friederike. „Ihr habt doch Sommerferien."

„Bee, zuerst danke für deine Tischdecke. Hast du sie von Hand genäht? So regelmäßig. Du bist entspannt, stimmts? Sie ist heute angekommen. Sie passt super auf den Balkontisch. Nächste Woche ziehen wir um."

„Ich hätte sie fast nicht abgeschickt, weil ich Angst hatte, dass dich noch mehr Krempel nervt. Aber es musste sein."

„Passt wunderbar. So kommen ein Stück Südfrankreich und ein Teil von Bea zu uns, wenn wir dich schon nicht besuchen können. Es hat immer etwas Gutes. Danke für deine Einladung, aber wir schaffen das nicht, sorry."

„Schade. Didier war neulich da und mit Rosemay und Jean verbringe ich romantische Abende hier im Gîte. Ein andermal, wer weiß?" Bea wechselte das Thema. „Titus hat mir eine geschäftliche E-Mail geschickt. „Wird er mit mir reden, wenn ich zurückkomme?"

„Das wird er. Pass auf dich auf, Bee. Grüße von allen hier. Neulich waren wir zusammen auf dem Markt und haben uns dann am Laden getroffen. Du fehlst uns. Hoffentlich bis bald."

„Schade, dass ihr nicht kommen könnt. Ja, Rike, ich denke, bis bald. Ich umarme Euch." Und bevor sie auflegte, sagte sie: „Rate, wohin ich jetzt gehe. Paul und Bea? Lieblingsaktion?" Sie setzte nochmal ab, um Friederike Zeit zu lassen. Da keine Antwort kam, beantwortete sie die Frage selbst. „Auf den Flohmarkt."

Nicole war froh über die kleine Verschnaufpause und beobachtete das Marktgeschehen. Seit sieben Uhr war sie auf dem Markt, hatte ihren Stand aufgebaut, die Stoffballen hin- und her gewuchtet, Stoff zugeschnitten, dazwischen nur ein paar Schluck Wasser getrunken.

Eine schmale Frau mit dunklem Wuschelkopf fiel ihr auf. Sie kam schon zum dritten Mal an ihren Stand. Die vorigen Male hatten sie über Stoffe gefachsimpelt, und die Kundin hatte immer etwas gekauft. Irgendwoher kannte sie sie.

„Café? Ich bin Béa." Bea riss sie mit einem duftenden Espresso aus ihren Gedanken.

„Nicole", antwortete Nicole verdattert. „Wie komme ich zu der Ehre? Sie waren schon ein paar Mal da." Nicole nahm die Tasse entgehen.

„Stimmt. Ich habe ein Gîte gemietet und nähe dafür. Ich kenne aber auch Ihre Seite. Wenn ich mir gerade keine Auszeit gönne, bin ich Innenarchitektin. Vintage-Stil. Ich bin viel auf Märkten und weiß, wie es ist, wenn man nicht hinter dem Stand hervorkommt."

„Merci. Jemand, der mitdenkt. Selten." In diesem Moment fiel es Nicole wie Schuppen von den Augen. „Coquelicots? Sie sind das?"

„Woher wissen Sie?"

„Bandol, Anfang Juni? Sie haben mehrere Ballen Stoff bei mir gekauft." Im Stillen dachte sie: „Das soll die arrogante, spröde Geschäfstussi sein?" Und dann rutschte es ihr raus: „Sie haben sich verändert!" Nicole lachte.

„Ja und ja. Ich übe. Das ist auch ein Grund für den Café. Kennen Sie das, wenn man sich verliert? Im Beruf? Das ist mir passiert. Und jetzt bin ich hier, in anderem Outfit, aber mit derselben Liebe für Altes und Schönes. Wenn mir jemand vor einem Jahr gesagt hätte, dass ich Decken von Hand nähe, ich hätte nur gelacht."

Nicole stieß mit Beas Espressotasse an.

„Haben Sie außer dem Café einen Tipp, wie ich neben den Märkten Musik machen kann?"

„Was hindert Sie daran?" Bea spielte Lisa.

„Gute Frage. Ich werde darüber nachdenken. Was darf es heute sein?"

Bea fuhr mit der Hand über die Stoffballen. Ein Brokatstoff war mit Weinranken gemustert. „Ich erhöhe den Einsatz, diesen

Ballen, bitte. Aber heute nehme ich ihn selbst mit." Beide lachten. Nicole hatte die Anspielung auf Bandol verstanden.

„Später noch Lust auf ein Glas Wein?", fragte Bea, als sie den Stoffballen abgerechnet hatten und sie die Espressotassen zurückgebracht hatte.

„Gegen zwanzig Uhr? Gerne. Zu reden haben wir sicher genug."

„Bleibt mir Zeit zum Flanieren. A bientôt."

*Allein, ohne Paul. Das kann ich auch. Das dachte sie im Stillen.*

Es war September geworden. Die Blätter der Maulbeerbäume fielen und gewaltige Gewitter lösten die Hochsommerhitze ab. Dann konnte es vorkommen, dass das Internet aussetzte. Manchmal auch der Strom. Dann kam Südfrankreich zum Stillstand, gelassen, stoisch. Bea liebte diesen Zustand inzwischen und an einem dieser Abende voller Kerzenlicht wagte sie sich endlich an die Paulseite.

„Ich kann es nicht halten", schrieb sie auf die Paul-Seite, auf der sie vor Wochen schon das Gedicht ein weiteres Mal fixiert hatte. Vor lauter getrockneter Tränen war das Papier faltig. „Ich muss dich ohne Einlösung des Versprechens gehen lassen und muss das aushalten. Oder war das Versprechen nur falsch verstanden? Um meine Wünsche zu rechtfertigen? Vom Torbogen hast du nie gesprochen. Und hier im Gîte gibt es im ersten Stock eine Kemenate und einen Raum für ein Bücherzimmer." Das hatte sie inzwischen erkundet. „Lange warst du neben mir, mein unsichtbarer Partner. Ich gehe diesen Weg, ohne dich. Habe ich versagt? Das Ende ist nicht erreicht. Trotzdem sage ich nein. Ich habe nicht versagt. Ich habe hart gearbeitet. Das Leben führt seine eigene Regie. Ich werde dich immer lieben, aber du bist nicht mehr mein Partner. Die Jahre haben uns verändert, und ich verrate dich nicht, wenn ich jemand anderen in mein Leben lasse. Ich brauche die Gefühle wieder, die Zärtlichkeiten, die Worte, das gemeinsame Genießen des Lebens. Du hast mir den Weg gezeigt." „Loslassen, Loslassen, Loslassen". Mehrere Zeilen mit diesem Wort schlossen die Seite ab.

Mitte September meldete sich ein Freund von Titus auf Beas Handy und fragte, ob er eine Nacht bei ihr verbringen könnte. Hätte diese Anfrage vor wenigen Wochen Panik und patzige Ausflüchte ausgelöst, hörte sie sich antworten:
„Na klar, hier ist Platz genug. Ich schicke dir die Adresse per SMS."
„Dann bin ich in zwei Tagen da."
„Melde dich, wenn du in der Nähe bist. Ich werde dich erwarten, ciao."
*Ich übe, ich übe. Ich lasse Nähe zu. Ich muss ja nicht gleich mit ihm ins Bett gehen.*
Drei Tage später hatte sie ein Bild von Uwe und sich in WhatsApp gestellt. Es waren harmonische Stunden gewesen, Freundschaft pur. An ihre Mädels schickte sie: „Ich vermisse Euch."
Blieb die Liste Paare. Und je länger sie nachdachte, desto klarer lag die Antwort vor ihr: Rosemay und Jean. Er himmelt sie an, sie lässt die Hingabe zu und erwidert die Liebe. Keiner verbiegt sich. Er angelt, sie kümmert sich um Kinder, Enkel und siebenundzwanzig Urenkel. Sie geht täglich ins Fitnessstudio, zu Fuß. Er holt sie ab.

Welche Paare standen noch auf ihrer Liste? Rike und Leander. Bis auf die Hobbies dasselbe Muster wie bei Rosemay und Jean. Das, was sie sich von Arnaud gewünscht hatte, das Urvertrauen, war bei beiden Paaren zu spüren. Aber funktionierte ihre These auch bei neuen Paaren? Gela und Hans-Peter? Er hatte sie im Internet gefunden und nie mehr losgelassen. Sie hatte ihn erhört, genoss seine Liebe, obwohl sie ihre Wohnung nie aufgegeben würde. Titus und Lisa? Potenzial, schrieb sie dahinter, aber ungewiss. Bea und Paul? Verstehen, ohne zu klammern. Urvertrauen. Derselbe Nenner. Bea und Thomas? Vertrauen, aber kein Gleichgewicht. Er hatte ihr Tempo nicht gehalten. Bea und Arnaud? Fake. Blieben Bea und Luc.

*Warum stehen sie hier? Es gibt dieses Paar nicht, oder doch? Es ist sein Geschenk, in dem ich arbeite. Seine Liebe hat nur Panik in mir ausgelöst, einen Zwang, lieben zu müssen, blockierte Trauerliebe. Dabei hat er nicht Liebe verlangt, sondern Vertrauen, Urvertrauen. Das, was sie suchte und bisher in ihrem Kokon eingeschlossen hatte. Ich lasse es frei. ICH BIN BEREIT!*

„Ma plus belle." Rosemay drückte Bea drei Küsse auf die Wangen.

„Ihr fehlt mir jetzt schon, et toi, ma plus belle aussi. Und du besonders, ebenso meine Schönste."

Tränen liefen Bea über ihre gebräunten Wangen und landeten im Ausschnitt des weißen Leinentops, das ihre Bräune unterstrich. Bea hatte dazu für die Heimfahrt eine bequeme Pumphose in Schwarz mit weiß-rotem Aufdruck und Lederflipflops gewählt. Geschminkt hatte sie sich seit dem Befreiungstag, wie sie den vermeintlichen Glückstag inzwischen getauft hatte, nicht mehr. Dafür hatte sie ihre schwarze Lockenpracht wachsen lassen und so hingebungsvoll gepflegt, wie ihre Seele. Beide glänzten um die Wette.

„Lasst euch eure Liebe als Heilmittel patentieren", hatte sie gestern Abend zu den Alten gesagt, als sie zum Abschied miteinander gegessen hatten und ein letztes Mal in die Nacht getanzt waren, auf einer nur von Sternen und Kerzen beleuchteten Terrasse.

„Du kommst wieder. Das Gîte ist deines, wann immer du möchtest. Und wir werden da sein. Ca, c´est sûr. Das ist sicher. Bonne route."

Mein Traumort, dachte Bea, schon jetzt voller Sehnsucht. Sie streckte den Rücken durch und lächelte.

„Ich lasse ja alles da, ihr Lieben. A bientôt. Prenez soin de vous. Passt auf euch auf."

Das „Promis, versprochen" blieb unausgesprochen. Mit dem Dämon Versprechen hatte sie die letzten Jahrzehnte genug gekämpft.

Der bis auf ein paar Stoffballen, handgenähte Tischwäsche, Marmeladegläser und ihre Lieblingsumhängetaschen leere Mini rollte langsam vom Hof, dem 2CV ähnlich. Bea hörte erst auf zu winken, als sie schon viele Kurven hinter sich hatte.

Während der entspannten Fahrt auf Frankreichs Autobahnen ging sie in Gedanken immer wieder durch, was sie in den vergangenen Tagen auf die letzten leeren Seiten des Coquelicots-Buchs geschrieben hatte. Ich möchte: ausgeglichen, weich, ein bisschen verrückt  sein, Ich-Sein, die neue, französische Bea, andere um Hilfe bitten, mehr Zeit mit den Freunden verbringen, Geschenke machen, reden, Nähe zulassen, lieben, den Richtigen finden, nicht mehr perfekt sein, mit Titus ins Reine kommen,

Wände einreißen, meinen Wunschplatz im Loft gestalten, Coquelicots genießen.

Als sie sich auf der Raststätte im Elsaß gegen Abend die Beine vertrat, war sie so darin vertieft, was sie zu Hause erwarten und wie sie damit umgehen würde, dass sie über einen Bordstein stolperte und mit dem Kinn bremste. Schnell rappelte sie sich auf, betupfte die schmerzenden Stellen. Rasch war das Taschentuch, das sie zum Pfirsichessen benutzt hatte, mit Bluttropfen gesprenkelt. Nase, Hände, Knie waren aufgeschürft. Kauen bereitete Schmerzen.

„Tja, willkommen, neue Bea. Da musst du jetzt durch. Von wegen perfekt, gute Übung." Hocherhobenen Hauptes ging sie durch das Schnellrestaurant auf die Toilette, desinfizierte die Wunden mit Calendula-Essenz, die sie immer in der Tasche hatte, und nahm die letzten hundert Kilometer in Angriff.

# Freunde

„Nächste Woche kommt Bea zurück." Die Freunde hatten einen Stammtisch einberufen, um Beas Ankunft zu besprechen. Sie saßen im Storch'n und diskutierten die Alternativen.

„Ein Fest im Laden, am Samstag. Dann hat sie einen Tag Zeit, sich von der Fahrt zu erholen", schlugen Sabine und Gela vor.

„Zu turbulent", kam von Friederike, Titus und Dagmar wie aus einem Mund.

„Begrüßungs- und Einweihungsparty im Loft. Wir reißen die Wände raus", warf Lisa in die Runde.

„Begrüßungsparty ok. Aber die Wände würde ich gerne mit Bea gemeinsam einreißen." Titus gab Lisa einen Kuss und schaute ihr in die Augen. Sie verstand ihn sofort.

„Ein Blumenstrauß und ein gefüllter Kühlschrank? Vielleicht ist sie erschöpft und möchte bald ins Bett. Ihr kennt sie doch", gab Friederike zu bedenken.

„Nun beschütze sie doch nicht gleich wieder. Ich dachte, wir sind uns einig." Dagmar sah die Sache eher aus therapeutischer Sicht. „Fragen wir uns doch, was wir wollen. Ich wäre gerne einfach da, wenn sie kommt. Ob mit oder ohne Blumen, ob mit oder ohne Essen. Sie schreibt, sie hat Sehnsucht nach uns. Dann befriedigen wir genau das."

„Zur Luzy kommt sie eh, hat sie ja schon gesagt. Dann wird das das große Fest, in zwei Wochen. Ich bin dafür." Gela stimmte für Dagmars Vorschlag.

Noch bevor Flammkuchen gegessen und Bier leergetrunken waren, stand fest, wer was mitbringen würde.

„Bis Donnerstag also, neunzehn Uhr? Es soll kalt werden. Ich heize dann schon mal den Kamin an, wenn ich den Laden schließe, damit unsere Südfranzösin keinen Kälteschock bekommt. Titus, heute zu dir oder zu mir?"

Alle lachten, als Titus rot anlief und mit dem Wildfang den Stammtisch verließ.

Die Fenster des Lofts waren hell erleuchtet.

„Wusste ich es doch!" Bea war gerührt. Kaum hatte sie vor dem Laden angehalten, um auf die Öffnung des Garagentors zu warten, umringte eine bunte, laute Meute unterschiedlicher Charaktere das Auto.

„Bienvenue, willkommen. Fahr rein. Lass dich drücken. Steig aus."

Bea wusste nicht, welchen Wunsch sie zuerst erfüllen sollte, und reagierte deshalb französisch. Sie legte den Leerlauf ein, ließ den Motor laufen und stieg aus, um Friederike, Titus, Lisa, Leander, Dagmar, Gela, Hans-Peter und Sabine in die Arme zu schließen.

*Glück. Wie ist mein Leben reich geworden. Meine beiden Alten heute Morgen und diese Verrückten heute Abend.*

Wieder und wieder drückte sie die Freunde.

„Die Bräune steht dir, Südfranzösin, liebste Chefin."

„Ach Lisa, habt ihr eine Party geplant?", lachte Bea.

„Das nicht, aber ein bisschen feiern kann nicht schaden, jetzt, wo du den Weg zu uns mal wiedergefunden hast." Diese Erklärung hatte Dagmar übernommen. „Wie siehst du überhaupt aus?"

„Gib mir den Autoschlüssel, ich fahre das Auto in die Garage." Friederike und Titus hatten gleichzeitig gesprochen.

„Doucement, langsam, langsam. Die Franzosen haben mir das Multitasking abgewöhnt. Überfordert mich nicht. Erstens: Ich habe mit dem Kinn gebremst, auf der Raststätte. Kann ja mal vorkommen. Ist nicht so schlimm. Zweitens: Danke, Titus, hier." Bea warf ihm den Schlüssel zu. Dann betrat sie das Haus und ging ohne Abstecher ins Büro hoch in den Loft.

„Zu Hause, juchuu!" Bea setzte sich auf einen Barhocker. „Ihr seid die Besten, mit Sekt und Buffet. Und Brezel. Wer wusste denn, auf welchem Entzug man ist, wenn man aus dem Ausland zurückkommt?"

„Wir alle", kam die Antwort wie aus einem Mund. „Auf dich, Bea."

„Auf euch. Danke für all die Wochen, danke, dass es euch gibt. Santé." Der Reihe nach stieß Bea mit allen an. Der Sekt und die Butterbrezel schmeckten nach Heimat.

Bald verteilten sich im Loft kleine Gruppen. Trotzdem konnten alle zuhören, wenn Bea von ihren Erlebnissen erzählte, oder die Freunde von den neuen Gewohnheiten.

„Ihr habt einen Stammtisch? Wann? Ich bin dabei. Wenn ich da bin. Wir sind erwachsen geworden, was? Kein 68er-Widerstand mehr. Wir wissen, was uns guttut, auch wenn es altmodisch ist."

„Und die Luzy ist in zwei Wochen. Deshalb haben wir auf die Party heute verzichtet. Aber den Termin hast du ja schon bestätigt."

„Wie aufgeweckt sie ist, und locker. Macht Spaß, sie anzusehen", flüsterte Leander Friederike zu, mit einem intensiven Blick auf Bea.

„Hey, hey, sie ist zu haben." Friederike boxte Leander in die Seite. „Finger weg. Du bist vergeben und außerdem wartet der Passende ja schon."

„Das weiß sie nur noch nicht."

„Und das bleibt auch erst mal so." Friederike nickte bestimmt. „Bea muss den ersten Schritt tun. Und solange soll Titus von Luc profitieren. Sie verstehen sich so gut."

Luc hatte Titus am Nachmittag, nach dem Treffen mit Bea, im Schuppen besucht. Er hatte das Bedürfnis, Bea nahe zu sein, und sei es nur über Titus. Titus hatte ihn aber auch berührt. Ein Mann mit ähnlichem Schicksal, aus anderer Perspektive. Sie hatten beschlossen, Kontakt zu halten. Luc war seither zweimal zu Besuch bei Titus gewesen. Einmal zum Reden, das andere Mal zum Gestalten. Sein Projekt Mas de Pins nahm Formen an.

„Was gibt's denn da zu tuscheln, ihr beiden? Feilscht ihr immer noch um Platz in der Wohnung?"

„Wir haben über dich getuschelt, Bee. Du siehst gut aus, trotz Macken. Calendulaessenz?"

„Check." Bea zeigte den Daumen hoch.

„Nein, kein Geschachere mehr. Wir sind eingerichtet. Alles passt bei uns zu Hause."

„Du bist jederzeit willkommen", ergänzte Leander. „Und weil jeder ein eigenes Zimmer hat, könnt ihr beide quatschen, singen, tanzen oder was immer euch einfällt. Ich störe euch nicht."

„Danke, das Angebot nehme ich an."

Irgendwann am Abend blieb Beas Blick an der Holzschatulle und der Coquelicotsschale hängen.

„Wollen wir gemeinsam die Wände einreißen? Morgen?" Titus war neben sie getreten. Bea drehte sich zu ihm um.

„Ja, Titus, das machen wir. Und wir reden. Endlich. Komm zum Frühstück, im Laufe des Morgens."

„Lisa, ist es ok, wenn ich den Laden erst ab Samstag übernehme?" rief Bea zur Küchentheke hin.

„Geht klar, Chefin. Da bin ich eh weg. Auf Auftragssuche. Willkommen zu Hause." Lisa hielt den Daumen hoch.

Als nach Mitternacht Stille eingekehrt war, durchstreifte Bea den Loft, strich über Möbel und Bilder, über Stoffe und Fell.

*Alles ist gleichgeblieben, der Loft, die Gebäude, die Straßen, die Aufgaben, äußerlich. Vieles hat sich verändert, innerlich.*

Zufrieden legte sie sich in ihr breites Bett und schlief sofort ein.


„Guten Morgen." In Jeans, langärmeligem T-Shirt und langem Cardigan wärmer angezogen als die letzten Monate, betrat Bea die Bäckerei um die Ecke.

„Wieder im Land, Frau Veit? Sie sehen gut aus." Frau Schmidt, die sonst so mürrische Bäckersfrau lächelte sie an. „Was darf es sein?"

„Danke, Frau Schmidt. Ebenso. Ein Vollkornbrot, ein Laugenbrötchen und eine Brezel, bitte. Ach ja, Butter brauche ich. Und die Salami nehme ich mit."

„Lassen Sie es sich schmecken", rief Frau Schmidt Bea nach, als sie den Laden verließ. Bea arrangierte ein kleines Frühstücksbuffet auf der Küchentheke und deckte am Wohnzimmertisch so ein, dass Titus auf die Regalwand schauen würde. Während sie den Kaffee mahlte, polterte Titus mit schwerem Gerät die Treppe herauf.

„Wenn wir eine Uhrzeit ausgemacht hätten, hätte es nicht besser gepasst. Guten Morgen, Titus." Bea strahlte ihm entgegen.

„Guten Morgen, Bea." Titus stellte Vorschlaghammer, Meisel, Schaufel, Abdeckplane und stabile Schuttsäcke im Jugendzimmer ab und kam in den offenen Bereich zurück.

„Sieht lecker aus, Hausmütterchen, selbstgemacht? So kenn ich dich gar nicht." Die Aprikosenmarmelade in der Hand drückte er Bea drei Küsse auf die Wange.

„Da kannste mal sehen. Setz dich, alles fertig." Bea ließ sich auf das Ledersofa fallen.

„Wie ich diese Butterbrezeln vermisst habe."

„Haben alles ganz schön schleifen lassen?", begann Titus zaghaft.

„Und uns damit sehr weh getan."

„Du hast mit Paul gelebt. Das war für mich selbstverständlich. Du warst für mich sein Ersatz, meine Schwester. Du und Paul. Das war für mich Gesetz. Thomas hat da nie dran gekratzt. Aber deine Liebe zu Frankreich, die hat mir Angst gemacht. Ich habe nur an meine Gefühle gedacht."

„Und sie eingesperrt. Du hast nie über deine Trauer gesprochen, den einsamen Bruder. Du hast mir nie gesagt, was ich für dich bin. Manchmal dachte ich, du bist in mich verliebt und dann wieder, ich wäre nur Ersatz."

„Coquelicots ist ein Glücksfall, unser Anker für Paul."

„Und dann bin ich ausgebrochen und habe dein Vertrauen missbraucht."

„Les Rêves hätte ich ja vielleicht irgendwann akzeptiert. Aber Arnaud? Bitte beschreibe mir, was da passiert ist. Ich möchte es verstehen."

Bea erzählte Titus, wie sie nach dem Unfall auf Arnaud gestoßen war. Wie sie vorher Paul um Hilfe gefleht hatte, endlich wieder lieben zu können. Wegen der Schlagzeile. Wie er immer sporadisch aufgetaucht und dann verschwunden war.

„Titus, weißt du, dass für Paul Internet ein Fremdwort wäre? Für mich ist er der Zweiundzwanzigjährige geblieben. Für dich?"

Titus blickte sie nachdenklich an.

„Er wäre heute über fünfzig. Hast du dir das schon mal vorgestellt?"

Titus stutzte.

„Du hast Recht. Paul war immer der Paul, der bei mir im Schuppen hängt." Titus zögerte. „Ist er anders, der ältere Paul?"

„Ich weiß es nicht. Aber mir ist bewusst geworden, dass ich mit einem Ideal gelebt habe, das nie Widerrede geben konnte, mich nie in Frage gestellt hat, sich nie mit mir gestritten hat, sich nicht entwickelt hat. Bei dir genauso, oder?"

„Lass mich nachdenken. Paul ist Paul. Jünger? Älter? Doch, eins fällt mir ein. Ich stellte mir mal die Frage, ob wir uns um dieselbe Frau gestritten hätten."

Beide hingen ihren Vorstellungen zu Paul dem Älteren nach, bis Titus das Schweigen brach. „Du und ich, wir waren uns so nah und doch so fern in unserem Schmerz. Warum haben wir diese Fragen nie zugelassen? Warum haben wir nie geredet?"

„Warum, Titus? Wir haben uns geschont. Die anderen haben uns in Watte gepackt. Wir waren perfekt. Zu perfekt. Nur keine Schmerzen provozieren. Wir hatten Angst vor den Antworten. Aber offensichtlich bewirken sie am Ende Positives."

Titus atmete tief ein und steckte seine Hände in die Hosentaschen der Arbeitslatzhose. "Ohne das Auftauchen von Luc, ohne Les Rêves, wären diese Gräben vielleicht nie aufgebrochen, und wir säßen heute nicht hier und würden über alles reden. Als er aufkreuzte und mir das Foto von Arnaud zeigte, war ich total am Ende. Ich habe die Welt nicht mehr verstanden."

„Ich habe mich nach der Schlagzeile und dem Unfall selbst nicht mehr gekannt. Alles stand in Frage."

„An diesem Nachmittag im Laden gab es ein paar kurze Momente des totalen Gleichklangs. Die haben viel in mir gelöst. Und Lisa. Ich liebe sie, diese chaotische, liebevolle, positive Frau."

„Und mir hat der Abstand geholfen. Ehrlich zu sein, zu sich selbst, ist harte Arbeit, härter als Coquelicots. Ich habs geschafft, mit der Hilfe von vielen, auch von Pauls verrückten posthumen Ideen."

Bea setzte sich neben Titus auf die Sessellehne und nahm ihn in den Arm. „Nun reden wir und vertrauen uns, du als Bruder und ich als Frau."

Titus fuhr mit dem Kopf zurück.

„Guck nicht so erschreckt. Ja, das sind wir. Nehmen wir es so, wie es ist. Du bist ein toller Mensch, Titus. Und Coquelicots stand nie auf dem Spiel. Das weißt du."

Titus zog Bea zu sich herunter und küsste sie auf ihre schwarzen Locken. Bea schaute sich unsicher um.

„Keine Angst. Lisa kommt nicht hoch", beruhigte er Bea. „Und wenn: Sie weiß, worum es geht. Zieh dich um. An die Arbeit. Mit jedem Schlag und jeder Schaufel Schutt erzählen wir uns eine Erinnerung. Einverstanden?"

Schnell waren die Lebensmittel und das Geschirr weggeräumt, Bea umgezogen und der Loft mit Malerplanen sorgfältig abgedeckt. Die Holzschatulle hatte Titus ignoriert.

„Er war im Sport immer besser." Die erste Trennwand gab beim ersten Schlag mit dem Hammer nach.

„Er sprach besser Französisch als ich." Die zweite Wand fiel.

„Diese Boardshorts, ich habe sie gehasst. Sie sind beim Eintauchen ins Wasser immer runtergerutscht."

„Wie betrunken er war, das erste Mal in Six-Fours."

„Wie er den alten Rektor nachäffte."

„Auf dem Podium, bei den Württembergischen Handballmeisterschaften. Er wollte nur verschwinden."

Zwei Stunden, viele Anekdoten und Wasserflaschen später standen Titus und Bea im offenen Loft. Nur die Klebereste des Teppichbodens und der Anschluss der Wände an die Decke zeugten noch von der Vergangenheit, die in dicke Säcke verpackt neben ihnen stand.

„Ob mich der Müllmann wiedererkennt? In Arbeitsklamotten und mit einem Lieferwagen? Das letzte Mal war ich schick angezogen und hatte allen Müll im Mini. Das war der Nachmittag, als Luc da war."

„So jemand wie dich vergisst man nicht, Bea." Abrupt blickte Titus zum Regal. „Die Holzschatulle da oben: Es ist seine, oder?"

„Ja, Titus. Möchtest du sie haben? Es sind Pauls Briefe drin, die wenigen, die ich habe, und Fotos."

„Wenn ich soweit bin, Bea, sage ich dir Bescheid. Danke. Ich weiß jetzt, wo sie steht."

„Gehst du mit mir auf den Friedhof?" In Bea war plötzlich ein intensives Bedürfnis entstanden.

„Ich war ewig nicht mehr da. Gehst du noch immer hin?"

„Nicht mehr so oft wie nach seinem Tod. Da war ich jeden Tag am Grab. Aber ab und zu schaue ich schon, wie es dort aussieht, und ob der Rabe noch auf dem Ast über dem Grab sitzt und auf mich wartet."

Sie ließ das Bild Gestalt annehmen.

„Er ist noch da. Du brauchst nicht zu fragen. Begleitest Du mich? Ich möchte das Medaillon begraben, an seinem Kopfende, dort, wo ich immer die rote Rose hingelegt habe."

Titus blickte an sich herab und runzelte die Stirn.

„So wie wir sind. Nach dem wir den Müll abgeladen haben. Paul wird es mögen", entschied Bea.

Als sie am Nachmittag am Grab standen, Hand in Hand, flog ein Rabe auf den Ast und krähte. Sie hörten ihn nicht. Zu sehr waren sie vertieft in diese heilige Handlung, mit der Bea Paul ein zweites Mal beerdigte. Doch dieses Mal standen sie hier nicht ohnmächtig, von Trauer betäubt, sondern lenkten das Geschehen selbst.

„Danke, Titus."

„Danke dir, Bea."


Am Samstag nahm Bea den Büro- und Ladenalltag wieder auf. Sie erledigte den üblichen Bürokram, dachte sich in neue Aufträge ein, wobei ihr ein Restaurant im Elsass ins Auge stach.

„Passt dort der Weinbrokat hin?", fragte sie sich. „Siehst du, Paul, geht immer noch." Sie zwinkerte nach oben in den Raum. Vielleicht könnte sie mit Titus über die Grenze fahren und die Wünsche der Kunden entgegennehmen.

Der tiefe Ton einer Schiffsglocke rief sie in den Laden. Titus hatte das schwachklingende Olivenholzmobile gegen die durchdringende Glocke ausgetauscht. Die Coquelicotskacheln waren verschwunden. Lisa hatte sie mit Beas Genehmigung an einen Seifenladen in Marseille verkauft. Warum sie Reste einer Kachel auf dem Fußboden gefunden hatte, hatte sie nie gefragt.

Die Auswahl an Kleinmöbeln und Accessoires hatten Titus und Lisa der Jahreszeit angepasst. Dicke Wolldecken, voluminöse Sitzkissen, barocke Kerzenständer, Teelichter und rustikale Laternen stimmten auf die langen und kalten Wintermonate ein. Bald war es auch Zeit, den maritimen Raumteiler zu ersetzen. Sie würde im Schuppen auf Ideenjagd gehen.

Einige treue Kunden nutzten den Markttag, um Bea zu begrüßen. „Schön, dass Sie wieder da sind, Frau Veit", hörte Bea an diesem Morgen oft. „Frau Maibaum hat sie gut vertreten", ergänzten manche.

Dann antwortete sie: „Freut mich, denn das wird so bleiben. Es ist besser, wenn der Laden zuverlässige Öffnungszeiten hat. Dann können Sie öfter reinschauen."

Die ausgefallene Dekoration lockte neue Kunden in den Laden. Läuft, dachte Bea und fügte ein „Danke, Lisa" hinzu.

Nach Ladenschluss traf sich Bea zum Mittagessen mit Friederike im Café de Ville.

„Bee, kommst du uns morgen besuchen?" Friederike hängte ihren kleinen Lederrucksack über die Stuhllehne. Die Leinentaschen mit dem Einkauf hatte sie Leander mitgegeben.

„Ja klar, wie ausgemacht. Soll ich einen Kuchen backen?", fragte Bea.

„Du?"

„Ja, macht total Spaß. Linzertorte wird besonders gut. Marmelade habe ich in Hülle und Fülle."

„Wenn du möchtest, ok."

Die Freundinnen erzählten und lachten.

„Feg nur nicht wieder den Espresso vom Tisch", flachste Friederike, als sie beim Nachtisch angekommen waren.

Bea zögerte.

„War ich von der Rolle. Unglaublich, oder? Wegen einer einzigen Schlagzeile. Und wo ich heute stehe. Was das ausgelöst hat. Aber irgendwie nicht nur bei mir. Auch bei euch. Ihr seid so locker. So kenne ich euch gar nicht."

„Bee, am Stammtisch geht es wild zu. Ich glaube, wir haben alle aus deiner Krise gelernt. Totschweigen war früher. Als ich das erste Mal von dir, Paul und Arnaud erzählt habe, ist plötzlich aus jedem ein Erlebnis mit Paul herausgebrochen. Niemand hatte sich vorher getraut. Jetzt wird geredet, und wir verbringen mehr Zeit miteinander."

„Ich mag es, Rike. Der Tag gestern mit Titus war sehr schön. Wir haben das Medaillon begraben und der Loft ist luftig."

„Ihr konntet reden?"

„Wie noch nie. Wir waren zusammen auf dem Friedhof. Das hätte ich mich vorher nicht getraut. Man weiß nie, wofür etwas gut ist. Stimmts?"

„Und Luc? Denkst du an ihn?"

„Wie kommst du darauf?" Bea wurde auf einmal unruhig. „Mischt er sich hier ein? Wahrscheinlich. Aber egal. Er hat seine Lektion gelernt. Und ich bin bereit. Das steht im Notizbuch. Wenn ein anderer kommt, soll es so sein. Lass mich erst mal den Jetztzustand genießen."

„Ok. Was für ein Jahr, trotzdem."

„Morgen bei euch, Montag Termin mit Titus im Schuppen, Mittwoch Stammtisch, in zwei Wochen Luzy, dann Weinprobe und Besuch im Elsaß. Was meinst du: Habt ihr Lust, Silvester in Südfrankreich zu verbringen? Das Gîte ist groß genug. Stammtisch, ist das der richtige Ort für diesen Vorschlag? Ach

Rike, ich bin so froh, die zu sein, die ich geworden bin. Ich hoffe, dieses Mal hält die Veränderung an, und ich falle nicht wieder in den alten Trott."

Wenn du jetzt noch Luc in dein Leben lässt. Aber diesen Satz verschluckte Friederike. Dafür sagte sie: „Deine Nase sieht wieder besser aus."

„Ich weiß, Calendulaessenz. Täglich, mehrmals."

## Endlich frei

Nach einem ungewöhnlich warmen Föhntag senkte sich die Sonne über dem Elsaß. Die Besucher der Oldie-Disco trudelten nach und nach im JuZe ein. Im Saal, der direkt hinter der Eingangstür begann, quetschten sich die Gäste. Altfreaks mischten sich unter Sakkoträger, Etuikleider konkurrierten mit wallenden Gewändern.

Bierflaschen, schummrige Beleuchtung, Diskokugel und Schwarzlicht sorgten für das alte Schwoofflair. Wie früher standen einige beobachtend am Rand Spalier, während sich die meisten auf der Tanzfläche austobten.

Bea hatte zu Anfang an der Getränkeausgabe geholfen. Nun ließ sie ihrem Körper auf der Tanzfläche freien Lauf. Auch Michael war wieder dabei, und sie tanzte mit ihm einen Stehblues, SambaPaTi.

Sie fährt heute gar keine Krallen aus, dachte er, als sie sich langsam im Kreis drehten. Ist sie soweit? Wann wage ich es? Vor lauter offener Fragen merkte er nicht, dass das Lied vorbei war, und er Bea immer noch im Arm hielt, als von Ilses Playlist Pauls Lieblingslied, „Shine on You Crazy Diamond" von Pink Floyd, gespielt wurde. Mit ein bisschen Körperabstand drehten sie sich weiter, blieben aber wie vom Blitz getroffen stehen, als ein schon etwas angeheiterter Motorradkumpel rief:

„Hey, Paul, alter Kumpel, weißt du noch? Six-Fours?"

„Du vermisst ihn, stimmts?" Mik riskierte eine Abfuhr.

„Lass uns tanzen. Passt schon." Sie drehten sich weiter. Mik spürte an ihren weichen Körperbewegungen, wie sie in ihren Erinnerungen versank.

„Ich möchte ....", begann Mik, doch die Musik war zu laut. Er hätte das Geheimnis laut herausschreien müssen. Die Gelegenheit war vorüber.

Bis spät in die Nacht hatten sie sich beim Tanzen verausgabt. Der harte Kern mobilisierte zum Aufräumen die letzten Kräfte. Dann versammelten sie sich um den Tisch in der Mitte des Saals und leerten die Stumpen, angebrochene Weinflaschen und die letzten Bierflaschen.

„War mutig, dass Frank das geschrien hat." Leander sprach aus, was in der Luft hing.

„Und von Ilse, den Verdrängcode endlich zu brechen. Danke für den Song", sagte Bea. „Darf ich von Freitag erzählen, Titus?"

„Verrückt, aber ok."

„Wir waren auf dem Friedhof. Und haben über Paul gesprochen. Wie und wer er heute wäre. Während wir im Loft mein Jugendzimmer eingerissen haben, haben wir uns Paul-Erinnerungen zugerufen."

Der Satz blieb in der Luft hängen, bis Lisa es wagte: „Ich kenne euch alle ja noch nicht so lange. Aber wäre das Erinnerungentauschen was für euch alle? Am Stammtisch war es neulich ähnlich. An einem ruhigen Ort? Nicht gerade bei der Luzy."

Sie schauten sich an, nickten. Dann purzelten die Vorschläge.

„Am Stammtisch? Im Hinterzimmer?"

„Im Laden?"

„Im Loft?"

„Im Schuppen?"

„Ganz makaber: Auf dem Friedhof?"

„Eine Gedenkfeier?", warf Dagmar ein.

„Eine Gedenkfeier? Es sind schon blödere Ideen nach einer Luzy entstanden", sagte Gela trocken.

„Eine Gedenkfeier kann uns keiner verbieten."

„An seinem Geburtstag, im Dezember." Titus war dafür.

„Wer möchte, soll etwas sagen dürfen."

Michael schluckte hohl, als Friederike dieses Detail ins Spiel brachte.

„Es soll aber kein Trauergottesdienst werden", sagte Bea. „Paul soll leben, seine Eigenheiten, seine Musik. Und zu religiös hätte er auch nicht wollen."

*Ich sehe mich am Sarg stehen. Ich sehe mich hinter dem Sarg herlaufen, neben Friederike. Ich sehe mich am Grab stehen, unter den kahlen Bäumen. Was geschah in der Kapelle? Ich weiß es nicht mehr. Eine Feier von Freunden war es sicher nicht gewesen.*

Ihr war sofort klar, was sie beitragen würde. Ihr Gedicht aus dem Jugendzimmer, nein, die geänderte Variante aus dem Coquelicots-Notizbuch.

„Hat jemand was zu schreiben?" Ilse war neben Bea als Listentante bekannt.

Musik, Stammtisch. Beiträge, Freunde, alle fragen.

„Weiß schon jemand, ob er etwas sagen möchte?", hakte Ilse nach.

Titus und Bea meldeten sich, Michael zur Überraschung aller auch. Aber sie waren so im Planungsfieber, dass sie schnell zum nächsten Punkt übergingen.

„Friedhof?", fragte Bea.

„Die kleine Kirche hier gegenüber? Paul war katholisch gewesen. Würde passen."

„Friedhofskapelle?" Ilse schaute in die Runde.

Niemand reagierte.

„Kirche?"

Alle nickten.

„Aber Herr Späth ist nicht mehr aktiv", fiel Friederike ein.

„Muss es unbedingt ein Priester sein?" Bea zweifelte.

„Gemeindesaal?"

„Wie wäre es mit Friedrich? Er hat sich, glaube ich, zum Laienprediger ausbilden lassen. Er sagt, es wäre sein Ausgleich zum Arztberuf. Ich sehe ihn ab und zu auf der Hochburg. Dort ist er mit dem Mountainbike unterwegs. Soll ich ihn fragen?"

Gemeindesaal, Rede, Friedrich, Titus, hielt Ilse auf einem Bierdeckel fest.

„In memoriam. Auf unserer Todesanzeige von damals, mit Datum und Uhrzeit der Gedenkfeier und dem Treffen im Storch´n. Das würde ich mir wünschen. Darf ich unsere Eltern drauf schreiben? Ich mache das."

„Karten schicken wir keine, oder?", fragte Friederike.

„E-Mail und WhatsApp reichen. Ihr habt freie Wahl, aber kein Facebook oder andere öffentliche Geschichten", warnte Dagmar.

„Lisa, dekorieren wir den Raum?", fragte Bea. „Vom Flohmarkt? Was für eine Idee. Das machen wir. Ach, ihr Verrückten, dass es euch gibt."


Titus und Bea hatten sich für eine Stunde vor Beginn der Feier an Pauls Grab verabredet. Sie wollten gemeinsam den kurzen Weg vom Friedhof zum Gemeindesaal gehen. In der Nacht hatte es geschneit. Es war eiskalt. Beide hatten warme Wintermäntel an, aber Bea war ihrer Farbkombination treu geblieben. Sie hatte zum grauen Mantel einen weichen, üppigen, weinroten Mohairschal um den Hals geschlungen. Auch die roten Kreolen mussten dabei sein.

Am Vormittag hatte sie mit Lisa den Raum geschmückt. Dunkle Erika und weißes Stachelkraut. Zwischen den Stühlen und an den Exponaten. Einem Olivenholztisch, auf dem ein aufgeschlagenes Buch in dickem Lederband lag. Einer Staffelei mit einem Foto von Paul, das aus dem Schuppen, sowie ein Handball standen auf Gittern aus rostigem Eisen. Sie hatten für hundert Personen aufgestuhlt.

„Wer wird kommen?"

Diese Frage stellten sie sich immer wieder. Letzlich war es egal, denn es ging um ihren Abschied. Darum, den Freund endlich loszulassen und ihn in ihrer Mitte unkompliziert weiterleben zu lassen.

„Titus." Bea drückte Titus´ Hand und wies mit dem Kopf Richtung Kirche. „So viele Menschen." Bea erkannte Studienkollegen von Paul, Mannschafts- und Klassenkameraden, Motorradkumpels. Titus begrüßte Cousins und Cousinen.

„Bin gleich zurück", flüsterte Bea Titus zu und ging auf einen etwas abseitsstehenden Mann zu.

„Didier." Sie umarmte ihn.

„Ich muss doch sehen, was chère Madame hier so treibt", sagte er. „Courageux. mutig."

„Viens. Komm. Du hast mich unterstützt. Das ist das Ergebnis. Hast du ein paar Tage Zeit? Endlich kann ich dir Coquelicots in seiner Heimat zeigen."

„Oui, bien sûr. Sicher. Mais attention. Aber Vorsicht. Ich habe etwas mit euch vor. Hat Zeit. Ich sehe euch später." Er drückte Bea nochmals, wandte sich ab und verschwand im Gemeindehaus.

Zwischen den Begrüßungen war die Zeit schnell vergangen und der Platz vor dem Eingang leerte sich. Titus und Bea betraten das Haus, in dessen Türsturz eingemeißelt war: Die Liebe höret nimmer auf.

So wie in der Friedhofskapelle, dachte Bea. Danke.

Sie setzte sich neben Titus in die erste Reihe. Mik, Lisa, Friederike, Leander und der Rest der eingeschworenen Clique folgten.

Obwohl Bea den Ablauf kannte, pochte ihr Herz wild gegen den Brustkorb. Trauer und Freude fochten in ihrem Bauch einen wilden Kampf aus. Würde die Feier ihren Zweck erfüllen und alle befreien? Hatte Friedrich ihr Anliegen in die richtigen Worte umgesetzt? Was hatte Mik auf dem Herzen? Er hatte es nicht verraten.

Die ersten Töne des Pink-Floyd-Songs, „Shine on You Crazy Diamond" ließen das Raunen im Raum verstummen. Tränen und Gedanken flossen, aber auch Lächeln tauchte auf den Gesichtern auf. Beas Trauerkokon löste sich auf. Sie ließ die ihre Tränen fließen, ohne Krämpfe, ohne Schütteln, ohne das bekannte Beben, das in den letzten Jahren unkontrollierbar direkt aus ihrem Inneren gekommen war. Eine tiefe Ruhe erfasste sie.

Friedrichs samtene Stimme sammelte die Anwesenden im Raum.

„Paul, du hast etwas geschafft, was nicht allen gelingt. Du hast heute viele Menschen nach so vielen Jahren vereint, manche zueinanderfinden und wieder andere nie auseinandergehen lassen."

Pauls Leben zog an ihnen vorbei, lebendig, witzig, nahe. Friedrich ließ die Schmerzen der Trauer, totgeschwiegen, lähmend, erdrückend, nicht aus. Doch seine unaufgeregte Ernsthaftigkeit und seine eigene Betroffenheit heilten. Bea merkte, wie sich Titus entspannte.

„Du wolltest nie der Angepasste sein. Ein bisschen von deiner Verrücktheit möchten wir heute mitnehmen. Wir befreien dich von unserer Trauer. Endlich haben wir begriffen, dass du auch ohne Schmerz und falsche Rücksichtnahme in unserer Mitte sein kannst."

Auf ein Zeichen von Friedrich hin traten vier Frauen vor. Der Teil mit den Beiträgen der Freunde begann. Die Freundinnen aus Schulzeiten schnippten einen Rhythmus, den sie bald durch eine Melodie ergänzten. „He´s got the whole world in his hand". Mit jeder ihrer Bewegungen forderten sie alle im Raum auf, mitzusingen. Der Text des Gospels war kopiert worden. So entstand nach und nach ein improvisierter, freudiger Zwiegesang, der das gesamte Volumen des hohen Kirchenschiffs füllte.

*HE. Ja, wie lange hast du meine Welt in deiner Hand gehabt.*

Bea war sich sicher, dass in diesem Moment nicht nur sie „he" mit Paul gleichsetzte und nicht mit Gott.

„Es ist hart, den Bruder zu verlieren, ohne ihn weiterleben zu müssen. Es ist Verlust, Verantwortung, Nachahmung zugleich, und es gibt nicht einmal ein Wort für diesen Zustand. Denkt an die Geschwister, wenn Menschen sterben. Dies möchte ich euch mitgeben als Botschaft. Ich kann es endlich aussprechen und mein Leben genießen. Bis dann, Paul. " Mit einem liebevollen Blick auf Pauls Bild setzte sich Titus nach seinem Beitrag wieder auf die Bank.

Nun war Bea an der Reihe. Friedrich kam ihr entgegen, nahm ihre Hand und führte sie zum Stehpult. Ihr Herz klopfte bis zum

Anschlag und kurz kam der Gedanke, dass es ihr nicht zustünde, hier vor so vielen Menschen ihr Innerstes mitzuteilen. Doch sie wollte den letzten Schritt gehen, weil sie wusste, dass er notwendig war. Ohne auf ihren Zettel zu schauen rezitierte Bea:

„Für Paul zum Abschied.

Wer bist du, dass ich dich immer lieben werde?

Wer warst du, den ich liebte?

Du gabst mir die Kraft, weiter zu leben.

Ich gebe mir die Kraft, wieder zu lieben!"

„Danke", fügte sie hinzu. „Du weißt wofür." Sie warf dem bild eine Kusshand zu.

Langsam und bewusst peilte sie ihren Platz an. Die Paare hatten sich an den Händen genommen oder sich tief in die Augen geblickt. Beas Augen hielten sich an niemandem fest.

Es entstand eine Pause. In der Kirche wurde es unruhig. Dann trat Mik vor. Er zitterte am ganzen Körper.

„Ich...". Das Rascheln der Blätter, die er in der Hand hielt, übertönte seine Worte. Er griff nach Friedrichs Arm, den dieser ihm entgegengestreckt hatte.

„Ihr habt euch gefragt, warum ich nie über Pauls Tod mit euch sprechen konnte. Über den Tod meines besten Freundes." Die Blätter waren zu Boden gefallen. Das Zittern hatte aufgehört.

„Warum ich nie zurückkam und vor allem dich, Bea, bei meiner Rückkehr gemieden habe. Nur wenige Male habe ich versucht, das Geheimnis loszuwerden. Ihr habt mir nie geglaubt. Unmöglich. Paul ist nie mehr zu Bewusstsein gekommen, sagtet ihr. Der Unfall war für uns alle ein Tabu gewesen. Und ich war mir nie sicher, ob Paul gewollt hätte, dass ich das erzähle. Heute möchte ich mein Geheimnis endlich loswerden. Paul lebte nach dem Unfall. Er war bei Bewusstsein. Darüber habt ihr gelacht. Er ist mit dem ihm typischen Gang hektisch auf und ab gelaufen. Blut triefte aus seiner Lederkombi. Ein Zombi auf Suche, so beschrieb ihn eine Ersthelferin. So steht es im Polizeibericht, den eure Eltern nie freigegeben haben."

Mik suchte den Blick von Titus und schwenkte dann weiter zu Bea.

„Er hat gesprochen." Bea starrte ihn gebannt an.

„Er hat die Ersthelferin für dich gehalten, Bea, und sich an ihr festgekrallt. Bea, lebe in Frankreich und werde glücklich. Trauert nicht. Tschüss an alle. Das waren seine letzten Worte gewesen."

Im Saal rührte sich niemand. Mik war stehengeblieben und hatte wieder zu zittern begonnen. Selbst Friedrich war unfähig, zu reagieren. Michael drehte sich zu Pauls Bild um und unterbrach die Stille: „Ich bin froh, das Geheimnis los zu sein, bester Freund. Verzeih mir, jetzt ist es ein kein Geheimnis mehr. Es ist besser so. Ich denke an dich."

„Bis dann, Paul!", sagte Titus.

Friederike hatte Beas Kopf an ihre Schulter gezogen. „Es war dein Weg mit ihm. Bis hierher. Zweifle nicht."

„Danke, Paul. Ich habe es verstanden." Bea schloss die Augen, drückte die Daumen und überließ sich den Tönen von „Bohemian Rhapsody", einem der Abschlusslieder der Feier. Als ihre Ohren hörten, dass „Bohemian Rhapsody" in „Don´t stop me now" überging, spürten ihre Füße Wärme, ein zotteliges Fell, das sich zaghaft auf ihren Füßen niederließ.

Um sie standen alle auf. Sangen und bewegten sich zur Musik. Aufgestaute Emotionen, Wut, Trauer und Liebe entluden sich in diesem Chor und den Umarmungen.

„Was für ein Weg, dieses Leben.", flüsterte Bea in Socrates Ohr. Dann drehte sie sich um und fand Lucs Augen, der im Hintergrund bei Didier stand und zwei ihr bekannte alte Menschen im Arm hielt.

„Oui", formte sie mit dem Mund. Und er verstand sie.

# Merci, danke!

Mein Dank gilt allen Gerneschreiberinnen und Gerneschreibern, die mich begleiten. Gemeinsam werden Träume Realität, Gedichte, Erzählungen und Romane. Die Lesungen mit Euch sind immer eine Bereicherung. Die Kontakte durch das Schreiben unverzichtbar.

Danke auch meinen Söhnen. Ihr habt wesentlich dazu beigetragen, dass dieses Buch am Ende nicht im Perfektionismus stecken geblieben ist.

Vielen Dank an Euch, meinen Erst- und Korrekturleserinnen, Annette, Heiderose, Katharina, Regine und Renate, für Eure genaue Durchsicht und Eure ehrlichen Anmerkungen. Sie haben mich motiviert, weiter zu schreiben.

Et à la fin: Merci à ma communauté francaise, pour votre intérêt au projet, pour tous les apéros qui m'ont sauvé après dix heures d'écriture, pour votre amitié et la convivialité au bord d'un lac magique. Vous me manquez.